TODO
DOMINGO

TODO DOMINGO

COM OS ARTIGOS DE

CACÁ DIEGUES

organização **RODRIGO FONSECA**

Cobogó

Agradeço a Rodrigo Fonseca pela seleção dos textos e seus comentários. Este livro é fruto de uma ideia original e do empenho pessoal de Isabel Diegues. Ele é dedicado a ela e a meu irmão Fernando, a quem devo tanto e de quem sinto tanta falta.

CACÁ DIEGUES

Este livro leva impresso minha gratidão à Mãe Janayna Lázaro, pela fé, ao mestre Juvenal Hahne, pelos papos sobre cinema, e à dupla de jornalistas que me ensinou, cada um à sua doce maneira, quão nobre a prática da crônica pode ser: Isabel De Luca e Marcelo Camacho. Deixo ainda o obrigado eterno a José Carvalho pelas noções de Brasil via dramaturgia.

RODRIGO FONSECA

TODO DOMINGO
—

CACÁ DIEGUES
3 de setembro de 2017

No domingo, o mundo entra em parênteses para que sacudamos os ombros e nos livremos de sua poeira acumulada sobre nós durante a semana. Mesmo que chova a cântaros, no domingo o sol não se poupa e se esconde do pranto para queimar por dentro, bem devagar. No domingo, pede cachimbo, mesmo que você não saia da cama, há sempre uma certa energia disfarçada na preguiça a que temos direito.

No domingo, não tem guerra. A guerra é suspensa sem nenhum motivo para a paz, pois no domingo choramos a falta de não sabemos direito quem.

É o dia em que lemos tudo sem opinião formada, confrontando com a novela dos dias de semana nosso palpite sobre o sentido da vida. Como se de nós não se esperasse lá muita coisa, como se não merecêssemos mesmo a fé de ninguém.

Em geral, é no domingo que temos vontade de dançar, embora permaneçamos deitados para a festa solitária no leito, sonhando com mais seres que nos amem. E se nossa fantasia é mais bela e não faz mal a ninguém, façamos o que mais nos convém e troquemos a realidade por ela.

Domingo é dia de pensar em estratégias, de projetar ataques ao inimigo. Até o fim do dia, quando, mudando de posição diante da televisão ligada, à qual mal demos atenção, descobrimos que o inimigo pode até ter razão. E nós, não. Dormimos, então, conciliados com as armas do mundo, aliados por espertezas ao acaso, pois segunda-feira não nos restará muita esperança.

No gramado dominical, boas e mais fracas equipes batem bola para balançar as redes da razão, em disputa do troféu que quase todos irão receber. Temos nosso escudo aprovado há muito tempo, torcemos por ele, preparamos as mais ardilosas fintas contra seus adversários. Mas gostamos mesmo é do jogo jogado, os gols lá e cá, para que possamos sentir a febre do chute certeiro, mesmo que seja contra nosso próprio arco. Reverenciamos o prazer de ganhar, mas perder nos faz pensar.

Nesse dia, um dia de domingo, mesmo que trancados a chave, sob os lençóis do reino em que reinamos, seja em que momento do ano for, temos o direito de proclamar que se trata do mais absoluto verão, que podemos esticar o corpo e decidir que viveremos para sempre.

Todo domingo a gente pensa sobre o resto da vida.

Cronicamente Cacá 10
por RODRIGO FONSECA

[ABERTURA]
O poder da ideia 15

1. **DEUS É BRASILEIRO** 18
O Estado da corrupção 20
Esse mundo é um pandeiro 23
Onde está o futuro da humanidade 26
Somos o que somos 29
Notícias da Copa 32
Mistério há de pintar por aí 35
Um novo papel para nós 38
A oligarquia do Janot 41

2. **QUANDO O CARNAVAL CHEGAR** 44
Um massacre fascista 46
Por seleção artificial 49
Viver a vida dos outros 52
Toda lei é para todos 55
Barra pesada 58
À espera do primeiro cadáver 61
Uma história de amor 64
As palmas de seu Palminha 67
A festa do advento 70
O futuro do futuro 73
O mundo contra a vida 76
Uma chance de catorze meses 79

3. **CHUVAS DE VERÃO** 82
Fundamentalismo da tristeza 84
O fator das mudanças 87
O cinema segundo Nelson 90
Outro samba de verão 93
O canto dos pássaros 96
Troque a realidade por ela 99
Hoje a festa é sua 102

4. **A GRANDE CIDADE** 106
Tráfico de violência 108
Assim se passaram os anos 111
Ilusões à toa 114
Uma jornada de encontros 117
O filho de Capitu 120
Picos olímpicos 123

5. **NENHUM MOTIVO EXPLICA A GUERRA** 126
Reconhecer o trágico erro 128
Uma crise de representação 131
Uma alma em fogo 134
As bolsas ou a vida 137
A civilização contra o porrete 140
A cultura do crime 143
Que tempos são esses? 146
Por uma concertação 149

6. **OS HERDEIROS** 152
Uma Revolução Pós-Industrial 154
A liberdade contra toda crise 157
O despotismo da economia 160
Nem tudo é a economia, estúpido 163
As ruas também são nossas 166
A morte em larga escala 169
A besta negra 172
Os filhos de Gandhi 175
Golpe com voto 178

Um novo mundo 181
Sem medo do que somos 184
Adeus às ilusões 187
Um avanço democrático 189

7. BYE BYE BRASIL 192
O lamentável e o deplorável 194
O pânico dos pobres 197
Um silêncio constrangedor 200
O futuro dos sonhos 203
Depois da Copa 206
Primeiro as coisas primeiras 209
A nuvem sabe das coisas 212
A felicidade não se compra 215
O progresso da crise 218
Os desejos indesejáveis 221

8. O MAIOR AMOR DO MUNDO 224
Os caminhos abertos 226
Um país bem-amado 229
Para sempre desafinados 232
A graça é mais veloz que tudo 235
O pássaro de fogo 238
Sempre caminhando 241
Um mito da inteligência 244
A beleza é uma convenção 247
Uma homenagem merecida 250
O segredo da verdade 253
Uma caravana de alegria 256
Um alemão interno 259
Contemplando o rosto do outro 262
A imperfeição do afeto 265
A morte de um bravo 268

Um transe que não acaba 271
Mas sua filha gosta 274

9. UM TREM PARA AS ESTRELAS 278
Isto é real 280
Ministério das Indústrias Criativas 283
Os pássaros de plumagem colorida 286
Hoje é a idade de ouro 290
Campo de jogo 293
Não é nada disso 296
Uma nova era 299

10. DIAS MELHORES VIRÃO 302
Uma luz acesa 304
O primeiro sábado 307
Festa na favela 310
Bravo mundo novo 313
A dois passos do paraíso 316
O seu santo nome 319
Ainda o amor 322
Depois do carnaval 325
Quem inventou o amor 328
A eterna esperança 331
Meu coração se deixou levar 334
A afirmação dos gêneros 337

[ENCERRAMENTO]
Um novo humanismo 341

Um retrato do artista quando eterno (ou Quem é Cacá) 344
        por RODRIGO FONSECA

Filmografia de Cacá Diegues 348

CRONICAMENTE CACÁ
—

Este não é um livro de cinema, embora seu autor seja um dos mais sólidos diretores de filmes do país: este é um livro sobre o Brasil. Ao longo de cinco décadas de carreira, Carlos Diegues, o Cacá, já escreveu muitas coisas, além de roteiros. Fez a autobiografia de sua geração, escreveu ensaios sobre a reestruturação econômica de nosso audiovisual, rascunhou reflexões com cara de poema... Enfim... muito texto! Texto demais prum bicho da imagem. Um bicho da imagem egresso de um processo de formação intelectual no qual se lia demais, de Gilberto Freyre a Jorge Amado, de Graciliano Ramos a Sérgio Buarque. Não era de espantar que as palavras brotassem. Por praxe da fricção artística, esperar-se-ia que as palavras brotassem daí como romance ou conto. Mas a "literatice" aqui é doutra cepa: é da ordem da urgência. Daí a crônica, esgrima literária praticada pelos que precisam falar do que é aparentemente fluido, mas capaz de provocar enchentes em sua liquidez.

Em suas mãos, agora, está uma coleção de lampejos, denúncias e libelos rascunhados de 2010 a 2017, sistematizados como uma colaboração semanal de livre opinião para o jornal *O Globo*. São artigos que partem de notícias, de leituras, de escândalos, de um pênalti perdido, de um gol de placa, da falta que certos amigos sumidos fazem, de eleições e, por que não?, de filmes vistos ou revistos com a disciplina de quem está sempre de olhos atentos para o que se passa aqui dentro e lá fora, onde pode ou não estar a verdade.

De domingo a domingo, como convidado de um dos maiores jornais do país, Cacá foi pouco a pouco virando escritor profissional, menos pro lado do comentarista e mais para os ventos do fabulador. De alguém que se formou no Cinema Novo era esperado o "real", e este está aqui, como a intriga de predestinação de uma dramaturgia de cunho investigativo sobre as raízes de nossas moléstias éticas e sobre a gênese de nosso carnaval cotidiano. Mas nem tudo o que se lê estaciona na realidade. Tem coisa que vai além e vira fábula, carochinha sobre nossas contradições e nossas soluções, uma invenção de um povo. Cacá, sem perceber, por vezes solta a pena e sai do Planalto para a Poesia do século XIX ou para o Iluminismo de Voltaire, num trânsito que parte de um substantivo concreto (falta de decoro político, deslizes da seleção Canarinho, o êxito de Pernambuco nas telas) e entra numa livre progressão aritmética pela prosa, criando personagens, personificando governos, adjetivando signos secos. Enfim... literatura, essa moça de brincos de pérolas sem a qual não sobrevivemos.

Entre um prólogo e um epílogo mais conceituais e alguns trechos avulsos, gritados como berros poéticos, este livro sobre as esquisitices, os TOCs e as belezas que fazem do Brasil o Brasil que temos (e, às vezes, aquele com o qual sonhamos) se estrutura ao longo de dez blocos. Cada um desses blocos toma emprestado o título de alguns dos sucessos e cults de Cacá, não por uma relação direta com o assunto ou a estética dos filmes, mas porque seus nomes, quando lidos em separado da filmografia do diretor, simbolizam expressões poéticas, ruídos de alguma coisa que não pode ser enquadrada pela ciência ou explicada pela nossa moral. Que "Deus é brasileiro" a gente, na nossa plena autoestima verde e amarela, sabe... Mas o que essa frase simboliza sobre nossos feitos e nossos fatos? Essa é uma pergunta que você se fará ao longo das próximas páginas. Se vai chegar a uma resposta ou não, pouca diferença faz. O que vale é o trajeto. Vale o escrito. Nós, que já demos *bye bye* ao Brasil tantas vezes, aqui vamos percorrê-lo de novo, juntos de Cacá, para aprendermos com ele sobre as hipóteses possíveis e prováveis para esta nossa terra.

Antropólogo das nossas gentes, sociólogo dos nossos enguiços, sempre no autodidatismo dos verbos "viver" e "aprender", Cacá despiu seus artigos de procedimentos acadêmicos (e de achismos) para exercitar uma crítica da razão irônica. Sabe-se que existe o amor, e existe a vida, sua inimiga. Da mesma forma, sabe-se que existe o Brasil, e existe o "quero me dar bem", nossa doença genética. Pois neste livro, de texto a texto, temos um cinema impresso e fraseado sobre "amor" e sobre "nação", termos que por vezes se encontram e noutras se afastam. O filme aqui não comporta *The End*. Todo ponto é continuativo. No fundo, estamos diante da comédia humana de Cacá: seu lado Balzac busca veios de lucidez para compreendermos onde chegamos e como sair do pântano.

Esta seleção consumiu alguns meses não de trabalho, mas de convivência com um Cacá que eu conhecia pouco. Em 1996, uma sessão de *Tieta do Agreste* no extinto Art Norte Shopping apresentou a mim seu *cogito* cinematográfico, que foi depurado aos meus olhos depois de doses sem moderação de *Xica da Silva*, *Joanna Francesa*, do hoje pouco estudado (mas sempre surpreendente) *Ganga Zumba* e de *O maior amor do mundo*. Mas das crônicas eu tinha apenas a leitura dominical, na rapidez do papel-jornal que embrulha peixe em questão de 24 horas. Aquela outra leitura — a da ruminação, na qual informação vira conhecimento analítico, inerente ao livro –, esta só veio na feitura desta aventura de léxicos, de orações adversativas, de metáforas. É a essa mesma aventura que você está convidado a entrar, ficar e curtir.

RODRIGO FONSECA
7 de setembro de 2017

PS: Num passado distante, tentei mostrar o que era cinema brasileiro a um velho português, lá de Bonsucesso, que não sabia ler, mas sabia sentir, Seu João dos Reis da Quitanda. Ele não sabia direito o que era cinema. Morreu aos 87 anos sem ter pisado numa sala escura. Tentei muitas vezes levá-lo. Não deu. Tentei mostrar coisas para ele em VHS, em DVD, até coisas da terrinha, tipo seu Manoel de Oliveira. Não deu também. Mas, numa tarde qualquer de janeiro, botei *Bye Bye Brasil* pra rodar em frente à poltrona onde ele roncava. Lá pelo meio do filme, quando Lorde Cigano escala seu Andorinha para uma queda de braço, ouvi uma risada no canto da sala. Era o Seu João, vendo o filme, prestando atenção, sentindo-se parte de um processo estético. Ele assistiu até o fim, encantado com a Salomé de Betty Faria. Quando o filme acabou, perguntei o que ele sentiu e ouvi apenas um "É... o Brasil é grande... e perigoso". Aquele foi o único filme que Seu João dos Reis da Quitanda viu em oito décadas de vida.

Seu João dos Reis era meu pai.

Obrigado, Cacá, pela ajuda. E por ter escolhido fazer um tipo de arte que faz diferença, na tela e, agora, nas letras.

[ABERTURA]

O PODER DA IDEIA

—

31 de julho de 2010

Em 1865, o quadro *Olympia*, do pintor Édouard Manet, pai do Impressionismo, foi recusado pelo Salão de Belas Artes de Paris. Exposto então no Salão dos Recusados, *Olympia* provocou um escândalo sem precedentes. O quadro retratava uma mulher nua deitada na cama, enquanto uma criada negra lhe traz flores e um gato preto, aos pés da moça, nos encara do canto direito da tela. Além de "mal pintado", um borrão de cores, atentado à boa pintura de uma época neoclássica paródica e acadêmica, *Olympia* foi acusado também de ser indecente e pornográfico. Jornalistas e escritores zombavam de Manet, professores e estudantes de belas-artes indignavam-se com ele, mães de família em passeatas cobriam o quadro para que não fosse visto. Paris inteira linchava *Olympia*.

Somente o escritor e jornalista Émile Zola ousou defender publicamente o pintor e sua obra. Num artigo em que anunciava o nascimento de uma nova arte e de uma nova moral na produção artística francesa, Zola só lamentava a presença do gato preto no canto da tela, que, segundo ele, servia apenas como ornamento desnecessário, elemento de distração no rigor poético da composição. Diante do clamor geral, o diretor do jornal exigiu que Zola se retratasse, e como o escritor se recusou a fazê-lo, foi despedido e viu as portas de todos os jornais franceses se fecharem para ele. Manet, como agradecimento por seu gesto, pintou-lhe então um retrato que se encontra exposto no

Museu d'Orsay, ao lado do *Olympia*. Nesse quadro, Zola está a escrever, cercado de livros e, na parede do cômodo, o pintor reproduziu o *Olympia*, sem o gato preto no canto da tela.

O grande escritor naturalista passaria depois à história como um dos inventores do papel do intelectual combatente, do *maître à penser*, quando denunciou, com seu manifesto "J'accuse", a manipulação política, o preconceito e a hipocrisia racista no famoso caso Dreyfus. De Émile Zola a Susan Sontag (que teve a ousadia de explicar ao americano comum o que ele não havia entendido do 11 de Setembro), muitos desses intelectuais não arriscaram apenas seu reconhecimento, mas, às vezes, a própria vida no cumprimento da missão de pensar o mundo e o estado das coisas segundo sua própria consciência, seu conhecimento e sua intuição, sem se submeter à palavra de ordem majoritária de grupos, partidos ou corporações.

É em nome disso que não tenho partido, nunca tive um, não tenho gosto pela vida partidária. Para falar a verdade, não gosto de artistas ou intelectuais "orgânicos", aqueles que submetem o que pensam à razão política de suas organizações. O que não impede que seja justo se interessar por política e manifestar sua opinião sobre ela. A diferença é que, mesmo sendo sincero, o político precisa dizer sempre aquilo que ficar mais próximo do que seu interlocutor deseja ouvir; e, ao intelectual, cabe mostrar o que nem sempre é visto, mesmo quando inoportuno ou inconveniente. Perturbar, com o poder da ideia, a harmonia construída pela ideia de poder.

O paradoxo de minha adesão irrestrita à democracia representativa é que desconfio e tenho medo daqueles que desejam mandar nos outros, embora considere inevitável e desejável que elejamos nossos governantes. E já que temos que os eleger, pensemos no que seus programas podem nos oferecer. Assim, é claro que, nas próximas eleições, cada um de nós tem o direito e mesmo o dever de escolher um dos candidatos a presidente da República, segundo nossos interesses e necessidades.

Mas, no Brasil, artistas e intelectuais são tratados como bumbos de comício, alegres animadores do carnaval de palanques, figurinhas premiadas nos álbuns de campanhas políticas. É dramático observar como em nenhum discurso, artigo, entrevista, debate ou programa de governo dos principais candidatos (vi todos na internet) há uma só referência à cultura. Nenhum deles se manifestou, até aqui, sobre o assunto. E a cultura, com toda a sua complexa multiplicidade material, tecnológica e virtual de hoje em dia, é a flor de uma nova era do conhecimento, o fator das mudanças a que a humanidade do século XXI vai assistir, como nunca antes na história desse planeta.

Desse jeito, o gato preto ornamental vai ficar para sempre no canto da tela. Os heróis do século XXI serão aqueles que não precisam escolher porque sabem que quanto menos escolherem, menos perderão.

" O pecado original talvez seja nosso irreprimível desejo de ordenar o mundo. Acho que foi a necessidade de sobrevivência em ambiente hostil que nos obrigou a isso. E nossa secular educação cartesiana, um desejo irracional de absoluta racionalidade, acabou por não nos permitir contemplar o duplo, aquilo que é e também o seu contrário. Não só tememos a diferença, como também não conseguimos conviver pacificamente com o conflito. Diante do outro, nosso instinto é de tentar eliminá-lo, acabar com a perturbação que nos causa. Nesse mundo contemporâneo de espetáculo e exibição, o outro que nos perturba (a diferença) pode ser também o sucesso de alguém que nos obriga a pensar sobre o valor de nosso desempenho. "

trecho de "DEVOLVE NÃO, CHICO"
16 de dezembro de 2010

1.

DEUS É BRASILEIRO

Muitos Brasis — muitos deles com cheiro de Bahia — integravam a obra de João Ubaldo Ribeiro (1941-2014), amigo de quem Cacá tomou emprestado um conto sobre o Divino e o Maravilhoso, usado como base para um filme (campeão de bilheteria) xará deste bloco, dedicado ao colorido nacional. Aqui, da música ao futebol, para citar duas das mais fervorosas paixões desta pátria, os artigos assinalam uma investigação da nossa diversidade, num garimpo etnográfico para entender o que somos, para além da cordialidade e do jeitinho.

R.F.

O ESTADO DA CORRUPÇÃO

10 de setembro de 2011

É preciso combater a corrupção com fervor, persistência e rigor. Ela existe e, em nosso país, talvez seja uma das mais perversas do mundo. Segundo levantamentos feitos pelo CGU e pelo TCU, publicados pela *Folha de S.Paulo*, o montante de recursos públicos desviados, entre 2002 e 2008, foi de 40 bilhões de reais. Dava para resolver muitos de nossos problemas crônicos.

A corrupção é hoje uma causa nacional que independe de conflitos sociais ou políticos. Mas não entremos em pânico. A imoralidade pública pode grassar, mas a exposição cotidiana dos crimes cometidos é uma demonstração de que existe um projeto da sociedade para combatê-la e eliminá-la. Se ainda convivemos com escândalos quase diários, é porque temos conhecimento dos malfeitos e não estamos de acordo com eles.

Sabemos os nomes dos criminosos, mesmo que muitas vezes não consigamos pô-los na cadeia. Seus crimes só se tornam escândalos públicos que se multiplicam diariamente porque não são mais hábitos secretos de uma elite que tinha poder para, além de cometê-los, escondê-los de nós. Pelo menos agora eles perderam o direito à ocultação de cadáver.

Talvez a sociedade brasileira esteja querendo dizer que quer, de uma vez por todas, separar o Estado dos interesses privados, como já fez no passado com a religião.

Quando os portugueses chegaram ao Brasil, a carta de Pero Vaz de Caminha se tornou o primeiro documento político de nossa história. Nela, além da narração de viagem e da descrição das riquezas encontradas na terra descoberta, Caminha não perde a oportunidade de pedir ao rei emprego para um parente seu em Lisboa. Era o primeiro tráfico de influência de nossa história.

Basta ler as pregações de Antônio Vieira e as sátiras de Gregório de Matos, cheias de referências à corrupção colonial, para compreender que a coisa só foi piorando. Mas culpar exclusivamente Portugal e nossa origem portuguesa pelos nossos maus costumes, como temos o hábito de fazer, é um pouco exagerado. Daqui a 11 anos, estaremos completando dois séculos de independência nacional, já teria dado tempo de nos corrigirmos da má influência.

Logo de saída, o Império, durante quase todo o século XIX, fez do Estado brasileiro um patrimônio de privilegiados, pouco havendo distinção entre a riqueza do país e a riqueza dos donos da terra. Coisa que não sofre mudança com a República Velha e quase nenhuma a partir da Revolução de 1930 e da subsequente ditadura Vargas.

Quando Getúlio Vargas, agora presidente eleito, dá um tiro no peito, em 1954, o faz sufocado pelas ondas do "mar de lama", como era chamada a corrupção que, segundo a oposição, grassava em seu governo. Talvez o suicídio de Vargas tenha evitado um regime de força como aquele que cairia sobre nossas cabeças dez anos depois. Mas certamente absolvia com ele os supostos larápios da República, pois, tirando o preto semianalfabeto que lhe servia de guarda-costas, ninguém foi condenado pelo "mar de lama".

Mesmo o hoje festejado presidente Juscelino Kubitschek, consagrado como o modernizador responsável pelo desenvolvimento do país com democracia, estaria, segundo seus críticos na época, fazendo da criação de Brasília uma fonte de receita indevida, para ele e seus amigos. E, finalmente, em 1964, o pretexto que os militares usam para a tomada do poder pela violência é exatamente o da luta contra a subversão (o fantasma do comunismo na Guerra Fria) e a corrupção (a devassa dos cofres públicos pelos populistas do presidente João Goulart).

Durante aqueles 21 anos de ditadura militar, em que o totalitarismo não permitia a divulgação de notícia que não fosse de seu interesse, conheci muito esquerdista preso, torturado e morto. Posso estar enganado, mas nunca soube de nenhum corrupto que tivesse sido posto na cadeia.

Apesar de privatarias e mensalões, vivemos, desde o governo Itamar Franco, uma época de ouro em nossa história, certamente os melhores vinte anos dela. Em termos de consolidação da democracia, desenvolvimento econômico, estabilidade financeira, melhor distribuição de renda etc. Mesmo numa área em que estamos ainda tão atrasados, como a da educação, 90% de nossa população em idade escolar se encontra hoje nas escolas, apesar da carência na qualidade do ensino. Nos "anos dourados" da década de 1960, 35% dessa população estava fora da escola, por falta de vagas.

Isso não quer dizer que vivemos no país de meus sonhos, ainda falta muito para isso. E sonhos não foram feitos para serem realizados; eles existem para que saibamos que sempre pode ser melhor. Mas só posso considerar alvissareiro que a presidente da República deseje fazer uma faxina, ou seja lá o que for (parece que ela destituiu essa palavra de qualquer autoridade oficial). No mínimo, pela primeira vez, não se trata mais de um argumento moralista ou oportunista da oposição do momento, mas de uma iniciativa da própria chefe de Estado e de governo, representante eleita de toda a população disposta a eliminar a corrupção da vida deste país.

Essa eliminação não deve visar somente ao modesto comissionado, o intermediário que rouba dois tostões. Mas atingir também os corruptores, os grandes favorecidos pelas exceções que o Estado cria para facilitar a vida de seus parceiros. Não se trata somente de prender o ladrão, mas de inaugurar uma nova prática republicana — o Estado não é patrimônio de uns poucos, seja em que formato for. Pelo contrário, ele existe para realizar os projetos da maioria. E defender, desses projetos, as minorias.

ESSE MUNDO É UM PANDEIRO

—

25 de fevereiro de 2012

O título deste texto é tomado de um filme brasileiro de 1946, chanchada dirigida por Watson Macedo, um dos inventores e mestre do gênero. *Esse mundo é um pandeiro*, com Oscarito e Grande Otelo, era uma narrativa cômica em torno da verdade e da mentira (a história de um falso marido e suas relações com sua falsa família), num ambiente de carnaval ilustrado por sambas e marchinhas de sucesso naquele ano. Mais tarde, em 1989, o jornalista, crítico e ensaísta Sérgio Augusto, outro mestre de seu gênero, usou o mesmo título em seu livro sobre cinema brasileiro, cujo subtítulo era *A chanchada de Getúlio a JK*, explícito anúncio ao leitor da pólis de onde vinham esse e outros filmes semelhantes.

Cada vez gosto mais do carnaval, cada vez admiro mais o carnaval carioca. Entre outras coisas, por confirmar essa eterna alegoria do pandeiro como narrativa de um jogo ou de uma brincadeira que tornam impreciso o limite entre a verdade e a mentira. Ou proporcionam a inversão de papéis na sociedade, como nos foi ensinado por Roberto DaMatta em seus livros sobre a casa e a rua.

Não entendo o discurso saudosista, em defesa de um suposto carnaval inocente do passado, em que se dançava sem outras intenções e se cantavam marchinhas ingênuas e belas (podiam ser belas, mas ingênuas nunca foram!). Esse é o carnaval idealizado de um Brasil pastoril, cujas elites envergonhadas escondiam do mundo nossa produção cultural. Um Brasil para o qual Carmen Miranda, produzida por Hollywood, era uma humilhação internacional. Um Brasil que precisou que um filme francês, *Orfeu negro*, "descobrisse" para o mundo, mesmo que equivocadamente, a grandeza de nossa maior manifestação popular. Meu pai, o antropólogo Manuel Diégues Jr., me dizia (e escreveu em seus livros) que o caráter de um povo se expressa melhor através de suas festas populares, quando fantasmas e mitos liberados coletivamente podem ser interpretados como projetos comuns. O que me causa pânico quando penso, por exemplo, em Halloween, uma celebração sadomasoquista do horror.

Nesse sentido, o carnaval não deve ser visto como uma experiência de felicidade, mas sim como uma representação dela. Nas ruas e nos bailes, não estamos experimentando necessariamente a alegria que ali encenamos, mas expondo aquilo que ela podia representar em nossas vidas. Essa encenação revela nosso desejo mais profundo por ela, revela um projeto de alegria, a prova dos noves oswaldiana.

Quando vi Sheron Menezes lindíssima se esbaldando no desfile de sua escola e depois aos prantos, quando o desfile acabou, era como se ela estivesse me dizendo que havia mordido o fruto da felicidade e lamentava sua perda na volta ao mundo real. Nossa bela estrela chorava pelo que o mundo poderia ser.

Como não tenho mais idade para isso, há tempos abandonei o desfile do Clube do Samba, de meus saudosos João Nogueira e Marco Aurélio, rebolando avenida Rio Branco abaixo. Mas este ano, vendo a cobertura da televisão, não pude deixar de me surpreender com a mudança brusca de estado de espírito, cada vez que o folião se sente flagrado pela câmera. É como se subitamente lembrasse estar no palco de um teatro, onde tem um papel a representar e não pode nos decepcionar. E então sai da sombra de um certo laconismo para a luz de uma imensa alegria.

Não consigo entender por que o teatro, o cinema e mesmo a literatura brasileiros se servem tão pouco do carnaval. Herdeiras da Commedia dell'Arte num cruzamento com as manifestações religiosas do mundo ibérico, as escolas de samba são o mais nobre, mais complexo e mais bem-sucedido teatro popular de rua da cultura ocidental. Não consigo entender nosso desprezo por sua teia dramatúrgica tão original, essa estrutura de representação do mundo cada vez mais sofisticada, com uma dinâmica própria que muda sua história pelo menos a cada década.

Este ano, por exemplo, a Porto da Pedra introduziu no Sambódromo o primeiro enredo baseado em consumo industrial contemporâneo, um enredo revolucionário que, não fosse o acanhamento de seu desfile, podia ter mudado o rumo das coisas, como no passado a Chica da Silva de Fernando Pamplona ou os mendigos e urubus de Joãozinho Trinta. Neste carnaval, a Porto da Pedra cantou o iogurte, com uma comissão de frente de lactobacilos e tudo!

Como em qualquer outro conjunto de produção cultural, as escolas de samba são o *mainstream* [a corrente principal] do carnaval carioca, enquanto os blocos de rua (cada vez mais numerosos e populosos) são sua reflexão espontânea e desorganizada, sem regras nem rigor. Digamos ainda que alguns pequenos grupos, espalhados em diferentes bairros da cidade, fazem o papel de vanguarda, propondo todo ano alternativas ao desenvolvimento do conjunto do carnaval.

Em todas essas manifestações, mesmo no *mainstream*, verifica-se a vitória absoluta do híbrido, o desejo de misturar elementos estranhos que não tenham necessariamente nada em comum, uma reprodução do mundo fragmentário, compartilhado e mestiço em que vivemos. Aqui, "o puro não tem futuro", como cantava um cantor catalão que ouvi em Barcelona.

Nossos projetos pertencem ao mundo dos sonhos, e os sonhos pertencem somente à pessoa que sonha. Você não precisa pedir licença a ninguém para sonhá-los.

ONDE ESTÁ O FUTURO DA HUMANIDADE

7 de abril de 2012

Num recente encontro internacional no Rio de Janeiro, o RioContent-Market, o professor Jonathan Taplin, da Universidade do Sul da Califórnia (USC), especialista em comunicação e entretenimento, declarou do alto de sua autoridade acadêmica que "o próximo centro de explosão de criatividade cultural do planeta será o Brasil".

Bem, a declaração do professor americano não me surpreende nem me comove, há algumas décadas que eu e muitos outros brasileiros já sabemos disso. Aliás, foi isso mesmo que Stefan Zweig quis dizer, em meados do século passado, quando afirmou que "o Brasil é o país do futuro". Ao que o poeta francês Paul Claudel, servindo a seu país por aqui, acrescentou maldosamente: *Et il y restera* [e assim continuará sendo].

Somos o Extremo Ocidente, a Roma Tropical de Darcy Ribeiro, sucessores da civilização grega como origem do que somos, luso-africanos para sermos ainda mais diferentes e modernos. Sim, possuímos equipamentos culturais que podem nos permitir interferir no rumo da civilização planetária num nível de generosidade, fraternidade e tolerância do qual a humanidade não foi capaz até aqui.

Esse conjunto de elementos forma a indubitável vocação de grandeza do Brasil; pena que o Brasil viva de não realizar as suas vocações. Sobretudo as grandes.

Agora mesmo passamos por um outro momento de expectativa em relação a nosso futuro, uma expectativa compartilhada pelo mundo afora. De "subdesenvolvidos" e "terceiro-mundistas" no passado recente viramos "emergentes", um progresso vocabular de respeito. E, como "emergentes", esperam de nós uma economia triunfante e uma explosão cultural.

Sei que estamos todos preocupados com a corrupção de nossos políticos, com a promiscuidade em suas relações com o crime e a contravenção. E fazemos bem em nos preocuparmos com isso. Mas o que hoje chamamos de corrupção sempre foi uma característica indelével do que, sob vários disfarces, constituiu nosso Estado escravagista e patrimonialista desde o Império. Chamá-la hoje de "corrupção" é, portanto, criminalizar esse mau costume de nossas elites políticas. O que já é demonstração de avanço.

A corrupção é a filha troncha da mesma família cultural, política e institucional que gerou a nossa velha tradição autoritária. Pois entre nós, ainda desde o Império, a democracia tem sido uma fantasia que vestimos durante os dias de carnavais periódicos de liberdade, como o que vivemos hoje. Mesmo quando, durante esses períodos, todos os lados juram-lhe amor eterno, a democracia é sempre confundida com nossos próprios interesses ideológicos e materiais, prisioneira de seus limites.

O filósofo contemporâneo Slavoj Žižek se insurge contra o que diz ser uma moda na filosofia pós-moderna, a de se tomar a verdade como algo opressivo que deve ser substituído apenas por opiniões. Mas é uma pena que um certo pós-modernismo, um pouquinho que fosse, não nos tenha chegado às nossas disputas políticas! Quem sabe aprenderíamos que não é democrático possuir a verdade e, em nome dela, desqualificar ou pregar a eliminação de quem não está de acordo conosco.

No Brasil, as concepções de mundo que gerem a política são quase sempre abrangentes, absolutas e totais. E toda ideologia totalizante acaba sempre por gerar uma prática totalitária.

Todas as grandes revoluções modernas de libertação, idealizadas e lideradas por intelectuais e líderes cultos, da Revolução Francesa à

Cubana dos anos 1960, da Revolução Soviética aos aiatolás do Irã, da independência da Argélia à Grande Marcha na China dos anos 1940, terminaram sempre em longas noites de terror, graças à incapacidade que tiveram de mudar sem oprimir, de libertar em liberdade. Não basta ser inteligente e saber das coisas, a *Porta do Inferno* de Rodin era dominada por um pensador.

O historiador Bóris Fausto, no livro *Ócios e negócios*, diz que, no Brasil da segunda metade do século XX, o interesse pela Revolução Francesa (1789) tinha, como contrapartida, o total desinteresse pela Revolução Americana (1776), por parte de professores e alunos universitários.

Assim perdiam-se questões sobre o modelo da República, da competência legislativa, da natureza do governo central, da autonomia dos estados, da separação entre os poderes, do papel exercido pela Suprema Corte, que, quando afloradas, eram vistas como filigranas da superestrutura de um país imperialista.

Não é preciso amar a cultura política norte-americana para perceber que, com isso, o processo de construção de instituições democráticas, tema hoje indispensável no mundo todo, era simplesmente ignorado no Brasil. E assim não se falava mais da única revolução que exprimiu seus anseios defendendo o direito de cada cidadão à busca da felicidade. O pavor dos autoritários é sempre o indivíduo, a força de suas circunstâncias e alternativas que lhe escapa à ordem.

SOMOS O QUE SOMOS
—
8 de setembro de 2012

Ontem de manhãzinha, numa calçada de Ipanema, passei por um morador de rua que dormia à porta de uma sofisticada filial da Aliança Francesa, coberto por uma bandeira do Brasil velha, suja e rota.

Lembrei-me de outra cena em que, anos atrás, eu, Renata e uma multidão voltávamos de trem de um show inesquecível dos Rolling Stones, no Shea Stadium, na periferia de Nova York. Ao chegar na Grand Central Station, no coração de Manhattan, para alcançar o ponto de táxi e voltar ao hotel tivemos que pular por cima de corpos de *homeless* [sem-teto] que dormiam protegidos do frio por cobertores rasgados e da chuva por uma imensa marquise enfeitada de bandeiras americanas.

Pensei em como seria fácil desmoralizar qualquer uma das duas nações, apenas tirando fotos dessas cenas. A de Ipanema, então, seria um enorme sucesso na desconstrução do esforço que podemos fazer para nos tornarmos um país decente.

Não quero que em meu país existam pessoas que, não tendo onde se abrigar, vivam pelos meios-fios, a céu aberto. Tenho a obrigação de saber que isso não é humano, que é preciso sempre fazer alguma coisa para corrigir o que é ruim. Mas não tenho o direito de ignorar ou subestimar o esforço que muitos brasileiros fazem para que isso não aconteça mais.

Na última semana, passou despercebida importante notícia vinda de Florianópolis, Santa Catarina. Isadora Faber, de 12 anos, montou uma página na internet para criticar sua escola, revelando fatos e fotos que comprovam erros, equívocos e fragilidades da instituição de ensino. Sua página hoje tem mais de 60 mil seguidores, provocando a ira dos responsáveis pela escola, que a ameaçam com represálias. Mas os pais da menina deram-lhe todo o apoio, assim como grande parte das famílias de seus colegas. Isadora persevera em sua campanha.

Todos os debates e disputas são saudáveis, a unanimidade é sempre conservadora e nada criativa. A harmonia absoluta é um sonho dos homens que não conhecem sua própria natureza (nem a própria Natureza), não sabem que só avançamos na crise. Nenhum leitor da página de Isadora na web continuará sendo o mesmo que era antes de descobri-la.

No julgamento do Mensalão, o Supremo Tribunal Federal também nos mostra que a crise pode nos fazer descobrir a justiça. Não interessa aqui de que lado político estamos, mas sim de saber que o STF está reconstruindo a independência entre os poderes, quando seus juízes não se submetem a quem os nomeou. Desde a intensa disputa entre Joaquim Barbosa e Ricardo Lewandowski ficamos sabendo também que é indispensável uma democracia corporativa que evite a complacência ou o linchamento, duas formas inadmissíveis de comportamento nada civilizado.

Do mesmo modo, sempre que temos eleições no país, começam as lamentações dos finos e altivos, a tentativa (às vezes involuntária e ingênua) de desmoralizar o método democrático em que todos têm o direito e a oportunidade de se expor ao eleitor. Enquanto nos Estados Unidos, o berço moderno da democracia, o único e exclusivo combustível da campanha eleitoral é o dinheiro, aqui todos os candidatos têm as mesmas chances.

Em vez de discutirmos o aperfeiçoamento do método, como por exemplo propondo tempo igual para todos os candidatos e partidos, eliminando as agremiações insignificantes (muitas vezes de aluguel), preferimos desmoralizá-lo, desmoralizando quem se utiliza dele.

Que é que tem se um é banguela e o outro zarolho? Batzefa aparece na televisão vestida numa fantasia de Batman, com enorme margarida na cabeça. Tio Peter Pan evoca o herói infantojuvenil. Eno diz que "faz bem", como o sal de fruta. Bodão berra como um cabrito. Tyeta do Forró carrega flores e um sorriso permissivo. Charles Henriquepídia deve saber de tudo ("Ah, moleque!", ele proclama). Pastores, apóstolos e ministros prometem salvar o Brasil do demônio. Filhos levam ao programa seus pais e mães como cabos eleitorais — lá estão Jimmy Pereira e mãezinha, o Junior da Lucinha, os Bolsonaros, o de Cidinha Campos diz que é tão bom quanto ela, Wagner Montes pede voto para o seu rebento ("Escracha!").

 Esses candidatos correspondem ao que somos. Vá à arquibancada do Engenhão, à Feira de São Cristóvão, ao novo Parque de Madureira, ao calçadão de Copacabana em dia de domingo — eles estão lá, em pessoa ou representados por seus iguais. E muitas vezes dão certo, como deram certo Romário, o craque da seleção, e Jean Wyllys, a estrela do BBB, votados como caricaturas e hoje reconhecidos como excelentes congressistas.

 Esses candidatos que estão aí são o que fizemos do país, com todos os seus formatos e cores. A eleição é no Brasil e vocês querem candidatos suíços?

 Não vamos resolver os problemas do país com preconceito diante de seus sintomas. Ao longo de nossos quatro séculos de existência, sempre tivemos um Estado sufocante e autoritário e uma sociedade frágil e submissa. Mais que frágil e submissa, uma sociedade com grande maioria de famintos. Eleições regulares e periódicas serão sempre uma esperança de que ela se expresse.

NOTÍCIAS DA COPA

28 de junho de 2014

A Copa do Mundo avança para as oitavas de final. Começamos hoje o angustiante mata-mata, ninguém pode adivinhar o que vai acontecer. Mas podemos comemorar que, até aqui, a seleção até que não vai mal. Não temos mais um daqueles times de sonho do passado, um dos que o cineasta e pensador italiano Pier Paolo Pasolini celebrou como "a invenção do futebol de poesia". Mas o que temos dá para o gasto, não fica a dever muito aos outros favoritos.

Aliás, como na vida real, estão acabando os favoritos. Entre as 16 seleções classificadas para as oitavas, metade estava bem longe de ser favorita. O futebol é o único esporte em que nem sempre o melhor time ganha o jogo, mas aqui se trata também de uma evidente evolução dos que já foram menos bons.

O futebol mundial deixou a sem-gracice cerebral das defesas fechadas, trocou-a pelo espetáculo do drible e do gol. Essa mudança se acelerou nesses últimos anos, graças à televisão e à internet. Todo mundo tem acesso instantâneo a qualquer jogo em qualquer continente, sabemos quem são os craques e como se está praticando o esporte bretão por aí. Não há mais aquele mistério desvendado apenas de quatro em quatro anos, o melhor futebol está ao alcance de todos. E o mundo aprendeu a jogar bola, de Honduras ao Irã, da Costa do Marfim à Coreia do Sul.

Nessas duas últimas semanas, o Brasil viveu em *sursis*. A realidade cotidiana desapareceu para dar lugar à fantasia da Copa do Mundo, durante a qual só nos interessa saber para onde vai a bola. Nossos heróis correm atrás dela, só temos olhos para a testa de Van Persie, os dentes de Luiz Suárez, os pés mágicos de Neymar. Mas essa aparente "alienação" do real nos ensina muita coisa que pode ser importante para depois que a festa acabar.

Ela nos ensina, por exemplo, a superioridade da alegria sobre a tristeza, mas também a inevitabilidade da frustração e da dor. Aprendemos que a solidariedade e a sensação de pertencimento são indispensáveis para que uma coletividade sobreviva às desgraças. Além de reforçarem as vitórias.

A torcida é uma família compulsória que não escolhemos mas acolhemos, abraçando todo mundo com o grito de gol. No campo, todos têm direito às mesmas oportunidades e liberdade para aproveitar-se delas. O jogo tem, como diz o comentarista, regras claras; devemos respeitá--las sob o risco de sermos expulsos da partida. O adversário tem a mesma obrigação, e não podemos fazer nada se o gol (legal) for feito por ele. Parece uma metáfora da democracia.

Enquanto nossos rapazes jogam lá embaixo, na grama verde, em nossas cadeiras coloridas (não existe mais arquibancada, a FIFA não deixa) animamos com cantos as nossas diferenças. Para que tudo acabe no mesmo botequim e calçada ou em botequins e calçadas semelhantes, depois de encerrado o jogo.

A Copa do Mundo traz muitos estrangeiros ao Brasil. Alguns já nos conhecem, mas a grande maioria ignora quem somos, a não ser pelos estereótipos difundidos em seus países. Eles ocupam nossos estádios e cidades como se fossem território deles, espalham com suas bandeiras e cantos uma vontade de dividirmos com os outros o que é nosso, como se o que é nosso fosse de todos. E assim os conhecemos melhor, reiteramos nossas diferenças e descobrimos como, apesar delas, somos tão parecidos. Como esse excitante turismo é majoritariamente masculino, o Rio de Janeiro nesses dias cheira a dopamina e testosterona. Pelo que vejo na televisão, nas outras cidades-sede tem sido a mesma coisa, uma euforia pública que nem as derrotas são capazes de evitar. Eles atacam nossas moças em ruas e bares, com a mesma ansiedade com que conduzem a bola no gramado. E, muitas vezes, fazem belos gols pelas esquinas da cidade.

Pois o futebol é uma criação humana parecida com o sexo por amor. Os corpos, sejam nossos ou dos outros, se encontram sempre em estado febril de tensão, com ansiedade e sem coreografia previamente ensaiada. Quando eu era adolescente e jogava pelada nos terrenos baldios de Botafogo, se um de nós desse um drible no adversário, dizíamos que o atacante tinha "comido" o marcador. O drible embala nossas fantasias, o desejo de gol não é assim tão superior ao gozo da bela jogada. Devemos muito de nosso caráter ao futebol.

Dia 14 de julho, a quarta-feira de Cinzas da Copa do Mundo, acordaremos de ressaca, mesmo que não tenhamos bebido nada, sejamos ou não campeões. Nossa camisa amarela, com o nome de Neymar Jr. às costas, estará pelo chão esperando que deixemos o langor e a enfiemos na cesta de roupas para lavar. O mundo estará mais sombrio, não acharemos graça em nada. Voltaremos a pensar nos absurdos que a FIFA cometeu, no superfaturamento da Refinaria Abreu e Lima, na falta de convicções com que os políticos e os partidos tratavam as eleições de outubro enquanto íamos ao Maracanã.

Teremos saudades da ilusão da Copa. Mas talvez descubramos também que, quando a fantasia nos ajuda a viver melhor, quando ela é melhor do que a realidade, tanto pior para a realidade. E está na hora de entrarmos em campo para torná-la mais próxima da fantasia.

MISTÉRIO HÁ DE PINTAR POR AÍ

29 de novembro de 2015

O Brasil é um país, para o bem ou para o mal, cheio de mistérios. Três filmes brasileiros, em cartaz na cidade, tentam dar conta de alguns deles. Nenhum tem muito a ver com o outro, os mistérios que eles procuram nos desvendar são de naturezas totalmente diferentes um do outro.

O primeiro desses filmes chama-se *Chico, artista brasileiro*, foi realizado por Miguel Faria Jr. e nos revela um Chico Buarque que o público muito mais supõe do que conhece. É impressionante como um artista que sempre esteve na linha de frente da música popular e da cultura brasileira em geral, às vezes com repercussão artística e política estrondosa, conseguiu preservar sua intimidade e, mais do que isso, sua individualidade solidária durante os seus cinquenta anos de atividade.

Um raro padrão brasileiro de integridade, Chico foi sempre um guerrilheiro do próprio pensamento, usando seu talento a serviço de causas que julgava justas, fossem elas de qualquer natureza, retirando-se quando considerava suficiente o que já fizera. Chico sempre teve o pudor do sucesso, sem se negar nunca a aceitá-lo com naturalidade e sem exibicionismo.

No filme de Miguel Faria Jr., pela primeira vez Chico nos mostra, num documento público, como ele é em sua privacidade. Um homem cheio de humor e ternura, capaz de rir de si mesmo e de nos dizer coisas da maior importância da maneira mais simples (me surpreendi com sua justíssima fala sobre a bossa nova). Os números musicais, montados com bom gosto e sobriedade, iluminam essa descoberta comovente da obra imortal de Chico.

Diferentemente do consagrado *Vinicius*, esse novo filme de Miguel Faria Jr. se dedica à compreensão mais íntima de seu personagem. Enquanto *Vinicius* era uma fascinante reportagem sobre o famoso poeta e letrista, *Chico* se aproxima de seu personagem para entendê--lo melhor. Enquanto o primeiro filme é um discurso de admiração por um grande artista, esse de agora é um delicado e confessional canto de amor por alguém que mexeu com nossas vidas nessas últimas cinco décadas.

Por provocação do próprio Chico, esse canto de amor vai de assuntos como a censura durante a ditadura militar até seu orgulho pessoal como boleiro; ou de confissões como a descoberta de seu pai, Sérgio Buarque de Holanda, através da literatura, até o elogio das relações com sua ex-mulher, a atriz Marieta Severo.

Artista brasileiro por sua própria definição, o filme termina com a interpretação emocionada e emocionante de "Paratodos", uma criação de antropologia lírica do Brasil, o retrato do indecifrável mistério da genialidade. A cara de Chico.

Outro mistério do cinema brasileiro: *Chatô, o rei do Brasil*, filme de Guilherme Fontes. O que se poderia esperar de um filme iniciado vinte anos atrás, dirigido e produzido por um menino com então pouco mais de vinte anos de idade, sem maiores compromissos com a cinematografia, a política e a cultura do país, um filme que, ainda por cima, havia de sofrer tantos e tão controvertidos acidentes de produção que só lhe permitiriam ficar pronto agora, duas décadas depois?

Pois a vítima de todos esses percalços é um grande filme!

Guilherme Fontes obteve os direitos do livro de Fernando Morais sobre Assis Chateaubriand, o *tycoon* da imprensa brasileira dos anos 1940 aos 1960, e transformou a biografia literária em poesia cinematográfica. Uma poesia oswaldiana, refletida do Tropicalismo da segunda metade do século passado, a poesia de *Terra em transe*, *O rei da vela* ou "Alegria, alegria". Um exaltado carnaval de *travellings* e *jump cuts*, sempre surpreendentes e inspirados, para falar do Brasil e de brasileiros menos arcaicos do que podemos supor.

Como um milagre, o filme iniciado há vinte anos tem o frescor de um documento contemporâneo sobre o estado do país e seus líderes em diferentes setores da sociedade. O delírio político, o exibicionismo de comportamento, a ganância e o excesso, a ausência festiva de escrúpulos parecem inspirados no que lemos diariamente nos jornais e vemos na televisão em nossos dias. Uma comédia dolorosa.

Embora tenha sido lançado em apenas 19 cinemas, *Chatô* fez, na semana passada, a segunda média de ingressos por sala. O que significa que atraiu a inesperada curiosidade de muita gente e, se fosse lançado em circuito maior, teria certamente feito bilheteria significativa. O grande sucesso cinematográfico é sempre aquele de filmes que o público ainda não sabe que vai gostar.

Ainda não vi o terceiro filme de minha lista, mas não posso deixar de lembrar que *Ídolo*, documentário de Ricardo Calvet, trata de um grande mistério de nosso futebol, o gênio de Nílton Santos. Nílton, a Enciclopédia do Futebol, nunca deu um carrinho em toda a sua vida e, como jogava sempre de cabeça erguida, nunca soube de que cor era o gramado de futebol. Não dá para perder.

UM NOVO PAPEL PARA NÓS

12 de fevereiro de 2017

Nossa famosa cordialidade e a alegria de viver características da civilização brasileira já foram pro brejo há muito tempo. Há muito tempo que, no carnaval da inteligência mundial, não somos mais o Bloco Inocentes do Ocidente, os ingênuos e bons selvagens que consolavam nossos próprios antropólogos e os turistas da cultura em busca de uma esperança. Para tomar conhecimento disso, basta abrir os jornais.

As taxas de homicídio crescem em quase todos os estados da Federação. Os presídios se rebelam e provocam a morte de centenas de pessoas em poucos dias. No Espírito Santo, a greve de policiais militares deixa as ruas vazias e vândalos depredam lojas, trocam tiros na esquina e matam 101 cidadãos. No lendário e aprazível Rio de Janeiro, terra de samba e pandeiro, apenas neste ainda curto 2017 um policial militar foi morto a cada dois dias, enquanto no ano anterior foram cometidos 5.033 homicídios intencionais, 20% a mais do que em 2015. No mesmo 2016, quase 100 mil pessoas foram assaltadas nas ruas da capital fluminense, nosso paraíso tropical.

Para não pensarmos que essa violência toda é exclusiva de nosso caráter nacional, lembremos as milhares de vítimas do Estado Islâmico, os 13 mil enforcados pelo governo sírio na prisão de Saydnaya, os refugiados africanos afogados no mar Mediterrâneo, et cetera e tal pelo mundo afora. E não podemos esquecer a eleição de Donald Trump, protagonista poderoso desses novos tempos.

Não são as besteiras que Trump diz que nos devem interessar. O importante é o que pensam os eleitores de Trump, os que o escolheram para comandar o país mais poderoso do mundo, o país capaz de levar com ele grande parte da humanidade na direção que tomar. Esses cidadãos americanos representam a maioria planetária que está de saco cheio de teses e teorias, que não aguentam mais a inteligência e querem voltar à boa e velha barbárie, ao estado selvagem em que reagem apenas a seus instintos, o que não depende de nenhum valor ou de juízo qualquer, mas apenas de seu desejo.

Os cientistas chamam de Antropoceno os cerca de 200 mil anos em que o homem domina e muda o planeta. Talvez a cultura seja a principal responsável por tantas desgraças que vivemos no Antropoceno, os hábitos humanos sendo o veículo delas. Em recente artigo, Delfim Netto, nossa estrela da economia, escreveu: "Tempos estranhos esses? Não! Tempos normais, quando vemos o homem como ele é, despido da romântica 'humanidade' moral que lhe atribuímos. (...) O predador é sempre a espécie que está acima da cadeia alimentar, que a consome para sobreviver e reproduzir."

Em meados do século passado, o mundo foi levado à guerra total, uma saída para começar tudo de novo, voltar aos trilhos e reinaugurar uma humanidade possível com o sacrifício das mais de 50 milhões de pessoas que haveriam de morrer em combate. Saímos desse genocídio com a consolidação de dois grandes mitos que dividiriam a humanidade ao meio. Por um lado, o socialismo nos prometia a Igualdade; por outro, o capitalismo nos garantia a Liberdade. Assim como um proclamou a luta anti-imperialista para opor os pobres aos ricos, o outro tratou de inventar uma face mais humana para enfrentar o mito igualitário do inimigo.

O fracasso do socialismo real e o fim da União Soviética libertaram o capitalismo desse compromisso. Com o fim da competição entre os dois modos de vida, o vencedor deitou e rolou com seu caráter mais desumano. Hoje, Trump representa essa volta ao capitalismo selvagem, onde o outro é apenas um consumidor de bens criados pelo mais forte e a diferença não merece respeito por estimular preferências que nem sempre são as de quem interessa. Como disse o pensador Tzvetan Todorov, recentemente falecido, "pela forma que tratamos os diferentes de nós, podemos medir nosso grau de barbárie ou civilização".

A civilização se caracteriza por valores éticos, regras criadas pelo cérebro do homem ao longo de sua história, que podem se modificar com o tempo, mas sempre existirão. Elas estão aí para nos permitir conviver com a diferença, para evitarmos a perda de liberdade, a desigualdade extrema e a fome de nosso semelhante. A vitória do descaso pelo outro e do puro instinto sem valor algum é a consagração do estado pré-civilizatório. Não se pode permitir que assim caminhe a humanidade. E seria tão bom que fosse esse o novo papel de uma nova civilização brasileira, se fôssemos capazes de dar um jeitinho em nossa própria barbárie.

A OLIGARQUIA DO JANOT

—

19 de março de 2017

Saiu finalmente a lista do Janot, o documento mais esperado na vida pública brasileira. Além de mais esperado, o documento que se imagina mais decisivo para o futuro do país, desde a carta-testamento de Getúlio Vargas. Só que nele não há projeto político nem poesia de exaltação. Apenas nomes e os supostos malfeitos pelos quais serão investigados.

Pelas personalidades citadas e as razões aparentes de suas citações, a lista do Janot é a ponta de um iceberg imensamente profundo, responsável pelos piores desastres na rota de navegação do país. O iceberg da oligarquia brasileira, um conjunto de poderes de uma só classe que, ao longo da história, transformou o Estado em propriedade privada em benefício próprio. A lista do Janot nos entrega alguns dos mais significativos representantes atuais da oligarquia que controla e rege o país desde sempre.

A oligarquia que administrou seu regime de poder durante toda a República que ela mesma proclamou, em represália à abolição que o Império inventou e que prejudicou sua economia baseada no escravismo. O mesmo Império do qual foi senhora, com seus senhores de terras herdadas das capitanias hereditárias que o colonialismo português instalara no Brasil depois da "descoberta". De vez em quando, um herói da República nos trazia inesperadas esperanças; como Vargas, um oligarca com sentimento de culpa, ou Lula, um homem do povo fascinado pelo fascinante mundo da oligarquia.

Se as acusações da lista de Janot derem em alguma coisa, talvez estejamos assistindo ao início da passagem dessa oligarquia que comanda o Brasil desde sempre. Os palácios de Brasília e do resto do país ficarão desertos, com seus salões vazios e suas mesas de reunião cobertas de papéis ao vento. Quem sabe poderemos tentar começar um novo país, com gente que a gente ainda não conhece, que não nos iluda com populismo e xenofobia, com o ódio ensaiado e oportunista aos que estavam aí.

Na lista do Janot estão os mesmos sobrenomes, as mesmas famílias de sempre, com seus herdeiros, arrivistas e parceiros que se organizam para eternizar o poder que não podem perder. Agora mesmo, graças a seu direito de mudar a Constituição, eles estão tentando impor ao país um regime eleitoral distrital com lista fechada pelos partidos. Ou seja, seremos obrigados a votar em quem eles escolherem e quiserem, os mesmos nomes de sempre, desinteressados em renovar a Câmara e o Senado, incapazes de mudar o Brasil.

Aviso aos navegantes: enquanto isso, Geert Wilders foi derrotado na Holanda, mas Jair Bolsonaro já tem cerca de 10% de intenção de votos para 2018 e pode crescer nos próximos meses. Basta conquistar a cabeça da população fragilizada, com a mesma linguagem que elegeu Donald Trump e encanta tanta gente na Europa neodireitista. A linguagem do medo, do elogio da mediocridade, do ressentimento contra a inteligência e a democracia.

Em entrevista recente à *Folha de S.Paulo*, por exemplo, Bolsonaro declarou que "não se combate violência com amor, se combate com porrada (...) Não vai ser com política de direitos humanos que vamos resolver a violência". Ou, no final da entrevista: "Por isso que essa porra desse país está nessa merda aí. É por isso que o pessoal gosta de mim. (...) Vocês estão cavando a própria sepultura." E se ele acaba sendo eleito, o que é que a gente faz?

"Chica da Silva, o musical", mais uma obra sobre o extraordinário personagem do Brasil do século XVIII, está em cartaz no Teatro do Sesi, na avenida Graça Aranha, uma produção de Alexandre Lino, escrita por Renata Mizrahi e dirigida por Gilberto Gawronski. Dessa vez, sem o "X" das obras anteriores, a peça, diferentemente do filme e da novela históricos, se passa em dois tempos. No passado, ela aborda as relações de Chica da Silva com João Fernandes de Oliveira, seu amante e senhor; no presente, um noivado inter-racial cheio de problemas.

Nas duas épocas, a natureza de Chica vitoriosa sobre o racismo, a intolerância e a falsidade, é uma proposta de refundação do Brasil, baseada em valores mais justos com o que somos. Um espetáculo extrovertido como seu personagem principal, com uma bela e viva direção musical afro-brasileira de Alexandre Elias, coroada por um final de exaltação inspirada pelo clássico de Jorge Ben Jor. À frente disso tudo, uma atriz excepcional, Vilma Melo, ganhadora do Prêmio Shell de teatro desse ano. Como quando Zezé Motta e Taís Araújo a interpretaram, a danada da Chica só se incorpora em quem presta.

"Não sonho com uma Albânia do Sul para a cultura brasileira. O Império do Estado e sua burocratização na produção cultural do país seria a negação do processo de desenvolvimento em liberdade de suas indústrias criativas e de novas tecnologias convergentes que se multiplicam e que desejamos livres, leves e soltas. É sobre isso que devemos, agora, nos debruçar e nos empenhar. Engessar desde já esse futuro, domesticar sua luz selvagem com o bloqueio do Estado, único e unívoco, aquele que fatalmente exigirá o conteúdo que lhe for mais conveniente, é um grave crime contra a criatividade neste país."

trecho de "DE QUEM SÃO OS RECURSOS"
3 de dezembro de 2010

2.

QUANDO O CARNAVAL CHEGAR

Entre os anos 1930 e 1950, o conceito de "cinema popular" no Brasil tinha como principal estandarte a chanchada, nosso gênero de maior sucesso contínuo no circuito cinematográfico, cujo nome era, em si, uma autoesculhambação. Dizem os linguistas que as raízes latinas da palavra "chanchada" sugerem "um discurso tolo", "sem sentido". Em algum momento, para o Cinema Novo, elas representaram a falta de enlevo da imagem e o imperialismo ianque disfarçado. Mas o tempo, esse carrasco implacável que nada perdoa, passou e nos deu distanciamento para ver a chanchada como um registro do que passou, deixando uma certa melancolia com relação ao que ficou. Este bloco se dedica a uma ressaca anunciada. Do que passou, do que se repetiu, do que não se realizou.

R.F.

UM MASSACRE FASCISTA

11 de janeiro de 2014

O que caracteriza o comportamento fascista é a incapacidade de conviver com a diferença. Não importa se essa perversão é praticada numa sociedade dita capitalista ou socialista, se num mundo cristão ou judeu, por quem quer que seja, em nome do que for. O fascismo é o inimigo da cultura democrática, cujo fundamento básico é o direito à liberdade que o outro tem de pensar e agir diferentemente de mim.

O massacre de jornalistas do *Charlie Hebdo*, em Paris, praticado por islamitas fascistas em nome de dogmas religiosos, foi um crime moral, ideológico e político. Moral porque nada justifica tirar a vida de alguém. Ideológico porque manifesto de uma nova barbárie, o terrorismo religioso. E político por generalizar contra o mundo árabe a opinião universal menos atenta aos fatos.

Ao contrário do que deviam estar planejando, os assassinos de *Charlie Hebdo*, ao invés de amedrontar os que consideram seus inimigos, acabaram por provocar uma vasta reação planetária contra o islã, permitindo que floresçam novos preconceitos étnicos. Nada nos diz que esses fascistas representam a totalidade e nem mesmo a maioria dos islamitas de todo o mundo, não é um dogma de sua religião o preceito de que é preciso eliminar os "infiéis".

Em alguns momentos da história, foram cometidos, em nome de crenças religiosas, graves crimes contra a humanidade. A própria Igreja católica, uma das fontes da cultura ocidental, incentivou as cruzadas contra o mundo muçulmano, assim como promoveu a queima de pensadores, cientistas, artistas e opositores em geral nas fogueiras da Inquisição. Mesmo que hoje brilhe à sua frente a estrela sábia e humanitária do papa Francisco, não devemos esquecer os fatos do passado para que eles não se repitam no futuro.

A liberdade é um velho projeto da Grécia clássica, que vem sendo sonhado pela humanidade através dos séculos e tem progredido pouco a pouco, superando costumes e tradições que a negariam. Ela é o encanto de nossa vida, o mais sólido e convincente instrumento de aproximação entre os homens. A libordade, como dizia Roca Luxemburgo, ó sobrotu do a liberdade do outro.

A barbárie cometida contra os cartunistas de *Charlie Hebdo* não foi o resultado de um momento de paixão; ela foi planejada em seus mínimos detalhes e bem-sucedida enquanto ação militar. Uma estratégia pensada contra a liberdade. Os assassinos estavam dizendo claramente, às suas vítimas e a nós, que, se pensarmos diferente deles e ainda ousarmos manifestar esse pensamento, temos que morrer, condenados a desaparecer da face da Terra. Os jornalistas foram assassinados porque cometeram um crime de opinião, negando-se a pensar do modo que lhes estavam ordenando que pensassem.

Por mais que discordemos das publicações que existem, a liberdade de imprensa é indispensável à sobrevivência da democracia. Cada vez que a liberdade de imprensa é ferida, sucede-lhe um regime autoritário qualquer. Nem sempre a imprensa é nobre e muito menos correta; mas a evidência de sua incorreção não pode provocar a privação de ela se manifestar como melhor entender. Cabe ao julgamento da justiça e à escolha livre da opinião pública determinar quem tem razão, punir os crimes de infâmia ou a simples mentira.

Quando Getúlio Vargas assumiu o poder por eleição democrática, em 1950, todos os jornais do país, grandes ou pequenos, estavam contra ele. Getúlio não mandou fechar nenhum deles, não fez nada para impedir as violentas intervenções públicas de sua oposição. O presidente chamou o jornalista Samuel Wainer, seu amigo e seguidor, e pediu-lhe que criasse um jornal que o apoiasse, sendo capaz de competir com os que o esculhambavam. Wainer reuniu um grupo de talentosos jornalistas e assim nasceu a *Última Hora*, um jornal que se tornou o mais popular do país, só desaparecendo quando a ditadura militar acabou com ele. Através de Wainer, Getúlio estava escolhendo a competência em lugar da força. A tentativa de manipular a liberdade de imprensa através de restrições é uma covardia política, uma tentativa de colocar nas publicações a culpa pelos escândalos praticados no poder. Quem precisa de marco regulatório são os políticos.

Subestimar a gravidade do massacre de Paris é relegar a plano secundário o direito ao exercício da liberdade. Num mundo tumultuado como este em que vivemos hoje, não podemos reduzir esse crime ao fanatismo religioso de islamitas fascistas. Por trás dessa aparência, germina por aí uma perversão emergente, a circular por diferentes nacionalidades, religiões ou etnias, que se opõe à civilização, ao progresso, aos costumes libertários, ao direito à liberdade. Não podemos permitir que a doença vire epidemia.

POR SELEÇÃO ARTIFICIAL

11 de janeiro de 2014

Neste fim de ano, li mais os jornais e fiquei surpreso com os avanços da humanidade. Parece que já podemos alterar nosso DNA, fotografamos nosso cérebro, achamos cristais que convertem energia solar em eletricidade, descobrimos novas supernovas que explicam a origem do Universo, e muito mais. Para não falar da televisão de 110 polegadas, megas TVs com UltraHD e resolução 4K, que podem acabar com as salas de cinema, onde passam nossos filmes. Tudo isso eu li nos jornais.

O que não li no jornal, eu mesmo inventei. Uma história verossímil sobre a evolução das espécies por seleção artificial, um passo bem à frente da seleção natural de Darwin, que contei à revista *piauí* no fim de 2008.

Imagine que na terceira ou quarta década do século XXI, o mapa do genoma humano tenha sido enfim integralmente decifrado. A manipulação de células-tronco servia agora para curar todas as doenças, permitindo maior extensão da vida. A nova medicina se tornou conhecida como genoterapia.

Por ser cara, a genoterapia só estava ao alcance de famílias ricas de países ricos. Mas líderes árabes, altos funcionários asiáticos, ditadores africanos e bilionários latino-americanos também compraram o acesso a ela. As pessoas beneficiadas pela nova terapia foram chamadas de genos.

Em breve, o número de genos crescia, permitindo aos laboratórios viver da nova medicina. Os lucros com ela se tornaram tão elevados que eles deixaram de fabricar medicamentos convencionais, responsáveis por custo-benefício insignificante.

Os que não tinham condições financeiras de se beneficiar da genoterapia se organizaram para evitar que desaparecesse o que havia restado da medicina convencional. A disputa por médicos e medicamentos convencionais provocou ferozes guerras localizadas. Mas os genos não se envolveram nelas, limitando-se a agir por motivos humanitários, impedindo o uso de armas químicas e nucleares de destruição em massa.

A vida já tinha se estendido a possibilidades centenárias para os genos, quando uma crise gigantesca atingiu os não genos. Vivendo em condições sanitárias lastimáveis provocadas pelas guerras, os não genos foram assolados por grandes epidemias. Passaram então a tentar se apropriar ilegalmente dos benefícios da genoterapia, praticando roubos, assaltos, sequestros e outros crimes. As autoridades foram obrigadas a declará-los inaptos à convivência democrática e a negar-lhes o direito de cidadania, isolando-os ainda mais.

Por essa época, bioneurocientistas descobriram o infraego, o regente de um mecanismo autônomo que ordenaria o conjunto do corpo humano, o oposto simétrico do superego. O infraego regia à circulação do sangue, ao sistema digestivo, à respiração do ser humano, comandando a harmonia necessária entre as atividades orgânicas. Cientistas mais astutos chegariam à seminal descoberta de que o infraego era também capaz de pôr ordem nas mentes humanas e controlá-las artificialmente, reorganizando o sistema moral de cada um segundo seu próprio programa individual, neutralizando interferências indesejáveis do superego.

A interação entre pesquisas da genoterapia e do infraego aproximou a pequena humanidade que se beneficiava delas para uma existência quase milenar, cujo sentido não cabia mais na simples palavra "vida". Em harmonia com a natureza, a procriação dos genos logo sofreu uma mutação genética, tornando-se uma nova espécie dentro do gênero humano. Lembrando a origem de sua evolução, biólogos e antropólogos chamaram a nova espécie de *Homo ricus*.

Enquanto isso, os decadentes *Homo sapiens* perambulavam em desordem pelos continentes, fugindo com suas famílias das cidades empestadas e em ruínas, a vida cada vez mais curta. Os Estados entraram em colapso e as nações começaram a desaparecer, impossibilitadas de conservar suas fronteiras e os laços entre seus cidadãos. A linguagem começou a sumir por perigosa e as manifestações culturais rarearam por desnecessárias.

Os *Homo ricus* progrediam rumo a uma vida cada vez mais saudável, a mentes mais livres de ilusões, a existências mais longas e despreocupadas, fundamentos de uma cultura de sabedoria e contemplação. A lembrança dos *Homo sapiens* se restringia à narrativa científica da evolução, como eucariontes bípedes, primatas e ancestrais como tantos outros animais existentes ou extintos. Primeiro para evitar sua aproximação, depois por diversão e esporte, os *Homo ricus* passaram a caçar os *Homo sapiens*. Como se caçava macacos num passado longínquo.

Áreas reflorestadas do subcontinente sul-africano, do Sudeste Asiático e da América do Sul foram transformadas em reservas, onde os *Homo sapiens* restantes eram mantidos em estado natural. Um mínimo de caçadas autorizadas capturava poucos exemplares para zoológicos, onde eram mantidos para estudos de sábios e diversão das crianças.

Em algumas reservas, a caça mortal aos *Homo sapiens* era permitida, em temporadas precisas, com absoluto controle do número anual de vítimas. A carne desse animal em extinção havia se tornado rara e nobre, só era servida em circunstâncias muito especiais, sobretudo por ocasião do Natal, quando a iguaria substituía o antigo e já extinto peru.

VIVER A VIDA DOS OUTROS

4 de janeiro de 2015

Essas festas de fim de ano me fazem sempre pensar, como em tantos outros momentos da nossa vida globalizada, que talvez estejamos vivendo a existência de um outro, de alguém que não somos nós. Um pouco como as donas de casa se sentem vivendo as aventuras das heroínas de novela. Às vezes, me ocorre que talvez eu seja uma dessas heroínas e, ao mesmo tempo, a dona de casa que as contempla e sofre com elas.

Quando era adolescente, maluco por cinema, vi Frank Sinatra namorando Doris Day em *Corações enamorados* (*Young at heart*, de Gordon Douglas) e desejei ser um pianista de bar, com uma guimba de cigarro pendurada num canto da boca, bebendo uísque, a tocar e cantar canções de amor para ninguém. Talvez tenha sido por minha paixão pela música (sempre me pergunto se não sou um músico frustrado), mas sonhei com isso durante muito tempo.

Foi preciso crescer e aprender a pensar sobre mim mesmo e sobre onde estou, para descobrir que Sinatra não era um personagem que me representava, mesmo que gostasse tanto de ouvi-lo cantar e de vê-lo atuar (para mim, um dos melhores atores da história do cinema americano). Eu não precisava viver a vida dos outros, não devia transferir-me para a vida dos outros; era melhor cuidar da minha.

Muito mais tarde, já na maturidade recente, quando vi pela primeira vez um filme do iraniano Abbas Kiarostami, me iluminei de encanto e chorei de emoção ao constatar que o cinema estava me dando a oportunidade de conhecer pessoas longínquas, um distante jeito de viver do qual, de outro modo, jamais tomaria conhecimento.

Apesar de todo o seu vigor audiovisual, da qualidade cinematográfica do filme, não era disso que tratava minha emoção; mas da descoberta do outro que jamais seria eu. Não tinha sentido desejar viver a vida daqueles personagens, eles estavam ali para que soubéssemos que existiam seres diferentes de nós, vivendo em ambiente diferente do nosso, em algum lugar do mundo em que não estávamos. Devíamos apenas amá-los e, sempre que necessário, termos compaixão por eles.

(Vamos entender aqui a palavra "compaixão" no sentido bíblico e anglo-saxônico do termo; não como a perversa, arrogante e autoritária piedade, e, sim, como solidariedade na trajetória do outro.)

Cada vez que penso nisso, penso também no que dizia T.S. Eliot sobre a cultura anteceder o conhecimento. Antes de dominar os segredos do mecanismo do mundo, o ser humano inventou o comportamento, um jeito de se adaptar e conviver com aquilo que lhe estava ao redor. O conhecimento nos rende sabedoria; mas a cultura é que nos dá caráter.

Acho que é disso aí que vem minha velha implicância com Papai Noel, um combate inútil de ocupado contra ocupante. Não consigo conviver com a farsa do bom velhinho, fruto de inúmeros valores que não se encontram em de onde vim e onde estou. Quando o vejo surgir em dezembro, no anúncio da televisão ou a badalar no shopping, é como se visse chegar à nossa praia de verão, debaixo de implacável sol, um ser escandaloso vestido em casacão de pele. Não consigo me emocionar com a neve que não está em minha vida, com as renas que nunca vi, nem mesmo no jardim zoológico.

Bem, sei que nada disso é tão grave assim. Serve apenas como alerta para nossa alienação daquilo que realmente somos, para que nos conheçamos melhor e sem fantasia. Para que melhor possamos comandar nossas vidas.

Na dramaturgia grega clássica, eram os deuses que dominavam a trama, fazendo acontecer o bem e o mal que os heróis merecessem. O romantismo tornou os sentimentos dos heróis responsáveis pelo seu sucesso. Emma Bovary não morre de amor, mas da ausência do amor em suas aventuras amorosas.

A partir do final do século XIX e sobretudo no XX, o engajamento social e político dos heróis passou a decretar o valor do caráter deles. Não se tratava mais de celebrar um deus justo, nem de morrer pela mulher amada, mas de salvar o mundo com o sacrifício dos heróis. E nós queríamos ser um deles.

Suspeito que tenha sido o fogo da cultura audiovisual, inaugurada com o filme de cinema, o responsável por nossas mentes serem ocupadas por vidas inventadas pelos outros. Nem Deus, nem a mulher desejada, nem a justiça dos homens — o que passou a nos fascinar foi a vida de heróis e heroínas do cotidiano, capazes de realizar aquilo que não tínhamos força para fazer. E nos regozijávamos com a ficção de que fazíamos tudo através deles e que eles agiam como se fossem nós mesmos.

A globalização consolidou-se assim, com o desejo de nos realizarmos com as façanhas dos outros, de viver a vida dos outros. E com a vida dos outros sonhar. Como diz o mote clássico de Walt Disney, "If you can dream it, you can do it" (em tradução livre, "se você pode sonhar com alguma coisa, você pode realizá-la"), que podemos atualizar para "se você pode sonhar com alguma coisa, você já a realizou".

TODA LEI É PARA TODOS
—
10 de maio de 2015

Vira e mexe o financiamento da cultura no Brasil ocupa espaço nos jornais, com partidos nem sempre muito claros, mas que quase nunca deixam de ser irritados e queixosos. Enquanto os artistas se julgam injustiçados na distribuição dos recursos, parte de seu público não se conforma com o sistema a fundo perdido, considerando-o no mínimo paternalista. Tudo isso porque, desde a promulgação da Lei Sarney, na segunda metade dos anos 1980, a cultura passou a ser majoritariamente financiada por incentivos fiscais, recursos dos quais a Receita Federal abre mão para que empresas e pessoas físicas usem (pequena) parte de seu imposto de renda em investimentos na atividade.

Existem vários modos de produzir a multiplicação da cultura por meio de incentivos fiscais, o que o Brasil adota não é o único possível. Essa mesma política é aplicada, em diferentes versões, nos países da Comunidade Europeia, em estados dos Estados Unidos, na Argentina e no México, em inúmeras outras nações pelo mundo afora. No fundo, é tudo mais ou menos a mesma coisa.

Curioso que, por aqui, reclama-se muito que o Estado está jogando dinheiro fora com a cultura ao abrir mão de parte (mínima) do imposto de renda devido por empresas e pessoas físicas, mas nunca vi ou ouvi ninguém protestar contra a isenção do IPI para a indústria automobilística. A cultura, ao menos, não emite gases letais por nossas ruas e estradas. Ou, por outra, se os emite é apenas no mundo simbólico e não no de coisas concretas como a vida dos outros.

Os recursos dos incentivos fiscais para a cultura são fruto da riqueza produzida pelas próprias empresas e pessoas físicas que se utilizam deles. Depois de produzida, o Estado confisca uma parte dessa riqueza na forma de impostos para executar serviços públicos indispensáveis. Num terceiro momento, decide devolver um (pequeno) pedaço do confisco, reconhecendo que é mais conveniente deixar o contribuinte administrar parte de seu investimento na atividade cultural.

O incentivo fiscal nada mais é senão a recuperação, por parte do contribuinte, de um pedaço da riqueza que ele produziu e que lhe foi confiscado pelo Estado. É natural que caiba ao contribuinte escolher como deve investi-lo, dentro de regras e limites estabelecidos por lei. Como é natural que esse investimento seja feito, de modo geral, em artistas capazes de valorizar o patrocínio com suas obras. Mas isso não significa que os que não têm acesso a esses benefícios devam ficar ao deus-dará — o Estado tem a obrigação de amparar os excluídos em nome de nossa identidade diversificada, da tradição e da inovação na cultura brasileira.

É impossível estabelecer limites entre os que merecem e os que não merecem incentivos fiscais. Nenhuma lei é capaz de definir o que é ou não "consagrado", nem o que tem ou não "valor artístico". Como no exemplo clássico de Van Gogh, que vendeu apenas um quadro em toda a sua vida. Por outro lado, o que chamam pejorativamente de "produto de mercado" é apenas consequência do gosto popular; a demonização do "mercado" na cultura é uma tentativa de mudar à força essa preferência. Ora, o Estado tem o dever de respeitar o gosto popular e, ao mesmo tempo, de oferecer oportunidades aos que desejam mudá-lo.

Todos são iguais perante a lei. É um abuso autoritário inibir seu uso por artistas que julgamos não ter reconhecimento público ou que supostamente não precisam dela. Sempre que a lei permite alguma discriminação, o rancor acadêmico acaba gerando Goebbels e Zhdanovs, com suas burocracias ideológicas. Prefiro encarar os editais de diferentes empresas públicas e privadas, além de inúmeras pessoas físicas, a me submeter ao gosto de um só homem e seu comitê sob controle.

Deus me livre de viver num país cujo governo proíba o incentivo à música sertaneja e ao axé, que proíba o povo de gostar e consumir aquilo que bem quiser. Também não quero viver num país retrógrado que se negue a dar às vanguardas e às antecipações de seu tempo o direito que elas têm de se expressar.

Cultura é tudo aquilo que está acontecendo na próxima esquina, da passagem de um maracatu a um jovem jogando seu game. Não podemos consagrar o país dicotômico que temos sempre a tentação de ser. Não se trata de escolher entre isso ou aquilo, mas de aprender a conviver com isso e aquilo.

Semana passada, escrevi aqui sobre *Casa grande*, excelente filme de estreia de Felipe Barbosa. Hoje, não posso deixar de aconselhar outro filme brasileiro que acaba de ser lançado. *Sorria, você está sendo filmado*, do veterano e consagrado Daniel Filho, nos leva simultaneamente ao teatro, à televisão e sobretudo ao cinema, com um distanciamento moderno herdado das nossas melhores comédias do teatro de revista, dos nossos *sitcoms* televisivos e de nossa tradicional chanchada. Surpreendente e irresistível, *Sorria...* consagra a diversidade contemporânea do cinema nacional.

BARRA PESADA

27 de dezembro de 2015

Esta é minha última crônica de 2015. Vou tirar umas férias de escrever e só volto a publicar outro artigo no último domingo de janeiro, dia 31. Nada como encerrar alguma coisa, mesmo que temporariamente. A gente fica com uma sensação de missão cumprida, mesmo que nos falte confiança em que a missão seja mesmo essa, que o que produzimos prestou para alguma coisa.

Só para ficar nas desgraças domésticas, 2015 foi um ano maldito na lembrança de muita gente (as desgraças internacionais também bateram recordes de horror, mas deixa pra lá). Não estou falando apenas das más notícias do mundo concreto, da inflação e do desemprego, da Petrobras e da Odebrecht, da lama mineira e do fogo amazônico, mas também dos incômodos políticos que dividiram o país. No momento, o impeachment da presidente é o mais grave deles.

Já disse aqui e repito que sou totalmente contra o impeachment, ele é injusto e inconsequente. Injusto porque, independentemente de sua administração ser boa ou má, não vejo a presidente tendo cometido nenhum crime previsto na Constituição que justifique seu impedimento. Inconsequente porque não vejo no horizonte uma sucessão que seja capaz de melhorar o país. Temer? Cunha? Renan? Cruzes!

A acusação de "estelionato eleitoral", de que Dilma Rousseff teria mentido durante a campanha e feito, nesse primeiro ano de seu segundo mandato, o contrário do que prometera, já virou uma constante cada vez que elegemos novo governo. Não porque Fernando Henrique, Lula e Dilma tenham decidido conscientemente mentir durante suas campanhas; mas porque preferiram ouvir seus marqueteiros a discutir e seguir os programas de seus partidos.

A propaganda montada pelos marqueteiros políticos, para "vender" os candidatos que os contrataram, é que está se tornando um "estelionato eleitoral" sistemático, onde não se discute nada antes de uma consulta aos institutos de pesquisa. Não se crê um segundo que um discurso sincero e correto possa mudar os índices obtidos por esses institutos. Duda Mendonça, Renato Pereira ou João Santana se tornaram sumidades programáticas, muito mais importantes do que qualquer ideólogo respeitável de cada partido. A política no Brasil está se tornando um sistema de venda de imagens e não de ideias.

Não é assim que está evoluindo a política por aí, na França ou na Espanha, mesmo na Grécia ou em Portugal, onde forças novas ocupam seu lugar junto às aspirações do povo, sem ter que vender uma imagem superficial. Uma aliança de centro-esquerda não derrotou a direita da Frente Nacional francesa pela força de ilusões; o Podemos e o Nós, Cidadãos não se impuseram nas urnas espanholas através de velhas mensagens que os marqueteiros repetem.

Não acho que o Brasil esteja bem de vida, muito menos que este seja o melhor governo possível. Mas é preciso reconhecer que Dilma Rousseff não fez um só gesto, nem emitiu uma só frase que enfraquecesse o processo democrático no país. No meio da grave crise política e econômica que vivemos, podemos nos orgulhar da estabilidade de nossa democracia.

Uma democracia que está sendo ameaçada por setores radicalizados da população. Alguma coisa na crise que vivemos, ocasionada talvez pelo resultado apertado das últimas eleições, fez com que, dessa vez, o país se dividisse radicalmente em dois, sem racionalidade e sem respeito pela opinião alheia, um puro exercício de ódio. O país está perigosamente dividido em clãs políticos que não admitem respirar o mesmo ar que o "inimigo".

Chico Buarque foi, essa semana, vítima dessa intolerância burra. Saindo de um jantar com amigos, ele teve que ouvir, vindos do outro lado da rua, gritos hostis e grosseiros de jovens que estavam no restaurante em frente. A quase uníssona acusação era a de sua preferência partidária, uma escolha pessoal e cívica de cada cidadão livre. Gentilmente, com a cordialidade que o caracteriza, Chico atravessou a rua e foi tentar conversar com os rapazes. Mas eles não queriam ouvir argumentos ou discutir ideias, apenas desqualificavam o interlocutor que não pensava como eles, uma censura tipicamente autoritária ao pensamento do outro. O mínimo que ele ouviu foi ser chamado de "seu merda". Não é fácil ouvir alguém chamar um brasileiro como Chico Buarque de "merda" sem que o sangue lhe suba à cabeça.

Não sou pessimista, não acho que as coisas vão sempre dar necessariamente errado. Nem acho que vamos precisar de muitos anos para nos recuperarmos da crise que nos assola. Se alguns princípios básicos da convivência democrática forem respeitados, se conseguirmos que o ódio seja substituído pela consciência de que o outro tem direito de ter outra opinião, diferente da nossa, se aprendermos a pegar leve na barra pesada, sairemos dela mais rápido do que imaginamos, sem a falsidade histriônica de uma "unidade nacional". De um lado e do outro, vamos precisar da grandeza de muitos Chicos Buarques para cumprir essa meta.

À ESPERA DO PRIMEIRO CADÁVER

3 de abril de 2016

Repito, pela enésima vez, o que já disse aqui: embora lamente, em vários aspectos, o atual governo, sou contra o impeachment da presidente Dilma Rousseff, por injusto e inconsequente. Injusto porque ainda não se configurou nenhum crime de responsabilidade que ela tenha cometido no governo. Inconsequente porque vai dividir mais ainda o país, ameaçando seriamente a paz democrática que custamos tanto a conquistar.

Pelo que vemos nas ruas, o país está rachado ao meio, se aproximando seriamente de um impasse que pode ter graves consequências. É impossível saber qual dos dois lados tem mais eleitor, Ibope e Datafolha não são o voto universal, livre e democrático da população. Nessas condições, o impeachment de uma presidente eleita regularmente promove uma ruptura social que pode se tornar trágica e sangrenta.

Nem por isso o impeachment seria um golpe. Pode ser (como acho que é) uma iniciativa política gravemente equivocada; mas se o instituto se encontra na Constituição do país, não há por que chamá-lo de golpe. Golpe seria desrespeitar a Constituição, desmoralizar seu valor, ignorar o que ela diz. Golpe seria chamar de golpe o que ela afirma ser legítimo.

Os dois lados precisam baixar a bola das paixões, reconhecer que, numa democracia, todo episódio político deve servir para fortalecê-la, fazê-la avançar. Numa democracia, as crises políticas são inevitáveis e sempre bem-vindas, desde que sirvam para aprimorar seu exercício e o do direito de todos. Não podemos usar as crises como pretexto para eliminar o outro, o que pensa diferente de nós. Nem usá-las como alavanca para a reversão do que é certo.

A presidente Dilma errou quando disse, aos artistas que se reuniram em Brasília, que seu impeachment, com base nas "pedaladas fiscais", não se justifica porque todos os governos anteriores ao dela também as praticaram. Ora, é uma insanidade ou uma desfaçatez moral achar que um crime deixa de ser crime porque os outros já o cometeram impunemente e ele se tornou "prática corriqueira", como disse um senador governista.

Nesse mesmo encontro com artistas, a presidente acertou em cheio ao dizer que "ninguém vai unir o país destilando ódio, rancor, raiva e perseguição". Como fez a tal pediatra gaúcha, Maria Dolores Bressan, que se recusou a atender uma criança de um ano porque era filho de uma mãe filiada ao PT. Aí, é quase holocausto mesmo.

Como pode ser um holocausto cultural a censura que os dois lados tentam fazer ao "inimigo". A Editora 34, por exemplo, vetou a publicação do livro mais recente do pensador e escritor baiano Antonio Risério, *Que você é esse?*, sob o argumento de que, no capítulo oitavo do romance, um personagem vai se prostituir no marketing político, correndo o risco de ser identificado, pelos leitores, com os marqueteiros de Dilma e do PT. Esses são os intelectuais que denunciam o complô midiático da grande imprensa que, segundo eles, não dá visibilidade às pessoas, aos fatos e às ideias do outro lado.

Mesmo que Sergio Moro e sua turma tenham cometido erros, notadamente na condução coercitiva de Lula e no grampo do telefone da presidente, nem por isso deixam de ser heróis nacionais. Quando antes, nesse país, vimos banqueiros e empresários corruptos na cadeia? Quando antes vimos políticos poderosos ameaçados de perder seus mandatos ou simplesmente já em cana?

Até agora, a Lava Jato já bloqueou, em bancos suíços, 800 milhões de dólares da nossa corrupção; obteve 93 condenações criminais de corruptos e corruptores, lavadores de dinheiro e formadores de quadrilha; revelou departamentos de propina em respeitáveis empresas clientes do Estado. Quando antes, nesse país, esperávamos assistir, um dia, a esse espetáculo de limpeza política e financeira, só comparável à bem-sucedida Mani Pulite, de Antonio Di Pietro, que mudou a vida pública na Itália? É preciso blindar a Lava Jato de toda resistência a ela.

Diante do mau exemplo dos poderosos, o cidadão comum se acha no direito de fazer suas próprias regras, a partir de suas próprias necessidades pessoais. Essa semana, um réu ameaçou atear fogo a uma juíza se ela não gravasse um vídeo inocentando-o. Se nossos líderes preferem a companhia de Jader Barbalho e Jair Bolsonaro à de Sergio Moro, eles estão dizendo ao povo que vale qualquer coisa para conquistar o poder e permanecer nele, custe o que custar.

Os militantes estão nas ruas, com os nervos à flor da pele; é dever dos líderes acalmar os que acreditam neles. Não estou pedindo conciliação, esse clássico instrumento de poder das oligarquias no Brasil; estou pedindo entendimento e concertação, um acerto de modos. Em vez de gastar o tempo com poses de estadista e ranger de dentes, esse devia ser o papel de gente como Fernando Henrique Cardoso e Lula — um encontro cívico para negociar a distensão. Se não, o ministro Edinho Silva, da Comunicação Social, é que terá razão: "A radicalização não está no seu auge e, se algo não for feito urgentemente, vai piorar. Vamos esperar o primeiro cadáver? Porque ele vai existir."

UMA HISTÓRIA DE AMOR

10 de abril de 2016

Engenheiro competente, especializado em estradas de rodagem, Franciscoé um homem alegre e espirituoso. Dono de interminável repertório de anedotas, que conta enquanto a crise política, econômica e institucional come feio lá fora, seus companheiros de trabalho o escutam divertidos nos momentos de descanso. Alto e volumoso, recebeu da equipe encarregada de abrir uma vicinal no alto da serra o apelido de Franciscão.

No acampamento da empreiteira, Franciscão conta suas piadas picantes. Para torná-las mais exóticas, jura tratar-se de histórias reais, vividas por parceiros e parentes. Quando tenta contar a do fazendeiro que flagra o noivo da filha transando com uma bezerra na beira do rio, uma vaia impede que Franciscão continue. Essa é velha, todos a conhecem.

Em seu fusca velho, Franciscão faz a ronda solitária da estrada em construção. O terreno é árduo, cheio de curvas, pedras e crateras que, com a chuva, se tornam perigosos transtornos. Franciscão enfia o carro barulhento mato adentro, em velocidade pouco recomendável. O fusca sofre uma pane, empaca e nada consegue fazê-lo repartir.

Franciscão se empenha no conserto, o corpo todo para dentro do motor. Em voz alta, xinga os alemães que fabricaram o automóvel, quando uma voz lhe indica o defeito em francês: "*L'accélérateur.*" Surpreso, Franciscão procura a dona da voz feminina, grave e gutural, mas só vê uma vaca pastando no campo deserto. Ele volta ao conserto, imaginando ter delirado. A voz insiste: "*L'accélérateur.*" Franciscão olha em volta, a vaca o espia serena. Ele percebe que vem dela a voz que agora lhe aconselha em português: "Puxe o cabo do acelerador."

Perplexo, Franciscão segue as instruções e o carro pega de novo. Ele se volta para a vaca mudo, mas agradecido. Ela se aproxima devagar, rebolando sem pressa, como toda vaca tem o hábito de fazer, enquanto cantarola "Emoções", o clássico do Rei. A vaca pede que, em troca do serviço prestado, Franciscão lhe faça um cafuné em suas costas, onde alguma coisa que suas patas não alcançam a mata de coceira. Ele coça as costas da vaca, onde ela indica. Suspirando de satisfação, a vaca segue a cantar lânguida a canção de Roberto.

Franciscão interrompe o cafuné com vontade de urinar. Ele se afasta e, por instinto, urina de costas para a vaca. Franciscão tem a sensação de que ela, sempre a cantar, o observa com o rabo do olho, tenta ver seu pênis.

Franciscão acaba de urinar e volta ao carro. A vaca o observa com um olhar enviesado e doce, certo sorriso sarcástico no canto da boca, a formar conjunto malicioso, quase obsceno. Ele se perturba, liga o velho fusca, não consegue evitar um agradecimento mecânico: "Era mesmo o cabo do acelerador. Obrigado." "*À votre service*", responde a vaca. Os olhares se cruzam por silenciosos segundos. Antes de partir, Franciscão ainda ouve a voz triste da vaca: "*Aimez-vous Brahms?*"

De volta ao acampamento, Franciscão não consegue pensar em outra coisa. Ele cuida de não contar a história da vaca para ninguém. Às vezes, começa uma conversa sobre o assunto, mas logo o interlocutor cai na gargalhada, certo de que se trata de mais uma nova piada. Sob o pretexto de trabalho, Franciscão dá um jeito de voltar ao lugar onde conhecera a vaca, levando consigo engenheiros e operários que servirão de testemunhas. Mas ela não está mais lá e, mesmo voltando ali várias vezes, ele nunca mais a encontra.

A ansiedade se transforma em melancolia, quando Franciscão se descobre com saudade da vaca. Ele se torna um homem sem graça e, diante da insistência dos colegas intrigados, revela estar apaixonado, embora tenha o cuidado de não dizer por quem. Para os amigos, uma mulher desconhecida e perversa destruíra o humor e, portanto, a vida de Franciscão. Ele abandona a engenharia de estradas, se mete sozinho por serras e sertões em busca da vaca. Às vezes, pensa tê-la encontrado. Mas basta se aproximar para logo descobrir que o que vê é apenas uma vaca que, como tantas outras, não fala francês, não canta canções populares, nem tem o olhar enviesado e doce. Franciscão envelhece prematuramente, a frequentar rodeios, leilões de gado e até, com o coração na mão, matadouros de todo tipo.

Tempos depois, Franciscão está deprimido nas arquibancadas de um circo, diante de palhaços e malabaristas. O público faz silêncio para que patinadores comecem a deslizar ao som de "Emoções". Franciscão se emociona. De repente, voz grave, gutural e agora frágil, vinda do lado de fora do circo, tenta acompanhar a música que vem do picadeiro. O público se irrita com a voz intrometida, multiplicam-se os *psius*. Franciscão sai em busca de onde vem a voz.

Franciscão dá a volta ao exterior da lona e se depara com a vaca que mal abre os olhos, a cantarolar prostrada sobre o chão sujo de restos de pipoca e algodão-doce. Ela está morrendo. Franciscão afaga seu nariz, suas nádegas e o mesmo ponto de suas costas onde coçara naquele dia. "Você me fez muita falta", diz-lhe a vaca lentamente. Franciscão começa a chorar. "*Ça vaut pas la peine*", a vaca sorri triste, a lamber suas lágrimas. Ela tenta cantar "Emoções", sem conseguir acompanhar o tempo da canção que vem do interior do circo. Franciscão coça as costas da vaca. A cabeça pendida, ele deposita um beijo na fronte da moribunda.

AS PALMAS DE SEU PALMINHA
—

18 de setembro de 2016

Sinto falta de uma época em que havia futuro. Não faz muito tempo, a gente vivia em função dessa expectativa, dessa esperança. A história era um trem instalado em seus trilhos, de onde não sairia nunca, indo sempre em frente, mesmo que às vezes nos parecesse lento demais. E o amor havia de chegar na hora certa, singular e único como cada um de nós o merecia. Aliás, amor e revolução eram uma só coisa que nossa impaciência juvenil não admitia separar.

Com o tempo, descobrimos que o tempo era um pião que rodava em torno de si mesmo, que nada de fato avançava como tanto sonháramos. Tínhamos de cuidar de nós mesmos no presente, o único tempo que existia de verdade. Acho que foi por aí que o trem descarrilou, e inventamos o fim da história para nos consolarmos da falta de destino. As nações eram apenas territórios traduzidos em PIBs, a soma anual de nossa atividade financeira, independentemente de para que ela servisse.

Desistimos da felicidade. Não existem homens felizes ou infelizes, existem apenas momentos de felicidade ou de infelicidade, temos que tentar fazer render aqueles para que esses passem logo, depressinha. E que os inevitáveis momentos de infelicidade não deixem rastro algum, a tristeza é algo que não deve existir, o que ela pode nos ensinar não serve para nada. A não ser que queiramos perder a competição com nossos semelhantes, essa paraolimpíada de esforços vãos, diferente dos Jogos Paraolímpicos a que estamos assistindo, bela e valente vitória sobre o destino.

A tragédia aguardada com ansiedade não é só a que está dentro de nós, mas também a que nos envolve a todos que vagamos por este planeta. A tragédia do mundo do qual não teremos mais o que reclamar, porque a essa altura ele não estará mais por aqui. E, contra essa fatalidade, não planejamos fazer nada. Pelo contrário, cantamos em regozijo todas as suas hipóteses, desde os primitivos maias que haviam previsto o fim para 2012 (tenho um amigo que garante que os maias estavam certos, o que está diante de nós hoje são as ruínas de um mundo que já acabou). E o cinema mais popular possível só faz registrar com entusiasmo esses desastres em seus *blockbusters*, para gozo de um público majoritário que parece atraído perversamente para a exposição festiva de seu próprio fim.

Rogério Duterte, o presidente recém-eleito das Filipinas, novo elo dessa cadeia terminal, mandou sua população matar os suspeitos de tráfico e uso de drogas, sem mais delongas e explicações. Duterte é como um herói do Estado Islâmico, sem o pretexto da religião; com ele, caminha-se mais depressa para o extermínio, esse estranho amor à morte que se dispõe a aniquilar quem ainda ousa prestar culto à alegria.

Quem está certo mesmo é seu Palminha, conhecido meu de caminhadas, que o povo do calçadão passou a chamar assim. Ele está sempre de prontidão na quadra que vai da rua Garcia d'Ávila ao hotel de luxo na outra esquina. Vestido em bermudas convenientes à sua idade, a ostentar elegante barba de alguns dias (como costuma usar quem sabe das coisas), seu Palminha anda ao longo da quadra dando bom-dia a quem passa, a bater palmas para incentivar com ritmo intenso o exercício alheio, inventando identidades para quem passa por ele.

A mim, já me chamou de Fausto, Aroroba, Juracy, Pindamonhangaba, entre outros nomes cristãos, africanos e indígenas que provavelmente lhe ocorrem na hora: "Bom dia, Etelvino, vamos correr, vamos correr que a vida está lá na frente." E lá vêm as palmas ritmadas em minha direção ou na de outro atleta da vez, com a mesma delicadeza de quem chicoteia um cavalo preguiçoso.

De vez em quando, mas sobretudo no sábado de manhã, passa por ele lentamente uma menina magrinha recém-saída da adolescência, bem vestida e de pés descalços, carregando na ponta dos dedos um pulôver que já não lhe é útil, pois o sol de rachar expulsou do céu a lua mortiça com que contava à noite. Com um sorriso dissimulado por pensamentos vagos, a menina deve estar vindo de uma noite arretada, daquelas que os boêmios italianos do pós-guerra chamavam de *una giornata balorda*. A cada fim de semana no calçadão, peço aos santos que me façam ver outra vez a menina magrinha, para que eu tenha certeza de que ela sobreviveu à última noite de provável orgia. Eu nunca soube o nome dela.

Nem a ela seu Palminha poupa. Regularmente, desde que ela apareça, faz-lhe a mesma observação, acompanhada de palmas: "Menina, você precisa ser mais bem comedida." Ao que ela pergunta altaneira: "Mais bem comida?" Seu Palminha não ri. Ele olha para o atleta mais próximo, com voz suficientemente alta para que a menina o ouça: "Por que só há de ser nobre o amor das bem-comportadas?" E a ela, com palmas: "Vamos, menina, que Deus te acompanhe nesse teu rumo ao futuro."

A FESTA DO ADVENTO
—

25 de dezembro de 2016

Precisamos nos preparar para uma semana de muito pesadelo. Não é que já esteja programado mais um sequestro de avião. Ou que outro caminhão esteja pronto para invadir, a toda, uma via agitada do mundo ocidental. Isso até que ainda pode vir a acontecer nos próximos sete dias, mas os pesadelos a que me refiro vão estar, de fato, na ativação de nossa memória, na lembrança do que foi o ano de 2016. Não teremos como escapar à reprodução de tanta tragédia em nossas publicações impressas e nos noticiários de televisão. E ainda teremos, à nossa disposição, a internet e suas redes nem sempre confiáveis, por tonitroantes de pós-verdade.

A pós-verdade é o novo conceito acadêmico, criado em universidades norte-americanas, que serve para definir a narração nem sempre precisa de fatos, através da luxúria liberal da internet. Ela não é uma mentira pessoal, aquilo que inventamos por não conhecermos a verdade. Mas um conjunto de, quase sempre, pequenas ideias que, a qualquer custo, se tornam verdades subjetivas para cada um de nós. A invenção de uma outra racionalidade, capaz de pensar o mundo sem a preocupação da verdade genérica.

É tanta miséria humana acumulada nesses últimos 365 dias, que os resenhistas terão que escolher seus destaques, selecionando as pedras mais preciosas da coroa mórbida do ano. Não se trata de fazermos a soma escandalosa de mortos e feridos em diferentes circunstâncias e tipos de desastres, mas de iluminarmos a importância histórica de cada um desses desastres. E essa importância histórica será diretamente proporcional à relevância do lugar e da gente, capazes de impressionar os fregueses dos meios de difusão.

Não importa se, na guerra síria que já dura seis anos, até agora foi de cerca de 300 mil o número de mortos contabilizados. Ou se mais de um milhão de refugiados norte-africanos sofreram algum tipo de acidente na tentativa de atravessar o Mediterrâneo de canoa. Ou, ainda, se surge diante de nossos olhos, no fundo de uma ambulância precária, a imagem de um menino de quatro anos, com o rosto ensanguentado e o olhar pateticamente vazio. É como se já soubéssemos previamente que a guerra e a tentativa de fugir dela são mesmo passíveis desses números assustadores que já não nos assustam mais.

O que fazer com a notícia de que mais de cinquenta seres humanos foram massacrados num *night-club* de Orlando quando, num fim de semana, tentavam se distrair e amar em paz? Ou de que 19 alemães foram atropelados à morte por um caminhão desembestado em tão singela quanto inocente feira natalina? Setenta e um atletas, executivos e jornalistas perderam suas vidas com a Chapecoense, porque os responsáveis pelo avião acharam conveniente economizar alguns dólares, ou coisa que o valha, em gasolina. Os números não importam mais, eles já não significam grande coisa para a administração do mundo.

Não será surpreendente se o resenhista dessa semana nos explicar que o mais significativo do mundo em que vivemos não foi, em 2016, nenhuma dessas guerras, acidentes, choques morais, misérias de toda natureza. O que caracteriza a dimensão do pesadelo é a escolha, para guiar o país mais rico e poderoso do mundo, o país que nos faz, queiramos ou não, girar na direção em que ele se move, de alguém que não é apenas um político conservador e frio, isolacionista e arrogante, violento e preconceituoso, indiferente aos que não são como ele e como sua própria comunidade.

O que mais revela a gravidade do pesadelo é que Donald Trump é o representante acabado do capitalismo selvagem que julgávamos esquecido desde o sucesso da democracia social ou da sociedade de bem-estar, em algumas partes do mundo.

Trump é um velho capitalista selvagem, fiel fanático do capitalismo rentista, competitivo e cruel, para o qual não basta ser rico e ficar mais rico — é preciso também que nosso competidor empobreça, fique na miséria para nossa segurança e prazer. Foi assim que ele construiu sua vida de milionário, a fortuna da qual nunca abriu mão de um só centavo, para qualquer gesto de solidariedade.

Como podemos esperar que um homem que sempre teve a vida privada ordenada pela competição implacável, pela dominação e destruição do outro, tenha algum generoso gesto de compaixão, uma vez eleito presidente dos Estados Unidos? Seu país tão poderoso coloca em suas mãos os instrumentos que lhe faltavam para completar sua passagem destruidora pelo mundo.

Hoje é dia de Natal. Para cristãos e para não cristãos, o Natal é uma festa do Advento, uma festa daquilo pelo que sempre esperamos e que sabemos que há de chegar. Uma festa da esperança sem critério e sem razão. A nossa pós-verdade mais responsável. Como escreveu Goethe, "eu amo aqueles que anseiam pelo impossível". Feliz ano-novo.

O FUTURO DO FUTURO
—
5 de fevereiro de 2017

Desde adolescente, sempre ouvi dizer que o Brasil era o país do futuro, uma expressão criada pelo austríaco Stefan Zweig, um escritor judeu que, fugindo da perseguição nazista, veio viver por aqui. Ele se suicidou em fevereiro de 1942, às vésperas do carnaval, em Petrópolis. Pela mesma época, o poeta Paul Claudel, então diplomata francês no Brasil, glosando a ideia de Zweig, afirmou que éramos o país do futuro e o seríamos para sempre. O que Claudel queria dizer é que o brasileiro gostava mesmo era da expectativa do futuro, mesmo que ele não lhe chegasse nunca. A esperança era suficiente.

Hoje vivemos uma atmosfera mítica oposta. Pelo menos para os que têm o poder de influenciar a opinião pública, o Brasil não presta para nada e não tem futuro algum. Somos um país definitivamente fracassado, condenado à rabeira da civilização contemporânea, incapaz de tudo. Nossos jornais e redes sociais são feitos desse pessimismo, em que o país é quase sempre identificado com o que há de pior nele, seja na economia, na administração pública, nos costumes, nos espetáculos, no futebol, onde for. Só é profundamente brasileiro aquilo que for profundamente ruim.

Chega. Não quero mais viver esse flagelo da autoestima, essa satisfação com a autocomiseração, esse sossego da morte em vida. Não quero mais rir de mim mesmo, como quem ri de um monstro grotesco imobilizado pela incompetência, piada do resto do mundo. Não é justo que seja assim, não o merecemos. É preciso voltar a crer que o futuro tem futuro, mesmo que ainda esteja longe de agora. E quem o constrói somos nós mesmos. Não podemos fazer do mito de nossa insuperável impotência a confortável explicação para nosso fracasso pessoal.

Não confundamos esse projeto com a ideia da harmonia universal dos infernos. O senador Renan Calheiros, em seu discurso de despedida da presidência do Senado, declarou que "depois das turbulências, é hora de um pouso suave para o Brasil". Assim como o deputado Rodrigo Maia, ao assumir a presidência da Câmara, declarou que "harmonia é a palavra-chave que sintetiza um dos pilares da democracia brasileira". Nem uma coisa nem outra. O "pouso suave" do senador e a "harmonia" a que se refere o deputado são justamente duas fantasias que convidam à inação.

A vida, como a política, é o contrário disso — é da crise que o progresso humano se alimenta, é da contradição que se organiza a síntese que construirá o bem-estar do futuro. O que nos falta não é "pouso suave" ou "harmonia", mas o respeito à opinião do outro que não pensa como nós, o direito que o outro tem de existir. É esse o verdadeiro pilar de qualquer democracia.

No quadro famoso intitulado *Redenção de Caim*, pintado por Modesto Brocos no século XIX, uma negra idosa eleva as mãos aos céus, agradecendo a Deus o neto claro que sua filha mestiça acaba de ter com um branco pobre, todos presentes na tela. Segundo o cineasta e escritor João Carlos Rodrigues, "trata-se de uma ilustração muito bem-sucedida de uma teoria então vigente, segundo a qual os negros brasileiros desapareceriam em algumas décadas, esmaecidos pela miscigenação". Essa teoria do embranquecimento, defendida até por políticos e pensadores progressistas de então, recusava a origem da civilização brasileira, inventando um destino que não tinha nada a ver conosco nem com a realidade à nossa volta.

Somos sempre vítimas desses "salvacionismos" inventados que nos desviam de nós mesmos e que nos fazem, além de observadores injustos de nossa própria vida, perder tempo e confiança na tentativa de construção de um futuro impossível. Já invejamos a civilização europeia ocidental e, depois, a contemporaneidade anglo-saxã da América do Norte. Esses projetos acabam por nos produzir um "fatalismo narcisista", como o nomeou Contardo Calligaris. O que é tão desejado e ao mesmo tempo tão inviável, acaba por não merecer que façamos qualquer esforço em outra direção alternativa. Merece apenas a autopredação moral e material que nossa frustração está acostumada a praticar.

Em busca ansiosa por amigos através das poucas palavras permitidas pelo WhatsApp, vivemos hoje a nostalgia de uma modernidade cheia de esperança substituída pelo cinismo da pós-modernidade que se ri desse passado. Nossas distopias são hoje formadas pelas ruínas dessa modernidade perdida. Nosso futuro estará comprometido se não nos conhecermos e não nos aceitarmos como somos e, a partir disso, construirmos uma civilização democrática e original, mais fraterna e mais generosa, em que temos o direito de acreditar.

Enquanto isso, o carnaval se aproxima inevitável... Viva a mulata!

O MUNDO CONTRA A VIDA
—

19 de fevereiro de 2017

Em geral, o mundo está sempre atrapalhando nossa vida. O mundo e nossos compromissos com ele, os compromissos que o mundo nos obriga a ter nunca são mais atraentes do que aquilo que consideramos necessário à nossa felicidade. Raramente servem ao nosso bem-estar, como se fossem apenas obrigações desagradáveis das quais não podemos abrir mão, se queremos seguir vivendo. Podemos até nos acostumar a essas obrigações, mas elas sempre pesarão em nosso corpo e em nosso espírito, em nossas vidas.

Um dia, acabamos por descobrir que não amamos tanto quanto gostaríamos de ter amado, não cuidamos de nossos filhos como pedia o nosso afeto, não curtimos os amigos como devíamos, não divagamos nas nuvens sem preocupações, do modo que bem merecíamos. O mundo não nos permitiu viver do jeito que havíamos planejado, preferido e merecido.

O mundo é o obstáculo à vida, uma realidade inventada por não sabemos direito quem, a fim de nos fazer sofrer de todos os modos. O inimigo de nossos melhores planos, a quem somos obrigados a prestar vassalagem com o que temos de melhor a oferecer, da saúde de nosso corpo à nossa inteligência, do nosso tempo sem ócio à submissão ao dinheiro para sobreviver. O lugar do doloroso trabalho, das frustrações do reconhecimento, do abandono e da solidão involuntária. Nele, somos obrigados a obedecer a todas as regras sobre as quais ninguém nunca nos perguntou nada.

De vez em quando, ousamos preferir a vida, mesmo que isso seja objetivamente inútil, um pretensioso pecado de soberba que, de um modo ou de outro, nos causará algum mal. A vida será sempre sitiada pelo mundo, obrigada por ele a perder sua energia, a alegria que vislumbramos nela.

Quando uma pessoa amada se cura de uma doença diagnosticada inicialmente como fatal, o mundo nos diz que devemos tudo a ele. Estamos na segunda metade da segunda década do século XXI, devemos saudar as descobertas da ciência, o incrível avanço dos aparelhos e da tecnologia correspondente, os novos aparatos à disposição dos doutores capazes de nos salvar de tudo. Se tudo isso já não tivesse sido inventado, o tratamento teria sido um fracasso. Mas só pensamos em celebrar a vida, pois sabemos que foi uma força pessoal sem nome, a energia de uma vontade luminosa, a fogueira de um desejo invencível, o gosto imenso de viver, maior que as razões do mundo em volta, que curou definitivamente a pessoa amada. E usamos o mundo para registrar com subserviência esse recomeço.

É ainda uma enorme e vulgar incompreensão rir-se por grotesco ou desprezar por vazio o hábito contemporâneo do smartphone. Quem disse que esse é um hábito solitário, um solipsismo social de nosso tempo? O smartphone é a arma moderna na busca por um amigo, a última esperança de encontrar um afeto, um amor que o mundo real não tem mais como nos oferecer. Um criador de parcerias.

Assim como o hábito da selfie, praticado com o mesmo aparelho celular, é uma confirmação de nossa existência neste mundo governado por famosos vazios permanentemente registrados nas redes, nos jornais, na televisão. O Cristo Redentor, a Torre Eiffel, o Taj Mahal no fundo das *selfies* não têm nenhum significado próprio; esses monumentos estão ali a serviço de nossa própria grandeza pessoal, acrescentando, sempre em segundo plano, algo retumbante a nossos rostos sorridentes e felizes. Que são o que interessa à vida.

O que há de sagrado no mundo é a vida dos outros. Não podemos ameaçá-la com nossos interesses, nem mesmo com nossas necessidades.

É assim, por exemplo, que agem os políticos corruptos, opondo seu bem-estar aos interesses e necessidades dos outros. Um deles, preso recentemente, pediu propina a seu corruptor em nome do "futuro de seus filhos", como foi fartamente relatado pelos noticiários. Com isso, recebeu do empresário que o corrompia os recursos de que os outros dependiam para ir à escola, tratar-se num hospital decente, não passar fome. Ir ao mundo e viver sua própria vida.

Me escandalizo com o fracasso total do ideário moral, político e comportamental das mais belas e generosas vanguardas do século XX, vanguardas para as quais a vida era a razão de tudo e o mundo devia estar a serviço dela. Não sobrou nada dessas vanguardas esquecidas, a não ser uma literatura no mofo, considerada hoje de fantasia. Ou caricaturas de suas expressões fundadoras, palavras de ordem como paz & amor, é proibido proibir, a imaginação no poder. Será que a humanidade não deseja ser feliz?

Só nos resta ir em frente com nossas vidas, enquanto o verão ainda está aí com seu sol que nos abrasa.

UMA CHANCE DE CATORZE MESES

16 de julho de 2017

Bem que eu gostaria de escrever sobre outra coisa. Mas não dá. Cada vez que sinto necessidade de me calar para ver se sofro menos, me aparece um novo acontecimento que não posso deixar de comentar, como se precisasse disso para respirar no meio de tanto desastre. Quando decido escrever e os sentimentos têm que se organizar através da disciplina da razão, perco o entusiasmo, acabo achando que a queda de Temer, a prisão de Lula, o mandato de Aécio ou o exibicionismo das senadoras são assuntos sem nenhuma importância, em face do que está de fato diante de nossos narizes.

É evidente que o futuro de Temer, Lula, FHC, Maia e de quem mais aparecer e se destacar no palco desse drama, será sempre importante, independente de para quem torçamos. O que me agonia é que é evidente também que não está nas mãos de nenhum deles a chave da porta que deve ser aberta para sairmos dessa.

Não se trata mais de em quem votar ou para quem fazer campanha. Não me interesso por quantas horas as senadoras lancharam à mesa do presidente ou quantos deputados irão à sessão da Câmara depois do recesso. Não é nada disso que está em questão, e se bobearmos, em 2018 elegeremos novamente a mesma corja de sanguessugas e corruptos. Ou outros iguais.

O que precisamos saber é o que faremos do Brasil nesse instante seminal, agora que nossos valores democráticos e nossas práticas políticas estão a perigo. Além de campeões mundiais da corrupção pública, nossa sociedade vive hoje um inferno de violência e desregramentos. Somos líderes mundiais de assaltos à mão armada, do assassinato de ambientalistas, do massacre com chutes na cara de torcedores de futebol, do desrespeito aos índios, da guerra entre facções criminosas, dos 50 mil jovens assassinados por ano. E muito mais.

Como vamos reconstruir nossa democracia? Como vamos enterrar, de uma vez, nossa tradição escravista, sempre negada apesar da imensa maioria de pobres pretos e do tratamento que dedicamos aos que julgamos inferiores? Que nova Constituição contemporânea será capaz de atender às nossas necessidades atuais? Quem a escreverá?

As circunstâncias formais nos deram o porto seguro de uma data, outubro de 2018, para discutirmos e celebrarmos as mudanças estruturais. A oportunidade de eleições diretas marcadas e irremovíveis não pode ser perdida. Não pode se transformar em mais uma encenação de embates tradicionais, entre caciques e partidos que não têm nenhum compromisso com o futuro. Que vivem apenas da mesquinhez de suas disputas por cargos, emendas e malas cheias.

Para meu desgosto pessoal, não vejo ninguém repensando e reformulando as ideias que geraram as manifestações de 2013, o único movimento popular recente em que a política brasileira ameaçou se atualizar. Uma atualização com o nosso cotidiano, de comportamento, cultura, tecnologia e fé.

Não me interesso pelo nariz empinado da aristocracia que inventou a reeleição, esse crime político tão destrutivo, cometido por vaidade. Nem pelo populismo que quer "cuidar" do povo, em vez de se deixar guiar por ele e suas necessidades, um populismo herdeiro de nosso histórico patrimonialismo. Não quero ser obrigado a escolher entre a corrupção gentil e o pensamento aéreo, longe do chão do Brasil; entre a corrupção eufórica e a miséria moral generalizada. A compra de votos no Congresso, praticada sem cerimônia pelo PMDB e Temer, é uma tradição consolidada pelo PT e Lula no Mensalão, e foram o PSDB e FHC que a inventaram na reeleição.

Em vez de batalhas partidárias e xingamentos mútuos entre os que se parecem tanto, devíamos estimular a produção de um país novo, em seminários de ideias novas, que levem em consideração o mundo real. Por exemplo, desde o final do século XX, nenhum país, de qualquer continente, conseguiu sair da miséria e se desenvolver sem uma revolução profunda no seu sistema de educação. Entre nós, nos últimos anos, ninguém, dentro ou fora do poder, nunca propôs nada parecido ou, ao menos, pensou nisso. Como ninguém pensou em saúde, saneamento, transporte, as coisas necessárias à grande maioria da população.

Ainda temos catorze meses para encontrar esse rumo. Mas, daqui a pouco, não teremos mais tempo nenhum, teremos apenas que votar, escolher entre políticos tradicionais e certamente bem conhecidos, que lutarão por uma forma de poder inoperante e desmoralizada, mas da qual ainda podem tirar proveito. E, em breve, tudo ficará como está hoje.

Antes de começar a escrever este texto, pensei em falar das virtudes da Mulher-Maravilha e de seu noivo acima da média, de como é sofrido torcer pelo vitorioso Botafogo, da consagração de Hélio Oiticica no Whitney de Nova York, do Paulo Prado que reli agora, de qualquer coisa que não fosse a chatice desses dias difíceis que estamos vivendo. Sim, vou tentar não falar mais nisso.

" Sempre fizemos parte do grupo de povos visto, pelo mundo que importa, como produtor de uma cultura que faz rir e dançar. Sempre fomos os 'nativos' inquietos e barulhentos, divertidos e ingênuos especialistas em 'alegria de viver'. Essa era uma necessidade do colonizador clássico, aquele que se compensava vendo em nós aquilo que eles teriam deixado de ser.

Para não deixar dúvida quanto à nossa qualidade face a seus próprios povos, éramos chamados por eles de 'subdesenvolvidos'. Depois, quando, no auge da Guerra Fria, ganhamos uma certa importância política na disputa entre as potências pela conquista do mundo, passamos a ser conhecidos como 'Terceiro Mundo'. Hoje, já sendo notório nosso peso econômico no concerto das nações, somos tratados como 'emergentes'. A linguagem explica muito sobre quem a inventa e usa."

trecho de "A ERA DUNGA"
14 de julho de 2014

3.

CHUVAS DE VERÃO

Saudade, palavra-prostituta da língua portuguesa, que se aplica a todo e a qualquer banzo que sentimos, às vezes adquire uma dimensão política diante das vidas secas que vemos passar diante de nós no torvelinho da história. Saudade, às vezes, é mais do que dor: é um ensejo de revisionismo. Há quem revise o passado por nostalgia. Com Cacá, o buraco é mais embaixo: sua melancolia não é refém do desencanto, do impasse. Cacá olha pra trás a fim de entender o que vem à frente. Aqui, nesta seleta regada a uma sensação inflamada de que certas coisas se acabaram rápido demais, reza-se o evangelho da ausência, da distância, com atenção às tradições.

R.F.

FUNDAMENTALISMO DA TRISTEZA
—

20 de novembro de 2010

Como o mundo não está nada fácil e a humanidade ainda não se acostumou às novidades, nunca se escreveu tanto sobre felicidade, como vou fazer agora. A soberania iluminista, que se impôs ao longo dos últimos três séculos, nos iludiu com a possibilidade de termos o controle de tudo; e, de repente, não sabemos como agir diante da evidência de que nada obedece ao roteiro traçado por nossas crenças.

De nada adiantou Spinoza nos alertar, no início da idade da razão, para o fato de que a natureza não tinha nenhum plano para a humanidade. Como nada adiantou Charles Darwin nos explicar com quantos acasos se fez a vida como ela é. À tradição do humanismo cristão se somou o cristianismo laico das ideologias redentoras que apontam para o fim triunfal da história, no paraíso dos justos, na sociedade sem classes ou na harmonia com a natureza.

Com isso, desprezamos a importância de nossos pobres sentimentos. Eles seriam comandados por fatores externos, revoluções da matéria ou do espírito que nos levariam a um futuro bem-estar qualquer. Verdade e Realidade se tornam deidades, indiscutíveis e únicas, que norteiam nosso comportamento no mundo.

É verdade que Freud e Einstein, cada um em seu ramo de negócios, popularizaram dúvidas em torno dessas ideias. Mas eles não viveram o suficiente para compreender que mesmo o relativo é relativo e nada será mesmo para sempre. Se não tivessem contado a Édipo que Jocasta era sua mãe, os dois teriam vivido felizes, com seus quatro lindos filhinhos, o resto de suas vidas.

Nossa vontade vale muito pouco. Ou, no limite, muito menos que nosso desejo. Sendo a vontade um exercício intelectual em nome de um projeto e o desejo uma necessidade a que só os santos resistem, como no capitalismo visto por Lacan.

Einstein e a ciência quântica abriram nossos olhos para o fato de que realidade e verdade são apenas uma relação entre o observador e a coisa observada. Como escreve Marcelo Gleiser, nosso grande astrofísico e ensaísta, "a objetividade imparcial se torna obsoleta, já que mente e realidade se tornam inseparáveis". O que desmoraliza o terrorismo crítico e seu rigor caricato — o que ele pensa estar na obra, está muitas vezes em sua própria mente.

A confiança total na razão, como se coubesse exclusivamente a ela iluminar nosso caminho com seus potentes faróis de absoluto, secou nossas almas de tanta coisa que nossos ancestrais usaram tanto para podermos chegar até aqui. Em seu livro mais recente, o filósofo francês Edgard Morin (que, aliás, teve um papel importante na construção do cinema moderno) declara que hoje, vivendo num planeta tão pequeno e tão superpovoado, alvos de informações inclementes das quais nem sempre necessitamos, só nos resta a solidariedade pura e simples, sem prévio conteúdo ou estratégia estabelecidos.

No último Festival de Cannes, alguns jornalistas europeus (sobretudo franceses) começaram a questionar a tristeza dos filmes contemporâneos na moda, o pessimismo e o elogio da impotência que atravessavam grande parte dos melhores filmes ali exibidos, a começar por alguns que seriam premiados no final do certame. O que chamei de fundamentalismo da tristeza, uma fé dogmática no fracasso da humanidade e em sua incapacidade de seguir em frente. Assim, só é contemporâneo aquilo que for triste, só é iluminado aquilo que apontar para a escuridão.

Ainda bem que, logo depois de Cannes, fomos convidados para participar do Festival Lumière, na cidade francesa de Lyon, onde o cinema foi inventado em 1895. Este festival, dedicado à projeção popular de filmes antigos, recuperados e restaurados em diferentes países, seria aberto pela exibição de uma cópia nova de *Cantando na chuva*, o musical clássico dos anos 1950, de Gene Kelly e Stanley Donen (que, com quase noventa anos de idade, estaria presente à sessão).

Ali, no Halle Tony-Garnier, um secular abatedouro transformado em arena pública de espetáculos, eu e Renata, minha mulher, nos juntamos a 5 mil pessoas que celebravam juntas o simples fato de estarem vivas e poderem dançar, aplaudindo aos gritos e assobios cada novo número musical. Esse prazer que estamos aprendendo a perder, na solidão de nossos *home-theaters*, na melancolia de nossos estreitos multiplexes.

A meu lado, um velho amigo, o cineasta italiano Marco Tulio Giordana, com lágrimas nos olhos, me dizia que "esse filme era de quando a gente achava que o mundo tinha jeito". Pois bem, o mundo não tem mesmo jeito, sempre foi e sempre será assim. E a humanidade também não é lá grandes coisas. Mas foi nele e com ela que nos foi dado viver, é com ambos que temos que negociar convivência e sobrevivência.

O homem feliz é um mito da adolescência da humanidade. O que existe são momentos de felicidade e de infelicidade, com duração variável. O que nos cabe é fazer com que esses momentos durem mais ou menos, conforme nossos desejo e preferência. Dante Alighieri nos informou que o inferno é aquele lugar em que, ao entrar, você deixa a esperança na porta. O inferno, portanto, é a ausência de esperança.

O FATOR DAS MUDANÇAS
—
16 de julho de 2011

Para nós da geração que viveu o auge da Guerra Fria e da obsessão anti-imperialista, o anúncio do potencial calote da dívida americana mais parece uma abertura de conto surrealista, ficção científica de esquerda agravada pelo papel da China como seu principal credor. Em nossa memória, a ruína do Império Soviético, naqueles anos de Gorbachev, de Yeltsin e da queda do Muro de Berlim, se torna até plausível, razoável e muito simples de entender se comparada à quebra dos Estados Unidos, o império mais rico e poderoso que a humanidade já conheceu.

Nesta semana, aqui mesmo em *O Globo*, o economista Joseph E. Stiglitz, insuspeitável Prêmio Nobel e professor da Universidade de Columbia, em Nova York, analisa essa possibilidade com muito realismo, acusando a direita americana de querer "revogar as leis básicas da matemática e da economia".

Como não sou economista e não entendo muito de contas públicas ou privadas (à exceção das que faço com Renata, para produzir nossos filmes!), quando tomei conhecimento pelos jornais do quebra-quebra de bancos, durante aquela bolha imobiliária de 2008, imaginei que o tempo do mercado soberano e sem restrições, o mercado absolutista que se impusera desde os anos 1980, havia chegado ao fim. E quando vi as agências de crédito dos Estados americano e europeus socorrerem com dinheiro público os que iam à bancarrota, até pensei que um novo keynesianismo estivesse se impondo à economia mundial pela força mesma das coisas.

O caso me interessou mais ainda quando li no *New York Times* que, do primeiro montante de recursos então solicitado pelo presidente George W. Bush e aprovado pelo Congresso americano, cerca de 800 bilhões de dólares, um pequeno pedaço ia para a ampliação da rede de exibição digital de filmes, nos Estados Unidos e no mundo, garantindo assim maior circulação para a produção de Hollywood. Em plena crise nacional, o Estado americano não estava se esquecendo de socorrer também a cultura que há pelo menos um século ajudava a consolidar seu poder planetário.

Mas, como insiste Stiglitz e outros comentaristas em pânico, a lição de 2008 não se converteu em costumes mais sadios, não provocou um novo, mais sensato e mais razoável comportamento de um mercado indisciplinado, desembestado e cego pelo voluntarismo do lucro imediato, a qualquer custo. O outro, também conhecido como o "próximo", continuou fora da planilha das empresas, a sociedade seguiu sendo uma distante superstição de alguns chatos, a felicidade voltou a bater à porta do mercado, agora que ele sabia que o Estado está aí mesmo para cobrir-lhe qualquer imprevisto mais desagradável.

Como num daqueles formidáveis *thrillers* morais dos anos 1940, com Humphrey Bogart, Edward G. Robinson e Veronica Lake, a segunda chance ofertada ao vilão não foi aproveitada por ele. O vilão não se regenerou e continuou a cometer os mesmos excessos de sempre, agora até mais confiante — se o próprio mercado não resolver a parada, o Estado paga a conta por ele. A conta e os bônus de seus executivos sortudos.

Bem, não me sinto nem de longe capaz de prever o que vai acontecer com a economia americana ou com a China ou com o resto do mundo. Nunca tive, nem posso almejar vir a ter, um Prêmio Nobel a me garantir na minha estante. Mas é evidente que Barack Obama não deseja a bancarrota da economia americana, assim como Wen Jiabao não vai gostar nada de dormir cheio de papéis podres do Tesouro americano debaixo de seu travesseiro. A tragédia desses novos senhores do mundo é que eles podem muito pouco, se comparado ao que já puderam um dia. Esses anos todos de hegemonia absoluta do mercado criaram uma rede de poder inconsútil, às vezes maior e mais poderosa que a do próprio Estado. Não se trata mais dos lendários "barões ladrões" que fundaram o capitalismo americano no século XIX e que estavam muitas vezes dentro do próprio Estado, manipulando seus recursos e seu poder político. Trata-se agora de um poder que não se confunde com o outro, pois não é institucional, não tem eleitor a quem prestar contas, não deseja o peso e o prejuízo dos compromissos políticos, muito menos se interessa pela pequena corrupção autárquica.

Se frequentarmos com atenção o mundo das coisas, veremos que não somos, neste Universo, os únicos seres sociais com um projeto coletivo para sua comunidade ou para sua própria espécie. A formiga, a abelha, o golfinho, muitos animais vivem uma vida social tão intensamente organizada quanto a nossa. Mas enquanto eles cumprem seu papel sem consciência do que fazem ou do que são, nós somos os únicos a ter consciência de nossa individualidade. Ou seja, a ter consciência do que somos e a ter consciência da existência do outro.

Mas a economia de mercado sem limites não pode levar em consideração o benefício dos outros. O tipo de compromissos enredados nessa economia globalizada, e portanto dependente, dificilmente permite mudanças em nome da ordem política ou simplesmente humana. E as mudanças necessárias no mundo de hoje deixaram o terreno da pura economia, seja de direita ou de esquerda, mesmo que dentro da legalidade representativa.

O que pode mudar o mundo de hoje passa necessariamente por um valor moral — a divisão entre os que se importam e os que não se importam com o outro. E isso nenhum político, por mais virtuoso, resolverá sozinho.

O CINEMA SEGUNDO NELSON
—

28 de janeiro de 2012

No auge da juventude de minha geração, quando estávamos convencidos de que íamos mudar o mundo com nossos filmes, costumávamos andar sempre em bando, como acontece quando compartilhamos utopias. Àquela altura, o Laboratório Líder era uma espécie de sede social do Cinema Novo em formação, de nossos encontros e reuniões realizados entre o casarão da rua Álvaro Ramos e, na calçada oposta, um botequim modesto do qual nunca se soube o nome, pois só o chamávamos de Bar da Líder.

No simpático pé-sujo se faziam negócios e se trocavam informações, se discutia o futebol e se desenvolviam teorias sofisticadíssimas sobre o cinema em geral e o brasileiro em particular, tomando chope gelado e café requentado, comendo ovo cozido pintado de várias cores (a maior parte das vezes cor-de-rosa), servido por Raimundo, garçom nordestino de bigodes fartos e temível corpanzil, que não respeitava ninguém.

Por ali, reinava soberano sobre todas a tribos Nelson Pereira dos Santos, que tinha terminado *Mandacaru vermelho*, interpretado por ele próprio e Miguel Torres, ator que teria sido Fabiano em *Vidas secas*, não tivesse morrido tão cedo.

Nelson tinha ido para a Bahia filmar o romance de Graciliano Ramos, seu velho sonho, mas uma chuva inesperada tornou a caatinga verdejante durante meses. Para não perder a viagem e os recursos levantados, improvisou outro filme, um roteiro escrito em parceria com Miguel à medida que as filmagens avançavam, uma rapsódia romântica passada num Nordeste cuja secura não estava na geografia, mas na alma de seus personagens.

Era pelos cantos do Bar da Líder que trocávamos confidências sobre namoradas, família e outras amarguras. Era àquelas mesas bambas que contávamos uns aos outros os filmes que queríamos fazer. Foi ali que ouvi de Glauber Rocha, pela primeira vez, sua profecia recorrente e não realizada de que morreria aos 24 anos, como Castro Alves, o poeta baiano que nascera no mesmo dia que ele, 14 de março. Foi ali que Paulo César Saraceni decretou que o Cinema Novo não tinha nada a ver com idade, o Cinema Novo era uma questão de verdade e amizade. O que tinha tudo a ver com o Bar da Líder.

Uma noite, alertados por Paulo César, corremos atrás de Glauber, que, numa crise de angústia e pessimismo, jogava os copiões de *Barravento* no lixo da Líder. Nelson ajudou a recolher os copiões do lixo e terminou montando *Barravento*, como faria depois com o episódio de Leon Hirszman em *Cinco vezes favela*. Passamos a invadir em bando a sala de montagem dos dois filmes, para não perdermos essas aulas magnas de cinema.

Dentro ou fora do Bar da Líder, Nelson era o grande mestre celebrado e respeitado por todos. Não se fazia nada de importante sem que fosse consultado. A diferença de idade entre ele e nós, que hoje não significa nada, era às vezes incômoda. Ela criava uma relação de certa cerimônia, para a qual contribuía sua ironia suave mas perfunctória, uma doçura que às vezes se transformava de repente em discurso agressivamente crítico.

Certa vez, numa mesa do botequim, cercado de colegas, levei um desses seus esporros monumentais porque falei mal de um filme brasileiro recém-lançado, realizado por um cineasta que não era muito admirado por nossa turma. Embora ferido, não tive coragem de responder-lhe. Mas também nunca mais esqueci seus argumentos em torno da responsabilidade que temos sobre todo e qualquer filme brasileiro, a necessidade de vê-los com um olhar responsável.

O que dissermos sobre um filme de Scorsese ou Spielberg não fará a menor diferença para a vida de seus realizadores. Mas a existência de um filme brasileiro depende de nós e de nossa disposição diante dele. É preciso ao menos um pouco mais de cuidado ao reagirmos ao filme, porque não se trata de perguntar se é possível fazer cinema no Brasil, mas se isso é desejável. Se queremos mesmo que exista um cinema brasileiro.

Agora Nelson nos dá um presente surpreendente, uma afirmação positiva dessa ideia, com seu documentário (?), em parceria com Dora Jobim, *A música segundo Tom Jobim*, em cartaz em todo o Brasil.

Nem reparei que era um documentário, que não havia tramas, personagens ou diálogos nesse filme. Para mim, estava sendo contada a história de um dos gênios brasileiros do século XX, através de sua produção artística. E, com essa história, registrava-se na tela uma cronologia do que esse país já teve de melhor, como exemplo do que poderemos sempre ser.

Todos os momentos de *A música segundo Tom Jobim* são imprescindíveis e inesquecíveis, do jeito que estão lá. Da voz inteligente e doce da bossa nova de Nara Leão à energia espetacular e dramática de Elis Regina, da consagração ao lado de Frank Sinatra à cantora alemã sem balanço a cantar "Garota de Ipanema", é como se todos nós tivéssemos feito esse filme. Só um grande mestre do cinema é capaz de realizar um sonho desses.

OUTRO SAMBA DE VERÃO
—

12 de janeiro de 2013

O verão é a mais juvenil das estações, um adolescente cruel cheio de energia e de si, certo de que o mundo é mesmo como lhe parece ser. O verão não flui suavemente como a gentil primavera, ele explode em nossa cara, nos enche de porrada para que não pensemos em mais nada.

O verão nos submete, não nos deixa meditar como o inverno soturno nem nos alimenta como o generoso outono e seus melhores vinhos. Ele nos exige a vida por inteiro e nos dá em troca apenas o fogo de seu sopro entontecedor. Como T.S. Eliot não se deu conta de que o verão é que é a mais cruel das estações?

O verão existe para que aprendamos a não subestimar a vida, a suar às gargalhadas. Aprendemos que a felicidade suprema é não ter que escolher, mas simplesmente nos entregarmos. As moças ficam mais bonitas e desalmadas no verão, nunca mais esquecemos o sofrimento com que nos ferem, embora não lembremos de seus rostos ou de seus nomes. Se a primavera produz o amor e a amizade que nos fazem imaginar o paraíso, o verão só produz paixão, uma festa no inferno.

Não tenho saudades de verões passados, tantas coisas ainda estavam mortas dentro de mim, só nasceriam mais tarde. Tenho saudade é de mim mesmo e de meu jovem esqueleto cheio de músculos. Como quando o Cinema Novo brotou num certo verão e se tornou uma luz no inverno que íamos começar a viver por tanto tempo. No verão, tudo dá certo porque não existe depois, só agora e de uma vez.

Apesar da inevitável dor, todas as esperanças florescem no calor do verão. Não sou otimista e nunca fui pessimista. Acho que as coisas não vão dar necessariamente certo ou errado, elas dependem de nosso poder diante das circunstâncias, de nossa vontade e de nossa esperança diante do acaso que faz o mundo girar. Desde que li o dístico na porta do "Inferno", nos versos de Dante Alighieri ("deixe de fora toda esperança, você que está entrando aqui"), me dei conta de que o inferno é a ausência de esperança.

As ondas etéreas do verão são generosas condutoras de dopamina, o neurotransmissor que libera o prazer em nosso cérebro. No Hemisfério Sul, onde vivemos, o verão é a porta do novo ano, podemos curtir nossas expectativas nus na praia, bêbados a dançar em celebrações coletivas. A geografia nos abençoou.

No Hemisfério Norte, o ano-novo chega gelado e sombrio, as famílias se trancam em casa em torno de árvores artificiais e falsas bolas coloridas, com medo da rua e do mundo. Lá, o futuro próximo chega sem luz. Vejam, por exemplo, o verão em sol menor (literalmente!) do compositor italiano Antonio Vivaldi. Ele nunca pega fogo de verdade, abrindo com um *allegro non molto* e alternando em seguida o mais pungente adágio com um *presto* que no final se rende à melancolia. Das quatro estações, Vivaldi entendeu melhor a primavera.

O verão pode ser também injusto, omisso, dissimulado, sem coração. O sol que alegra nossas praias e parques é o mesmo que mata de fome em outras regiões, sem respeito à semeadura, ao trabalho dos outros. É o mesmo sol em nome do qual o cordelista J. Borges, nascido no sertão nordestino, canta: "Sou uma peça bonita/ feita pelo Criador/ sou quente, clareio o mundo/ no sertão sou o terror/ porque acabo a lavoura/ desculpe, agricultor."

O sol que mata no Nordeste se ausenta covarde dos céus, nos deixa à mercê das águas torrenciais que causam destruição e morte na bela e pobre serra fluminense. Jamais dominaremos furacões, terremotos e tsunamis, a natureza está pouco se lixando para a humanidade. Por isso, temos que aprender a nos organizarmos para negociar com ela nossos limites. E punir sem piedade o dolo eventual de prefeitos, políticos e comparsas municipais que roubam os recursos que deveriam evitar essas desgraças e proteger suas vítimas do verão devastador.

Só se resiste às fúrias do verão com generosidade. Um amigo, o poeta paulistano Sergio Vaz, nos aconselha a não nos apegarmos muito aos bens materiais, porque no futuro... adeus pertences. Sigamos então em frente, serenos em busca da paz, pois daqui a menos de um mês começa o carnaval e nossas esperanças se renovarão.

Por falar em verão, o cineasta Luciano Vidigal me conta que, nesse Natal, faltou luz no morro do Vidigal, exatamente como no episódio *Acende a luz*, de Luciana Bezerra, o último do filme *5x favela — Agora por nós mesmos*. Mas dessa vez, segundo ele, os policiais do posto da UPP local ajudaram os moradores a obrigar os funcionários da empresa de luz a permanecer no morro, até que ele se iluminasse para as festas.

E por falar em cinema, o estranho governador de Brasília contratou uma empresa de Cingapura para cuidar, pelos próximos cinquenta anos, do desenvolvimento da capital do país, criada por dois gênios nacionais, Lucio Costa e Oscar Niemeyer. Além de burra, essa medida é uma ofensa aos nossos arquitetos e urbanistas, bem como à própria cultura brasileira. É mais ou menos como contratar o melhor diretor coreano para refilmar, digamos, *Deus e o diabo na terra do sol*. Não podemos permitir que isso aconteça, em verão algum de nossas vidas.

O CANTO DOS PÁSSAROS
—

9 de março de 2013

A verdade não é uma bastarda pagã. Ela é filha da natureza com as circunstâncias e afilhada de nossos interesses e opiniões. Nenhuma imagem, por mais concreta que seja, terá sempre o mesmo significado em diferentes circunstâncias.

Presente do governo francês ao povo americano, a Estátua da Liberdade, na entrada do porto de Nova York, é um belo e nobre símbolo de princípio consagrado pela cultura ocidental. Mas, idêntica Estátua da Liberdade, diante de um shopping na Barra da Tijuca, é apenas ridícula manifestação de mimetismo e arrogância subculturais, que nos quer fazer crer que ali estamos em Nova York.

Na história política do continente, Simón Bolívar foi tratado como aventureiro oportunista pelo insuspeito Karl Marx. E, no entanto, por seus feitos nas guerras pela independência da América hispânica, tornou-se símbolo do anti-imperialismo contemporâneo e pai da pátria venezuelana, assim consagrado por Hugo Chávez.

Assim também, o próprio Hugo Chávez não pode ser tratado como mero e tradicional caudilho populista, imagem que nos vem à mente quando lembramos de seus gestos demagógicos, de sua carnavalização do poder e sobretudo de seus atos autoritários (embora confirmados pelo voto popular).

Quando Chávez vai a Cuba e elogia os Castro, não está abraçando uma ditadura hereditária que não implantou em seu país. Ele sabe que

Cuba não tem mais nenhuma importância no jogo de poder internacional, mas precisa saudar o velho símbolo do antiamericanismo, ficar do lado que provoca a fúria do lado de lá. O ódio às vezes pode ser uma moeda de troca nos negócios internacionais.

O regime chavista manteve no país uma inflação alta, quase dobrou o valor da dívida pública, criou condições para o aumento da violência urbana, pôs a Venezuela na dependência exclusiva do petróleo, tentou controlar a imprensa. Mas também quase triplicou seu PIB *per capita*, diminuiu a pobreza extrema de 20% para 7% da população, baixou a taxa de desemprego pela metade, não fez nenhum preso político. E não se tem notícia de corrupção e roubalheiras praticadas pelo líder do regime.

Nenhum caudilho populista, apenas inescrupuloso ou demente, se interessaria tanto por seu povo, sobretudo pelos mais pobres. Nem seria tão amado por ele do jeito que Chávez foi.

No fundo, Hugo Chávez foi uma caricatura do que poderia ser a reação às evidentes frustrações causadas pela democracia representativa em nossos países, com seus Congressos de espertos e insensíveis legisladores, quase sempre corruptos, desinteressados da população. Em quase toda a América Latina, os Executivos nacionais têm merecido muito mais respeito do que seus Legislativos. E portanto mais poder.

Farto de tanta teoria sobre seu trabalho, Pablo Picasso disse um dia que "todo mundo fala em 'compreender a pintura', mas ninguém fala em 'compreender o canto dos pássaros'". Foi a observação dos homens que fez o canto dos pássaros ser belo. Talvez tenhamos que desvencilhar a política de todas essas teorias ideológicas para apreciar o que de verdade está por trás dela, em benefício da população.

———

Há dez anos os cineastas brasileiros lutam pela criação do vale-cultura, mecanismo público em que o trabalhador de carteira ganha o direito de gastar, sem custo para ele, cinquenta reais mensais em consumo cultural, indo ao cinema, ao teatro, à livraria, aos concertos que bem entender.

O centro das políticas públicas para o setor passaria a ser o interesse do consumidor e não mais, como sempre foi, o do produtor.

Com a notícia de que a ministra Marta Suplicy está incluindo, nesse consumo incentivado, o direito de uso do vale-cultura para a assinatura de televisão paga, nossos esforços de dez anos foram frustrados. Mais uma vez, acordamos de um sonho para a dura realidade em que os mais poderosos acabam sempre levando tudo, mesmo que não precisem de nada.

Em pouco tempo, a televisão paga no Brasil passou de 8 para os atuais 20 milhões de assinaturas. E só tende a crescer, como signo de mobilidade social e ascensão de classe. Um crescimento que, por enquanto, só favorece a produção audiovisual estrangeira, a maioria absoluta de sua programação.

No mundo inteiro, a televisão compensa seu poder tecnológico na oferta de consumo cultural sendo a principal fonte de financiamento de filmes. Isso acontece dos Estados Unidos à Ásia (incluindo a China), da Europa a grande parte da América Latina (como no Chile e na Argentina). Sendo o primeiro país do mundo em que o cinema vai ajudar a financiar a televisão, o Brasil será certamente objeto de gargalhadas nos próximos encontros internacionais do audiovisual.

Conhecendo o passado político de Marta Suplicy, temos esperança de que essa notícia seja um boato e que o vale-cultura vá beneficiar apenas os produtores brasileiros de cinema, teatro, música, literatura etc. Os que de fato precisam dele.

TROQUE A REALIDADE POR ELA
—

13 de setembro de 2015

Maria Rita tinha 18 para 19 anos quando a vi pela primeira vez. Quem já a conhecia me dizia que ela sempre fora cabeça-feita, uma menina que, desde os 12 anos de idade, sabia direitinho o que queria da vida e para isso se preparava desde cedo. Maria Rita queria ser prostituta.

Conheci-a graças a seu irmão José Alfredo, meu colega de colégio. Aos dois, um nome próprio não lhes bastava; ela era naturalmente chamada de Ritinha e ele, a princípio, de Zé Alfa, referência à sua expertise masculina em vários campos. Com o tempo, o pessoal acabaria por simplificar o apelido, passando a chamá-lo simplesmente de Alfa.

Logo que conheci Ritinha, num fim de semana em que eu estudava com seu irmão para o vestibular da PUC, ouvi dela seus anseios para o futuro. Concentrada em seu sonho, ela se preparava com cuidado para realizá-lo, sem ceder em nenhuma das condições que, depois de examinar exemplos históricos, estabelecera como indispensáveis ao exercício da profissão escolhida. Ritinha tinha certeza, por exemplo, de que seu primeiro serviço seria muito mais valioso se se entregasse intacta. Seria um começo ideal, que ela estava providenciando cuidadosamente.

Ritinha desenvolvia sua cultura geral em torno do tema, lia alguns livros relacionados ao assunto. Ela havia se desapontado com a suavidade populista de Jorge Amado, autor de quem esperara tanto. E passara noites fazendo planos com o que lera de Flaubert, sobretudo

Madame Bovary. Ritinha sabia que Emma Bovary não era propriamente uma prostituta, mas tinha se interessado pelo jeito de ela se aproximar dos homens, havia muito o que aprender com seus modos desastrados e suas inevitáveis frustrações. Já em Machado de Assis, admirara o estilo bem-humorado, sutil e às vezes cínico, e se convencera de que o filho de Capitu era mesmo de Escobar. Ainda que ele não fosse o pai, concluíra que todo marido tem sempre um Escobar na vida, por mais honesta que a esposa seja.

Com o tempo, achei que já podia perguntar a Ritinha o que sempre me intrigara, se tudo aquilo que planejava desde os 12 anos não seria uma fantasia. Ela pareceu esperar a pergunta e ter a resposta pronta e decorada. Me disse que, naquela idade, conhecera um animador de circo vagabundo de subúrbio que lhe declamara ao pé do ouvido o que julgava ser uns versinhos: "Se a vida real nem sempre é bela e tua fantasia não faz mal a ninguém, troque a realidade por ela."

Segui vendo Alfa, mesmo depois de estarmos formados. Mas perdi Ritinha de vista. Ela deixara a casa dos pais e eu não conseguia obter notícias dela pelo irmão, que parecia evitar o assunto.

Tive esperança de encontrar Ritinha no casamento de Alfa, mas ela não apareceu. A noiva era bem bonitinha e desejada por grande parte de nossa turma, mas Alfa ganhara a preferência dela. O casamento prosperaria serenamente, dentro dos costumes conhecidos. Sofia perdeu a postura, engordou, ficou sem graça, se tornou uma dona de casa exemplar, a cuidar do marido e dos filhos que ia tendo. Para compensar o horror dentro do lar, Alfa tinha sua autorização para arrumar amantes eventuais e passageiras.

Um dia, li no jornal que José Alfredo tinha morrido. Ele estava trazendo de avião um grande lote de cocaína do Paraguai para São Paulo, quando foi vítima de acidente com o Cessna que pilotava. À boca pequena, contava-se outra versão de seu sacrifício. Alfa teria levado um tiro das autoridades que o esperavam no chão e que haviam encenado o acidente aéreo para que se perdesse a valiosa carga do Cessna. Corri ao funeral e, dessa vez, Ritinha estava lá.

O verão é a mais escandalosa das estações. O verão não é delicado como a primavera nem generoso como o outono ou aconchegante como o inverno. Contagiada pela estação, Ritinha fora ver o irmão morto em leve vestido de flores e decote estupendo. Ela logo me reconheceu e nos abraçamos, o que me permitiu tocar em seu corpo bem mais gorduroso, seus cabelos agora curtos e cacheados, sua pele franzida pelo sol e pelo tempo.

Não precisei perguntar nada, Ritinha tomou a iniciativa de me contar tudo sobre sua vida. Seguira fiel à profissão que escolhera, tivera alguns filhos de vários pais, recusara pedidos de casamento até que, com a idade, se tornara importante líder de uma ONG em defesa de prostitutas. Em festa íntima numa boate carioca, conhecera um elegante senador nordestino e se apaixonara pela primeira vez na vida. O senador, casado com filha de usineiro pernambucano, levou Ritinha para Brasília e montou-lhe uma casa à beira do lago, onde ela passou a morar com filhos e netos, sendo visitada secretamente pelo poderoso político. Com sua habilidade para os negócios públicos, Ritinha acabou ajudando o senador a progredir na carreira.

Com a morte súbita da esposa, o senador pediu Ritinha em casamento. Mas dona Maria Rita preferiu que continuassem como estavam. Ele acabou concordando e os dois seguem juntos em casas separadas — o senador subindo na dura vida de político, com a ajuda dela, e Ritinha, com seus cada vez mais numerosos netos, na mesma mansão à beira do lago Paranoá, feliz da vida.

HOJE A FESTA É SUA

14 de dezembro de 2013

Por razões profissionais, me encontro em Lisboa nessas vésperas de Natal. Adoro essa cidade. Não só porque ela é linda, elegante, afetuosa e fala a nossa língua, como também porque aqui percebo de onde vim. Como Portugal não participou de nenhuma daquelas guerras arrasadoras e genocidas do século XX, Lisboa permaneceu inteira. Isso é, inteira como sempre foi, depois de destruída por um terremoto seguido de maremoto que acabou com dois terços da cidade, em 1755. Ao contrário do que escreveu Lévi-Strauss sobre o Brasil exibir uma decadência que não conheceu a civilização, as poucas ruínas de Lisboa parecem intervenções urbanas contemporâneas, como as que produz em outras cidades Gordon Matta-Clark, autodenominado "o anarquiteto", com manipulação artística de prédios em demolição.

É comovente ver uma juventude lisboeta moderna a passear pelas velhas vias da cidade vestindo, cantando e dizendo algo à altura do que veste, canta e diz qualquer jovem em Nova York, Londres, Paris ou Barcelona. Assim como não é possível deixar de pensar numa cultura secular, quando se come muito bem em qualquer canto caro ou barato de Lisboa.

No ensaio "Notas para uma definição de cultura", T.S. Eliot diz que cultura e conhecimento não têm nada a ver, não são a mesma coisa, aquela antecede a este. O conhecimento é uma forma superior das relações do homem com a natureza, enquanto a cultura faz parte e é indispensável à própria existência do homem sobre a terra.

Já cansei de dizer a meus amigos que devíamos nos orgulhar de termos a origem portuguesa que temos. Devíamos aproveitar o fato de sermos a única nação luso-afro-indígena do mundo. Algo de original temos que extrair dessa mistura, daí sairia nossa potencial contribuição à civilização humana, e poderíamos torná-la mais fraterna, solidária e indiferente às diferenças.

Vizinha à Torre de Belém, me espanto com a reprodução de uma nau das descobertas, uma daquelas barcacinhas frágeis em que nossos antepassados portugueses se atiravam ao mar, indo com o vento parar na Índia e no Japão. Ou nas terras desconhecidas do que seria o Brasil. Uns loucos, esses navegadores; loucos cheios de curiosidade e de esperança no que haveriam de encontrar.

É bom pensar em tudo isso nessa véspera de Natal, a festa do recomeço. O grande poeta alagoano Jorge de Lima, um dos maiores da língua portuguesa, dizia que a diferença cultural entre os catolicismos hispânico e lusitano, que nos formaram a todos na América Latina, é que a festa máxima dos espanhóis é a da Paixão, representada pela imagem do Cristo em chagas a sofrer na cruz, ferido de morte por nossos pecados.

Já a festa portuguesa por excelência, e que nós herdamos, é a do Natal, cuja imagem fundadora é a do Menino na manjedoura iluminada, cercado por seus pais, por pastores e reis, com a estrela de Belém ao fundo, a anunciar a chegada de nossa Redenção. É isso o que devíamos ser e representar para o mundo, não importa a religião ou a ausência dela.

Não me apego a nostalgias, tenho saudades de muito pouca coisa, quase todas muito pessoais (como a saudade de meu corpo jovem, por exemplo). O mundo já foi muito pior, o país mais atrasado, nossa vida muito mais difícil. Apesar de tudo, mesmo com tanta miséria e injustiça, com tanto egoísmo e abandono, com os confrontos pelo mundo afora, vamos avançando, tentando prolongar nossa existência com uma certa qualidade, conquistando nossos direitos específicos e universais.

Mas não posso deixar de dizer que já gostei mais de Natal, sobretudo o de minha terra, Alagoas. Na minha infância, Natal era mesmo festa. As pessoas cantavam e dançavam pastoris, reisados, cheganças, todos os festejos populares de origem portuguesa (às vezes, com influência moura). Num certo sentido, talvez fosse até mais animado que no carnaval.

Mesmo já morando no Rio de Janeiro, minha mãe organizava na rua da Matriz, com jovens filhos e filhas de vizinhos, grupos de pastoril, quase sempre na casa de Valquíria e Barreto Filho, ilustre crítico literário amigo de meu pai. Minha mãe se encantou quando foi convidada por médicos do Instituto Pinel a ensinar o pastoril aos internos da casa e passou a fazê-lo todo ano.

As festas de Natal duravam o mês de dezembro inteiro e só iam terminar no 6 de janeiro, Dia de Reis. Agora, a gente fica sentado na sala, assistindo em silêncio à festa de um só rei, único, maravilhoso, imbiografável. Por que estamos tão tristes? Onde está a famosa alegria de viver que herdamos das "três raças tristes"?

Confesso que não acho graça no Papai Noel que invadiu a festa. Com aquela barriga e aquele espalhafato, sempre penso que se trata de propaganda de cerveja. E acho árvore de Natal um estorvo em casa e na rua. Essa não é a minha festa. Eu gosto mesmo é de presépio e de desejar um bom Natal a quem cruzo na rua.

" As favelas cariocas são um exemplo do que dizia Joaquim Nabuco, no início do século XX, sobre a permanência da cultura da escravidão no futuro da sociedade brasileira. Elas sempre foram vistas pelo poder público como um câncer social que seria um dia extirpado através da remoção, o gesto hipócrita de afastar dos olhos da cidade a injustiça que ela mesma pratica.

Hoje seus moradores não admitem mais a remoção, se orgulham de onde moram, de seus vizinhos, da solidariedade entre eles, do que são capazes de construir juntos. E isso repercute na cultura sem autopiedade que fabricam agora, mesmo quando reprimidos pelo controle social do tráfico armado. Para que a paz se consolide, exigem que também subam o morro saneamento, saúde, educação, todos os serviços que o Estado é constitucionalmente obrigado a prestar, mesmo que não cheguem sem algum trauma."

trecho de "DESGRAÇAS, ESFORÇOS E MILAGRES"
18 de novembro de 2011

4.

A GRANDE CIDADE

Se as Alagoas eram o parque de diversões da infância de Cacá, seu berço e aconchego, o lugar do "vou de volta", o Rio de Janeiro representou para ele um continente de descobertas, de investigações e alfabetização social. Os textos a seguir montam um mosaico de identidade simbólica da cidade que ele descobriu (e adotou), a partir de suas cicatrizes e de seus calombos, sem plástica.

R.F.

TRÁFICO DE VIOLÊNCIA

25 de setembro de 2010

Chegando de Maceió, meus pais foram morar no bairro de Botafogo, de onde, pelo resto de suas vidas, nunca mais saíram. Durante minha adolescência, moramos na rua da Matriz, cujos limites iam da Igreja São João Batista, na rua Voluntários da Pátria, à subida do morro Dona Marta, na São Clemente. Como eu estudava no Colégio Santo Inácio, nessa mesma rua, voltava a pé para casa e quase sempre acabava ganhando vaga na pelada liderada pelos meninos do morro, disputada no terreno baldio que dava então acesso à favela. Foi ali, jogando bola com eles, que comecei a compreender a natureza das diferenças sociais, bem como as semelhanças que nos faziam iguais. Foi ali também que experimentei um cigarro de maconha, cortesia de um menino mais velho, num tempo em que a droga ainda era inocente.

    Hoje o uso de drogas se tornou um costume universal que, embora combatido, resiste e só faz crescer. Se a droga gera algum bem-estar no indivíduo que a usa, haverá sempre quem queira experimentá-la e quem acabe por torná-la um hábito. É assim que nascem os costumes, é assim que o mundo gira. Se não fosse desse jeito, a humanidade já teria desistido de se entorpecer, desde que descobriu os efeitos do vinho. E já que haverá sempre consumidores, sempre haverá os que procuram se beneficiar do comércio gerado pelo consumo. Vamos ser simples e claros, sem superstições moralistas: o tráfico de drogas, no mundo inteiro, não vai acabar nunca mais.

As questões fundamentais sobre a droga são outras. A primeira diz respeito à saúde física e espiritual do consumidor, sua dignidade e sobrevivência, sua degradação e morte prematura. A segunda, à segurança da sociedade, daqueles que precisam ser protegidos da violência que se instaura em torno do tráfico de drogas. Não tenho dúvida de que essas questões só podem ser enfrentadas de vez com a legalização do uso de drogas e seu consequente controle social. Mas isso vai demorar muito a acontecer, pois terá que ser uma decisão universal, acordada pelas nações de todo o mundo. Se um país tomar a iniciativa da legalização sem esse consenso internacional, se tornará logo o maior fornecedor de drogas do planeta e um intolerável exportador de violência.

Em todas as grandes cidades do mundo existe tráfico de drogas e a violência que o acompanha, resultado da clandestinidade em que tem que ser praticado. Mas, nas metrópoles brasileiras, essa violência se agrava com a presença de armas de guerra, de alcance e poder destruidor. O Rio de Janeiro é, ao lado de Bagdá e Cabul, uma das poucas cidades do mundo onde a violência urbana é praticada com armas de guerra. Como não estamos em guerra, nem existe fábrica de armas nas favelas cariocas, de onde elas vêm e por que se faz tão pouco para evitar sua entrada aqui?

As Unidades de Polícia Pacificadora, as UPPs, criadas pelo governo do estado, não pretendem e não vão mesmo acabar com o tráfico de drogas, mas podem acabar com a violência decorrente dele. Por meio da ocupação permanente, elas podem evitar a tomada das favelas por traficantes que controlam socialmente a população e impõem suas próprias leis com armas de guerra. Recuperar esses territórios para seus moradores é uma produção da paz possível, a paz a que tem direito todo cidadão brasileiro, more onde morar.

Esse é o primeiro serviço a que essa população tem direito, mas não o último. Para que as UPPs tenham consequência social concreta, é preciso que o resto do Estado, que nunca subiu o morro, venha em seguida. Assistência social, saúde, educação, saneamento e sobretudo emprego e renda (e aí a iniciativa privada se torna protagonista) são indispensáveis para a integração dessa população com o resto da sociedade. Só então o Estado terá condições de exigir o cumprimento dos deveres desses cidadãos, só então as favelas cariocas poderão viver plenamente num estado de direito.

Esse projeto, tendo as UPPs como ponta de lança, não é fácil de se realizar e muito menos terá resultado imediato. Mas poderá se dar de modo seguro, num tempo mais ou menos longo, se observadas e cumpridas todas as etapas necessárias ao processo. Sem a presença de outros serviços do Estado, além de emprego e renda para os moradores (sobretudo os jovens), a polícia sozinha jamais poderá dar conta desse recado. Mas ter dado o primeiro passo nessa direção é a grande virtude desse governo e de sua Secretaria de Segurança. O poder público, ao longo dos anos, já fez tanta besteira nessa área que a desconfiança natural gera em nós um certo pudor em apoiar novas propostas. Mas as UPPs são um grande acerto, aquele primeiro passo decisivo na longa caminhada para resolver uma injustiça social secular, agravada agora pelo costume das drogas. As UPPs precisam da compreensão de toda a sociedade para que o projeto seja bem-sucedido.

ASSIM SE PASSARAM OS ANOS
—
14 de janeiro de 2012

Como mudamos de residência da Gávea para Ipanema e a sede de nossa produtora está instalada agora no centro da cidade, passei a ser um usuário frequente do metrô carioca. Chego muito mais rápido à Cinelândia do que se fosse de automóvel. E ainda posso, durante a curta viagem, ler confortavelmente o jornal do dia ou um livro cuja leitura esteja, como sempre, atrasada.

Sempre que viajo para Paris, Nova York ou Londres, uso habitualmente os metrôs dessas cidades, fugindo do caos urbano e de um tráfego de automóveis que está tornando inviáveis todas as grandes metrópoles do mundo, inclusive as nossas. E não estou me referindo apenas ao caso óbvio de São Paulo e Rio de Janeiro, mas também ao engarrafamento permanente em Salvador, Belo Horizonte, Recife e outras capitais.

Imagino que, qualquer dia desses, os carros não poderão mais avançar um milímetro, o engarrafamento total será definitivo, os motoristas abandonarão suas máquinas, por serem inúteis, e as ruas das grandes cidades ganharão uma nova presença ornamental, uma serpente metálica a ocupar suas ruas permanentemente.

Quando de manhã saio para a estação terminal de Ipanema, onde pego o trem para a cidade, sigo rota patriótica pela Visconde de Pirajá, homenagem ao nobre militar baiano, herói de nossa Independência, até a praça General Osório, outro soldado glorioso, nosso líder na Guerra do Paraguai. Curiosamente, seguindo por aí, só atravesso transversais com referências à Bahia, ruas dedicadas aos que também lutaram pela Independência do Brasil naquele estado.

Não que Garcia d'Ávila, Maria Quitéria, Joana Angélica e mesmo o corneteiro em frente ao Bob's não mereçam tal homenagem. Pelo contrário, a pátria lhes deve muito mais do que uma simples placa de rua. Assim como a Vinicius de Moraes, que, não por acaso, se segue aos ilustres baianos, já que em vida foi quase um deles (quem diabos será Farme de Amoedo?).

Mas por que em Ipanema? Que luminosa premonição uniu o bairro de Tom Jobim e da Garota à terra de Dorival Caymmi e Jorge Amado, mesmo que através de nomes de bravos guerreiros?

Talvez Ipanema já estivesse condenada a uma certa baianidade, desde sua criação e divisão em lotes e ruas. Quem sabe não existe em Salvador uma rua chamada Carlinhos de Oliveira e outra Tarso de Castro, embora nenhum dos dois nunca tenha pegado em armas? Por que não consagrar de uma vez a simbiose, inaugurando simultaneamente, aqui e lá, praças João Gilberto?

A minha primeira boa surpresa, ao chegar pela primeira vez à estação Ipanema, foi descobrir que gente da minha idade não paga a passagem e não precisa nem entrar em fila. Sou o que os americanos chamam gentilmente de *senior citizen*, e como tal me trata o metrô de minha cidade.

O funcionário que me deixa atravessar a roleta é gentil e atencioso, me faz um sinal de que nem preciso mostrar a carteira de identidade. Deve ser porque minha idade já está flagrantemente inscrita em meu rosto. O que me deprime um pouco, claro, mas não deixo o funcionário perceber, sorrio de volta para ele.

Num outro dia, quando volto para casa, no horário de pico em que o vagão já se encontra lotado, uma moça se levanta e me oferece gentilmente seu lugar, com o mesmo sorriso compreensivo do funcionário da roleta. É claro que não aceito, embora agradeça penhorado. Ainda sou capaz de passar uns vinte minutos em pé, para isso faço aeróbica diária, além de pilates e musculação de vez em quando, ora!

Há algo no metrô carioca que faz com que seus usuários, assim que penetram em seus corredores, escadas e vagões, se tornem ordeiros, cavalheiros e gentis. Pode ser que o futuro me desminta, mas por enquanto não tenho para contar um só pequeno acidente que tenha testemunhado, fugindo dessa regra geral. Não importa se os trens estejam lotados ou não, os passageiros se respeitam mutuamente e tentam fazer da viagem algo pelo menos suportável.

Quando Jorge Amado fez oitenta anos, fui lhe prestar minhas homenagens e lhe disse o lugar-comum (no meu caso muito sincero) de que gostaria de chegar à sua idade na forma em que se encontrava. Jorge respondeu de pronto que eu estava enganado, que não havia uma só vantagem em envelhecer. Mais recentemente, fui comemorar outros oitenta anos, dessa vez do produtor Luiz Carlos Barreto, cuja celebração foi uma pelada de futebol em que o aniversariante foi o melhor em campo.

Mesmo que às vezes me esqueça de praticá-lo, acho que sei o segredo desse estar no mundo em qualquer idade. De Orfeu e Eurídice à mulher de Lot, quem olha para trás vira sempre estátua de sal. E quando olhar para a frente, lembre-se sempre de que enquanto se espera pelo inevitável, o que acaba chegando é o inesperado. Isso está no livro *A soma e o resto*, as memórias de Fernando Henrique Cardoso, que li em algumas poucas horas de metrô.

ILUSÕES À TOA

16 de junho de 2012

A cidade está ocupada pela Rio+20. As direções do trânsito se modificam, os engarrafamentos se multiplicam, as escolas estão em férias compulsórias, o serviço público ganhou ponto facultativo. Aconselha-se, a quem não tem o que fazer na rua, não sair de casa.

E no entanto, apesar de tanto transtorno, a cidade está alegre, muito diferente do que esteve há exatos vinte anos, por ocasião da Rio 92, quando o Exército teve que ocupar suas ruas a fim de garantir a paz do encontro e a segurança dos medalhões que vinham participar dele.

Podemos dizer que a cidade agora saúda a Rio+20 com entusiasmo e alegria. Não só na esperança de que ela se desenrole tranquilamente e confirme o bom momento do Rio de Janeiro, mas sobretudo porque sabemos que a Rio+20 é uma oportunidade (talvez uma das últimas, como disse Ban Ki-moon, secretário geral da ONU) de construir o futuro que nós queremos.

O homem sempre teve projetos para a natureza, mas a natureza nunca teve e nunca terá nenhum projeto para nós. E nem por isso precisamos tratá-la como inimiga, embora ela também não seja a mãe que um certo romantismo desejou que fosse. Mas assim como nos iludimos com a possibilidade de harmonia com a natureza, erramos gravemente quando inventamos de dominá-la, controlá-la, modificá-la segundo nossos exclusivos interesses.

A cultura humana é uma espécie de vírus a atazanar o corpo do mundo com suas invenções. Nós somos seus únicos filhos que resolveram organizar sua vida, dizer para onde o mundo deve seguir. Mas ele é surdo, não tem nada a ver com nossas ilusões e vai em frente conforme suas próprias necessidades.

Todas as criações do Universo são parte constitutiva da natureza, participam de sua existência sem mando sobre seus rumos. Mas quando o homem inventou a cultura, criou a ilusão arrogante de que o Universo podia estar a seu serviço. Fomos longe demais e, agora, quando não temos mais esperança de harmonia com ela, nem podemos mais sonhar com o domínio sobre ela. Só nos resta negociar com a natureza.

Negociar significa saber até onde podemos ir nessa nossa irreversível pretensão de criadores, o que é possível fazer para seguirmos em frente sem pensar em ocupar um espaço a que não temos direito. Significa ceder no insensato para ganhar no razoável. Ou, como dizia Raymond Aron a propósito da política humana, "a opção nunca tem a ver com uma luta entre o bem e o mal, mas com o preferível e o detestável".

O século XXI tem nos surpreendido com uma constante queda da humanidade do alto dos tronos em que os humanismos triunfalistas a coroaram soberana, do controle sobre a história ao fim de todas as tiranias, da utopia cristã à sociedade sem classes, da harmonia com a natureza ao poder sobre o Universo. Nenhum desses triunfos tão anunciados se realizou, nem têm como se realizar; e nós temos dificuldade em descer do carro alegórico de nossas ilusões.

Ilusões essas que são até justificadas pelas decepções com o mundo e com nós mesmos, nossas vidas e relações com os outros. Tenho um amigo que garante que o Juízo Final foi bolado para ser um gesto de Deus a nos pedir desculpas pela cagada que Ele fez. Aqueles que forem capazes de O perdoar, terão direito ao céu.

O mundo vai estar sempre muito aquém de nossos projetos e foi por isso mesmo que inventamos a cultura. Nossa intervenção no mundo é única, como nenhum outro animal jamais ousou fazer. Arte, ciência, conhecimento, tecnologia — tudo isso é produzido por nossa insatisfação com as coisas como elas são, por nosso desejo de mudá-las. E, se ignorarmos esse desejo, perderemos o sentido da existência de nossa própria espécie.

Negociar com a natureza significa conhecer os limites de nossos desejos e aprender a domá-los. Uma espécie de acordo de paz entre o vírus da cultura humana e o corpo da natureza, como as bactérias e os micróbios diversos convivem em paz em nosso próprio corpo. Seria uma atitude tirana acharmos que somos livres para fazermos o que bem entendermos do que está à nossa volta.

Para celebrar a cidade alegre, nada mais natural do que usar um poeta e a imagem da primavera. O poeta é Cecilia Meireles, a primavera está nesse seu texto: "A primavera chegará, mesmo que ninguém mais saiba o seu nome, nem acredite no calendário, nem possua jardim para recebê-la. A inclinação do sol vai marcando outras sombras; e os habitantes da mata, essas criaturas naturais que ainda circulam pelo ar e pelo chão, começam a preparar sua vida para a primavera que chega."

Salve, salve Rio+20, o anúncio da primavera no inverno carioca!

UMA JORNADA DE ENCONTROS
—

27 de julho de 2013

Tenho acompanhado a Jornada Mundial da Juventude ao longo dessa semana, e, pelo menos até o momento em que escrevo este texto, o faço com surpresa e admiração. Apesar das vicissitudes de transporte e circulação, há muito tempo não via as ruas da cidade tão alegremente movimentadas e coloridas. Mesmo por onde o papa não é esperado passar, bandos de moças e rapazes carregam bandeiras de seus países e cantam hinos em diversas línguas, num carnaval de rua cosmopolita, sereno e empolgante. Confesso que até me emocionei ao ver casualmente, no calçadão da avenida Atlântica, um inesperado encontro de confraternização entre um grupo de jovens iranianos com a bandeira de seu país e outro de americanos com a dos Estados Unidos.

Não é preciso ser católico, nem ter qualquer religião, para se encantar com o que está se passando no Rio de Janeiro. Estamos assistindo a uma experiência daquilo que o rabino Abraham Skorka, coautor de livro em parceria com o papa Francisco, *Entre o céu e a terra*, chamou de "cultura do encontro". Um encontro não é uma adesão ao outro, nem mesmo a abertura de um diálogo em busca de alguma verdade única e absoluta. Um encontro é apenas isso mesmo, a aproximação entre pessoas, mesmo que elas não tenham as mesmas ideias nem estejam dispostas a repensar sobre o que pensam.

Um dos aspectos mais relevantes da Jornada tem sido o dos diversos eventos inter-religiosos, uma busca sem tensão por alguma coisa em comum entre crenças tão diversas. A busca do abraço universal, do humano em cada fé. Assisti a reuniões de peregrinos católicos de vários países com praticantes da umbanda e do candomblé cariocas, no Estácio e em Caxias. E a uma mesa de debates na PUC, na Gávea, da qual participavam bispos, rabinos e *sheiks*, com uma plateia lotada de jovens católicos, judeus e muçulmanos. Nesses encontros, o que se punha em discussão não era a verdade teológica de cada um, mas a necessidade de paz, de entendimento e de amor num mundo tão conturbado, inclusive por guerras religiosas.

Nunca acompanhei as Jornadas anteriores, nem sei mesmo do que cada uma delas tratou no passado, em Roma, Colônia ou Madri. Mas imagino que as novidades comportamentais trazidas pelo novo papa tenham influenciado a atmosfera do que está acontecendo no Rio. Num livrinho de extrema pertinência sobre suas ideias, *Francisco de Assis e Francisco de Roma*, Leonardo Boff, um dos principais pensadores da Teologia da Libertação, faz a pergunta que todos nós gostaríamos de poder responder afirmativamente: "Uma nova primavera na Igreja?" No seu discurso em Aparecida, o papa pode ter respondido à pergunta, quando pediu aos jovens que se deixassem surpreender pela vida e que a vivessem em alegria. E ainda mais em sua fala militante na favela de Manguinhos, quando exortou a juventude a não perder a sensibilidade para as injustiças e para a corrupção. É como se tivéssemos atraído para cá e tornado universal a discussão do tema que hoje nos é mais caro.

A Igreja Católica, a primeira e mais antiga organização globalizada do planeta, precisa responder às ânsias de seu povo no século XXI. Ela segue prisioneira de conceitos anacrônicos sobre política social, drogas, moral sexual, aborto, homossexualidade, celibato, pesquisas com células-tronco e até "a forma de poder absolutista dos papas", como diz Boff. Mas Francisco está certo quando diz que tudo começa com o encontro. E ele sabe promover esse encontro; que homem público brasileiro sairia ileso daquele engarrafamento que o papa enfrentou em sua chegada ao

Rio, com a janela do pequeno carro aberta e a disposição de cumprimentar a multidão que se aproximava dele?

É ridículo e mesquinho reclamar de gastos públicos com a Jornada e a vinda do papa ao Brasil. Em primeiro lugar, porque o Estado não está só cumprindo obrigação protocolar, mas também fazendo um investimento com retorno certo, produzido pelo que deixa no Rio a multidão vinda do exterior e de outras cidades do país. Além disso, o Estado tem mesmo o dever de investir no ordenamento, na segurança e no atendimento médico das manifestações de massa realizadas na cidade, não importa de que natureza. Assim como nem todo brasileiro é católico nem todo carioca é carnavalesco, nem assim é justo contestar o que o Estado gasta com o carnaval. Mas, para alguns, Rei Momo pode; o papa Chico, nem pensar.

Independentemente de qualquer profissão de fé, Francisco nos anuncia o projeto de um mundo mais simples e mais humano. Um mundo sem ostentação e sem pompa, sem a hegemonia irracional da riqueza e do consumismo delirante que destrói o planeta e a humanidade. Seu amor à esperança é comovente. "Não deixem que lhes roubem a esperança", disse ele no Rio aos participantes da Jornada Mundial da Juventude, "sejam vocês mesmos os portadores da esperança". Não é pouco que um líder mundial de sua importância pense e fale desse jeito.

O FILHO DE CAPITU

—

1º de maio de 2016

A tragédia na ciclovia da Niemeyer é imperdoável. Seja quem for o responsável, tem que ser punido com severidade, embora nenhuma punição seja capaz de trazer de volta a vida de suas vítimas. É um absurdo, a essa altura do século XXI, em uma cidade como o Rio de Janeiro, que as tecnologias contemporâneas não sejam capazes de garantir a segurança de uma simples ciclovia. Alguma coisa ali foi planejada e/ou executada com ignorância e descaso, e é preciso que os culpados paguem por esse desinteresse pela vida dos outros. Ao menos como exemplo para o futuro de outras obras e por respeito aos mortos.

Não tenho conhecimentos que me façam capaz de julgar a medida de responsabilidade da prefeitura diante da tragédia. Mas não é possível achar que o mar seja o único vilão da história. Não é possível que se pense em construir uma ciclovia naquela costa sem levar em conta a possibilidade de ressaca.

No livro *Jamais fomos modernos*, o antropólogo francês Bruno Latour escreve que a cultura é um artefato criado para pôr entre parênteses a natureza. No nosso caso, a cultura era a ciclovia que se tentou construir sem um acordo conveniente com as ondas do mar, como se a natureza estivesse a nosso serviço. E não é que nunca tivéssemos ouvido falar de ressacas na Niemeyer. Eu ainda era estudante na PUC quando, com alguns colegas, fugia de certas aulas para curtir o barato das ressacas na Gruta da Imprensa. Uma viagem.

O desprezo pela precisão tecnológica está na origem desse drama. Se essa precisão tivesse sido contemplada por seus engenheiros, a ciclovia não teria para nós a amarga imagem de uma assombração à nossa espreita no horizonte do Leblon. Um fantasma de conto de terror. Meu amigo L.G. Bayão, excelente roteirista, costuma dizer que as novas tecnologias estão inviabilizando o melodrama. Se escrito hoje, no *Dom Casmurro* de Machado de Assis um simples teste de DNA diria de quem era o filho de Capitu.

Quando praticada pelo serviço público, essa negação do correto desempenho tecnológico é tão criminosa quanto um assassinato a sangue-frio. Ou quanto um latrocínio, em que o serviço mal prestado só é útil para tomar dinheiro das vítimas através dos impostos que elas pagam para serem bem tratadas.

Mas não acho que a boçalidade e a selvageria que fizeram cair a ciclovia devam servir de pretexto sombrio para manifestações contra as Olimpíadas, como parece estar ameaçando acontecer. A cidade física e humana não é responsável pelo desastre, não merece pagar com mais frustração e tristeza por aquela calamidade.

Gosto do Eduardo Paes. Ele redesenhou a cidade com alegria e espírito solar, numa reedição moderna de administradores da primeira metade do século XX, como os prefeitos Pereira Passos e Carlos Sampaio, que fundaram o Rio de Janeiro moderno. O Porto Maravilha, a nova avenida Rio Branco, o prático VLT e o BRT popular, o Parque de Madureira e a Praça Mauá, as oito unidades de Escolas do Amanhã no Complexo da Maré, o elevado do Joá, as novas estações de metrô, tanta coisa que está servindo ou vai servir à população de todas as zonas da cidade, são obras de respeito.

Segundo o caderno especial da *Folha de S.Paulo* sobre evento, "as obras diretamente ligadas à Olimpíada, em geral, estão em bom ritmo, o que revela planejamento mais eficaz que o da Copa do Mundo de 2014". E estamos falando de um momento em que o Brasil atravessa uma das piores recessões de sua história, um momento de enorme instabilidade política. Ainda segundo a *Folha*, o Parque Olímpico da

Barra está com 98% de suas obras concluídas; a cem dias de sua inauguração, a Copa tinha apenas 20% de suas obras de infraestrutura prontas. No dia em que o prefeito encerrar seu mandato, esqueceremos a política e lembraremos de tudo o que ele fez pela cidade, como Carlos Lacerda, no início dos anos 1960.

Às vésperas da Copa de 2014, graças ao entusiasmo sadio provocado pelas manifestações de rua no ano anterior, alguns militantes erraram o alvo de sua justa cólera difundindo slogan pessimista: "Não vai ter Copa." Teve. E o único vexame que demos foi em campo, tomando aquela goleada da Alemanha. O prefeito não deve deixar passar impune esse desrespeito criminoso para com a vida da população carioca na ciclovia da Niemeyer. O rigor nessa apuração é o preço mínimo de nossa confiança em sua administração. Não queremos tomar uma goleada cívica.

Nessa história da Miss Bumbum, a esposa do ministro do Turismo, o que mais me impressiona são as fotos em que a bela Milena aparece no escritório do marido. Em todas elas, sem exceção, o ministro Alessandro Teixeira está sempre a olhar encantado para Milena, em estado de evidente e comovente paixão. Milena deve ser mesmo uma esposa exemplar — bela, recatada e do lar.

PICOS OLÍMPICOS

14 de agosto de 2016

Nosso único ouro, a medalha da judoca Rafaela Silva, foi, para os brasileiros, o assunto mais importante dessa primeira semana de Olimpíada. Mais até que a disputa entre os admiradores de Neymar e de Marta. Para esses, sugiro lançar no mercado uma outra camiseta amarela com o número 10 às costas e uma nova identidade: Neymarta.

Sem o passado e a fama dos dois craques do futebol masculino e feminino, Rafaela espantou a todos que a viram ganhar o ouro contra uma favorita e sólida atleta da Mongólia ou da Manchúria, uma coisa assim. Apesar de sua cara fechada, de sua concentração radical, de uma violência mal-humorada a entrar no tatame, logo aprendemos a amá-la. E a compreendê-la.

Vamos logo ao que interessa. Além de atleta exemplar, Rafaela é mulher, negra, pobre, favelada e lésbica (foi emocionante ver o choro de alegria de Thamara, sua companheira). Não pode haver motivos mais fortes para a exclusão. Mas antes que nossa tradição patriarcal comece a elogiar a oportunidade que nós, a sociedade formal, demos a ela, é preciso dizer que não lhe demos oportunidade nenhuma. Quem ganhou a medalha foi o talento de Rafaela, seu esforço e dedicação ao esporte que abraçou. E sobretudo a vontade com que ela se empenhou.

Somente nas artes e no esporte um feito desses, sem tecnologia ou erudição que o suporte, pode ser possível para uma garota como

Rafaela. Durante décadas, a cultura brasileira se tornou conhecida e respeitada no mundo graças à produção de excluídos seculares. Como no futebol e no carnaval, como na nossa música popular. Como no caso de Rafaela da Cidade de Deus.

Ao longo da semana, cansamos de ouvir gente praticando perigosa piedade social, como se dissesse que basta darmos oportunidade a quem não tem para que tudo esteja resolvido. Foi Rafaela quem conquistou o ouro e seu espaço em nossas vidas, ela não nos deve nada. Nem a nós nem à nossa pretensa generosidade. Com as cores da bandeira nacional nos dentes afiados, a afirmar seu pertencimento, ela nos prestou uma homenagem.

Não demos nada a ela, como em geral não damos nada a seus pares. Rafaela é apenas uma prova de que os seres humanos são todos potencialmente iguais e que é um crime excluir alguns, como fazemos, por avidez, truculência e soberba. Não fomos nós que salvamos Rafaela; foi ela que nos deu uma colher de chá aos brasileiros.

Por falar em atleta feminina, as jogadoras de vôlei egípcias Doaa Elghobashy e Nada Meawad participaram da Olimpíada cobertas por panos que não deixavam ver parte alguma de seus corpos, como manda o figurino islamita. Num esporte de praia como aquele, em que a maioria das competidoras veste biquínis mínimos, não foi difícil reparar na excentricidade. A pergunta que fica é aquela que contrapõe a cultura religiosa de uma etnia às condições particulares da prática esportiva. Na Grécia da Antiguidade, por exemplo, os atletas olímpicos competiam nus.

Com a Olimpíada no Rio, o centro da cidade esvaziou-se. As orlas da zona sul e da zona portuária estão lotadas de gente, de turistas internacionais e domésticos que caminham fantasiados de acordo com sua origem, fazendo *selfies* com o Pão de Açúcar ao fundo ou com a pira no Boulevard Olímpico.

Mas no centro da cidade, não. Ali, naquele quadrilátero entre a Presidente Vargas e a Beira-Mar, cortado pela Rio Branco, as pessoas, em menor número que o habitual, seguem em seus afazeres cotidianos, cumprem suas missões profissionais, com muito pouca referência ao que se passa no Parque Olímpico. É como se os Jogos não fossem mais importantes do que uma petição urgente ou um despacho do serviço público.

Parece que voltamos ao passado, quando a cidade tinha menos habitantes, era menos agitada, se locomovia mais devagar, com tempo para admirar os prédios de estilo francês, as vitrines de moda, o doce sol do inverno carioca. De repente, recuperamos a ginga perdida no excesso de automóveis, de violência cotidiana, de corrida para não perder a novela das oito na televisão do vizinho.

Podia lhe faltar água e luz, assim como sofrer de outras mazelas; mas a cidade era mais agradável de curtir, como está sendo agora em seu centro abandonado pela agitação da Olimpíada que dispensou funcionários e burocratas de seus serviços regulares. Podia não ser melhor do que é hoje, mas foi com essa lentidão sensual, esse andar descuidado, esse balanço único, que conquistamos nossa identidade.

Nas praias e no porto, um novo Rio de Janeiro renasce graças a uma operação urbanística bem-sucedida, um legado que os Jogos nos deixam. Mas, por causa do centro semideserto de um dia de semana, lembramos de uma cidade que tinha outro ritmo. Tomara que a Olimpíada nos deixe também esse legado, o do reconhecimento de nós mesmos.

„ Não posso deixar de gostar de Lula. Ele é um protagonista do Cinema Novo, com toda a saudável complexidade do conflito brasileiro entre o arcaico e o moderno, uma pertinente representação simbólica do Brasil, um personagem de *Vidas secas* que foi parar em *Terra em transe*. Mas não gosto quando ele assume um lado Padim Ciço e se deixa anunciar 'pai dos pobres' e outros sebastianismos milagreiros que não colaboram com o estágio da civilização brasileira. Sempre que entra em cena um pai protetor, elimina-se a vontade dos filhos, sua capacidade de pensar por eles mesmos.

(...) A grande Rosa Luxemburgo dizia que a liberdade é, antes de tudo, a liberdade de quem discorda de nós (ela acabou traída pelos radicais de seu partido socialista e assassinada pelos social-democratas de Weimar). Décadas depois, o não menos grande Isaiah Berlin, ignorado pelos radicais do liberalismo que ele defendia, completava o pensamento de Rosa dizendo que a liberdade do lobo não pode justificar o extermínio dos cordeiros. Esses são os únicos limites intransponíveis da liberdade democrática."

trecho de "DECLARAÇÃO DE VOTO"
22 de outubro de 2010

5.
NENHUM MOTIVO EXPLICA A GUERRA

Para alguém que encontrou na arte, no cinema, uma ferramenta de congraçamento entre subjetividades e entre projetos estéticos e éticos para arrumar a bagunça nacional, o estado de coisas que a corrupção e a violência institucional produziram é um sinal de ruína para o sonho de Brasil da geração formada pelo reformismo social dos anos 1960. Os artigos a seguir carregam o perfume do espanto e da indignação diante das lacunas do Estado enquanto protetor e conciliador.

R.F.

RECONHECER O TRÁGICO ERRO

15 de janeiro de 2011

Em *Burden of Dreams*, documentário exemplar de Les Blank sobre a produção de *Fitzcarraldo*, obra-prima obsessiva e masoquista de Werner Herzog, o grande cineasta alemão presta um depoimento assustador no meio da floresta amazônica que ele tentava em vão submeter à realização de seu filme. Com os olhos inflamados e a voz áspera, Herzog, o santo guerreiro, afirma para a câmera que, cada vez que ouvia os sons desordenados da floresta, enlouquecia com o desejo de discipliná-la, pôr uma ordem em sua anarquia natural, impedir a fornicação geral dos elementos que se destroem mutuamente.

Não tenho dúvida de que, como criadores iluminados, os melhores artistas fazem de suas obras um rascunho do que fariam no lugar de Deus. Todo grande artista tende sempre ao desejo de corrigir os equívocos do Senhor, e é assim mesmo que deve ser. Desconfio que o pecado mortal, a primeira afirmação de identidade do homem, aquela que causou sua expulsão do paraíso, tenha sido mesmo essa volúpia de ordenação do mundo.

Quando inventou a cultura e, com ela, costumes e instrumentos, casas, cidades, meios de transporte e tudo o mais que o diferenciava dos bichos e das plantas, o homem se tornou um adversário da natureza. Para fazer o que imaginava, teria de enfrentá-la e certamente feri-la. A ilusão perversa era a de que ele podia dominá-la, controlá-la, organizá-la segundo simplesmente seu proveito próprio. Tornamo-nos um perigoso vírus a ameaçar a saúde do mundo, destinado a degradá-lo pela contaminação de nossos gestos, pelo desejo de dar uma nova ordem à natureza.

Não foi para isso que viemos ao mundo e que nos desenvolvemos de tal maneira que somos seus únicos habitantes capazes de pensá-lo. Como dizia Spinoza, a natureza não tem nenhum projeto para a humanidade. Como a natureza não tem consciência de nossa existência, é impossível viver em harmonia com ela. Mas com a natureza não se brinca e não se briga, com a natureza só se negocia. A única linguagem que ela entende é a da negociação.

É bobagem achar, como Rousseau e os românticos, que os chamados "primitivos" viviam e vivem em harmonia com a natureza. Índio morre cedo, sempre morreu cedo, exatamente porque seu conhecimento de defesas contra ela sempre foi precário. Mas os índios sabem negociar com a natureza, sobretudo porque não têm a pretensão da ciência que pensa entendê-la plenamente.

Há alguns anos, fazendo um documentário sobre eles, convivi, sem nenhuma pretensão antropológica, com uma aldeia xavante recém-contactada, no Vale do Rio São Marcos, no Mato Grosso do Sul. Durante essa curta convivência de dias, o que mais me impressionou foi o sistemático conselho noturno, em torno da fogueira, em que os mais velhos (ouvidos e prestigiados exatamente por terem sobrevivido por tanto tempo) ensinavam aos adolescentes os termos dessa negociação com a natureza, o que podiam e não podiam fazer com ela.

Na recente tragédia na serra fluminense, a natureza andou sendo previamente desrespeitada e insensatamente enfrentada. Como na aldeia xavante, o poder público, escolhido pela população para cuidar de nós, como os índios idosos cuidavam de seus adolescentes, tinha a obrigação de nos explicar até que ponto podíamos ou não avançar sobre ela. Como deixar que se contrarie o comportamento da natureza, achando que se pode submetê-la assim, de graça?

A decadência do poderoso Império Romano coincide com uma mudança climática radical, a partir de 250 d.C., para a qual seus líderes e sábios não estavam preparados. A Revolução Francesa encontrou clima social propício à sua eclosão, depois que, em 1783, a erupção de um vulcão na Islândia, semelhante à de um ano atrás, destruiu, com suas cinzas, grande parte da agricultura no continente europeu, gerando fome imprevista e generalizada. No livro *Colapso* (cujo oportuno subtítulo é *Como as sociedades escolhem o fracasso ou o sucesso*), Jared Diamond, seu autor, nos conta como guerras e disputas políticas e econômicas devastaram a pequena ilha de Páscoa, no Pacífico Sul, a ponto de destruir uma civilização avançada que tinha sido capaz de construir aquelas gigantescas esculturas de cabeças, hoje alinhadas no deserto de pedras em que o lugar se transformou.

Ninguém se lembra de quem evita o incêndio, a natureza exibicionista do espetáculo humano exige que só celebremos os heróis que apagam o fogo e salvam suas vítimas. Mas prevenir é sempre mais eficiente e completo que remediar — e ainda sai mais barato. E remediar, afinal de contas, é admitir, reconhecer o trágico erro.

Não é possível que, em países como Portugal e Austrália, catástrofes semelhantes, com muito mais volume de água, tenham matado, respectivamente, 42 e 19 pessoas, enquanto na serra fluminense, até o momento em que escrevo, são mais de quinhentas as que desapareceram na enxurrada. Hoje, a prevenção pode chegar a tempo, ser rápida e eficiente, pode alcançar a todos. Plataformas tecnológicas como a televisão, a internet e mesmo celulares facilitam seu acesso imediato à população.

Parece até que o poder público (federal, estadual, municipal, distrital, o que seja) prefere esconder as informações prévias, com medo de se responsabilizar por elas, tendo que se dar ao trabalho de conter a ocupação irregular de terrenos ou remover famílias de áreas de risco. Mas, nesse caso, o poder público não existe para agradar aos cidadãos, mas, sim, para protegê-los, intermediando sua indispensável negociação com a natureza.

UMA CRISE DE REPRESENTAÇÃO
—

15 de junho de 2013

Lá pela metade do século XX, por volta dos anos 1960, surgiram por aí diferentes movimentos contra o estado do mundo, com claros discursos pela construção de uma nova sociedade humana. Os beatniks, a Primavera de Praga, os guerrilheiros latino-americanos, os panteras negras, o Solidariedade polonês, os hippies, os jovens americanos que se recusavam a ir para o Vietnã e os estudantes parisienses de maio de 1968 foram agentes explícitos de ideais programáticos e ideológicos que mobilizavam multidões.

Hoje não é mais bem assim. Talvez porque o mundo tenha perdido a esperança em mudanças radicais. Talvez porque a revolução tenha perdido prestígio para a mobilidade social. Talvez por não nos sentirmos mais representados por nenhuma força política.

Depois do movimento Occupy Wall Street, da chamada Primavera Árabe, dos combates na Síria, dos confrontos contra o governo na Turquia e na Grécia, das manifestações populares nas ruas de uma Europa em crise, os jovens do Movimento Passe Livre trazem agora para o Rio de Janeiro e São Paulo esse novo estilo de contestação, típico do século XXI — uma contestação pontual, sem propriamente projeto de nação ou de sociedade.

Em outubro de 2011, visitei o acampamento do Occupy Wall Street, em Nova York, e escrevi aqui, nesse mesmo canto de página, que "todo mundo sabe por que foi parar no Zuccotti Park (local do acampamento dos manifestantes), mas parece que quase ninguém tem uma ideia precisa de para que serve o movimento, o que deve acontecer em seguida (...) é como se um mal-estar estrutural estivesse substituindo os programas ideológicos (...) as ideias parecem sufocadas pelo mal-estar que tomou o lugar da luta política".

Depois de ver na televisão um rebelde sírio arrancar o coração de um soldado governista, como é possível acreditar que sua revolta seja alimentada pela construção de uma sociedade mais justa? Quem pode nos garantir que a Líbia, depois da destituição e morte de seu ditador, esteja mesmo construindo um regime de liberdade? Depois da crise, para onde irão as manifestações pontuais de rua em Paris, Madri ou Atenas?

Questionado sobre o que queriam seus ativistas, um desses movimentos americanos de contestação postou resposta esclarecedora em sua página no Facebook: "O processo é a mensagem." Ou seja, o ato de agir é a única razão da ação.

Todos esses movimentos se explicam pela ausência de representação de seus membros no campo da política. Como cada vez mais nos sentimos menos representados pelos que estão no poder (mesmo que eleitos por nós), só nos resta ir às ruas para ao menos mostrar que existimos. Nossas reivindicações podem ir desde o fim de um ditador até a luta contra o aumento de vinte centavos na passagem de ônibus, tanto faz. Ainda no acampamento do Occupy Wall Street, no Zuccotti Park, vi uma senhora ativista fazer discurso de protesto contra a maneira pela qual era tratada por seu marido.

Ninguém mais se sente representado politicamente, assim como nossos supostos representantes não se importam mais em representar ninguém. Há um enorme abismo entre nós e o poder que devia agir em nosso nome, um desinteresse em nos representar. O processo eleitoral não tem nada a ver com a representação que devia ocorrer depois dele. Os eleitos só pensam em continuar eleitos e em proteger a instituição a que pertencem, para que ela exista para sempre, com eles dentro. Os acordos partidários, as manobras de sobrevivência, os interesses pessoais e, às vezes, as vantagens pecuniárias, são fatores hegemônicos na atividade do "representante". Outro dia, o ex-presidente Lula disse: "Às vezes, tenho a impressão de que partido é um negócio."

Hoje o termo "democracia representativa" diz mais respeito a um regime que, eleito pelo povo, interpreta um determinado papel. Ela é "representativa" no sentido teatral da expressão, no sentido da representação dramática. Não há nenhuma justificativa programática ou ideológica para seus gestos. Apenas ação. Como podemos nos identificar com eles? Então vamos às ruas representar a nós mesmos, nem sempre sabendo bem para quê.

A resposta à crise da democracia representativa não pode ser o autoritarismo que elimina a liberdade de escolha e é contra a natureza humana. Nem a ilusão da democracia direta, mãe do populismo e da ditadura. Como tudo que é humano, a democracia não é um regime perfeito, mas pode ser aperfeiçoada sempre. (Em *Sabrina*, filme de Billy Wilder, o pai da heroína, motorista particular de família abastada, diz que a democracia é muito estranha: embora o contrário seja comum, quando um pobre casa com um rico, nunca se ouve dizer do pobre que ele foi "muito democrático".)

Enquanto não encontrarmos coisa melhor, não podemos abrir mão da democracia. É sagrada e insubstituível a beleza do voto que deve garantir o poder da maioria e os direitos das minorias que, daí a quatro anos, terão outra oportunidade de se tornarem maioria. E isso com liberdade permanente para todos irem às ruas ou não.

UMA ALMA EM FOGO

21 de setembro de 2013

Conheci Aldo Arantes quando éramos ambos estudantes de Direito, na PUC-Rio. Nascido em Anápolis, goiano atuante e dedicado, eu tinha feito questão de contar com Aldo na chapa em que fui presidente de nosso centro acadêmico, por seu talento político e sua correção pessoal. Com papel fundamental na organização da esquerda católica na AP (Ação Popular), Aldo tornou-se, no ano seguinte, o primeiro aluno da PUC a ser presidente da UNE.

Nessa eleição, articulou e representou ampla, rara e histórica união da esquerda do movimento estudantil, uma composição política que ia de trabalhistas a comunistas, de social-democratas a trotskistas, de católicos progressistas a liberais moderados. Um exemplo bem-sucedido do que deveria ter sido procurado no Brasil, naquele início dos anos 1960. Isso nunca mais aconteceu.

Na UNE, Aldo criou a Editora Universitária, a revista *Movimento*, o Centro Popular de Cultura (CPC), a UNE volante, com esse mesmo espírito aliancista, sem discriminações ideológicas. Dessas entidades, saíram os melhores intelectuais e artistas brasileiros do período.

Agora Aldo está lançando um livro, *Alma em fogo*, pela editora Anita Garibaldi. Nele nos conta sua vida pessoal e política, desde Anápolis até sua atual especialização em meio ambiente, passando pela UNE, pelo Partido Comunista do Brasil, pela clandestinidade, prisão e tortura, anistia, Constituinte e volta ao Congresso. Uma vida marcada pelo desprendimento, pela generosidade, pela coragem pessoal e política, sempre colado à história do país.

Preso em 1976 pela ditadura militar, Aldo narra em seu livro as sessões de tortura nos DOI-Codis de São Paulo e do Rio, onde foi esmurrado e "torturado na chamada 'geladeira', nu, algemado, encapuzado e sem me alimentar", como está descrito a partir da página 204. Depois foi levado à Cadeira do Dragão, "uma cadeira recoberta de metal para ampliar os efeitos dos choques elétricos (...) aplicados no pênis, na língua, na orelha, em partes sensíveis do corpo". Vou poupar os leitores do resto da descrição, uma sucessão de horrores selvagens. Mas não devemos esquecer nunca que isso um dia aconteceu no Brasil.

Mesmo cometendo equívocos como, entre outros, a oposição ao Plano Real e os elogios ao regime norte-coreano, a biografia desse homem de bem deve nos servir de exemplo da dedicação ao que se julga melhor para o outro.

O título do livro é uma citação do *Fausto*, de Goethe: "Aquilo que não sentes, não deves pleitear; é preciso que o queiras com a alma em fogo." Isso podia ter sido escrito pelo próprio Aldo Arantes.

Quem quiser que ache o quebra-quebra, o vandalismo, a violência que surgiu no meio de nossos protestos populares, manifestações espontâneas. Esse comportamento se espalhou pelo mundo, vestindo as mesmas máscaras, desde as manifestações decorrentes da crise de 2008, nos Estados Unidos e na Europa.

John Zerzan, professor e filósofo norte-americano de setenta anos, é o pai do anarcoprimitivismo inspirador dessa atitude, uma teoria que deplora a civilização e a tecnologia, afirmando que a humanidade só foi feliz enquanto viveu na pré-história, em sociedades na "plenitude da liberdade", sem a "domesticação" de linguagem, arte, ciência, pensamento simbólico e conceito de tempo. E diz ser preciso voltar a esse mundo primitivo, mesmo que à força.

Zerzan publicou livros sobre o anarcoprimitivismo, sendo o mais conhecido *The twilight of the machines* [O crepúsculo das máquinas], editado justamente naquele ano crítico de 2008.

Ele começou a ficar famoso a partir da segunda metade dos anos 1980, quando sua obra, uma salada de Rousseau, Thoreau, Marcuse e Debord, entre outros, se tornou coqueluche em círculos universitários americanos e europeus. E se consagrou em 1995, quando o célebre *Unabomber* o citou como sua principal referência, em seu manifesto publicado no *Washington Post*, antes de ser descoberto e preso por ter enviado 16 bombas pelo correio que deixaram três mortos e 23 feridos.

Zerzan é o teórico dos primeiros black blocs americanos, inspirando a participação deles em manifestações públicas para causar destruição, medo e insegurança, capazes de abalar a paz social. Sendo os black blocs muito poucos para produzirem manifestação própria, devem pegar carona infiltrados em movimentos de estudantes, operários, mulheres, gays, negros, o que for. Como tentaram fazer com o Occupy Wall Street, em Nova York, de onde foram expulsos sumariamente.

Ah, sim. O demônio declarado de John Zerzan e do anarco-primitivismo é Steve Jobs. Mas é através das redes sociais na internet que as manifestações são convocadas.

Eu também queria que esse julgamento do Mensalão acabasse logo. Acho que nem os réus devem estar aguentando mais essa tensão. Mas não exageremos. A justiça tem que julgar segundo as leis vigentes, não devemos desejar que as decisões do STF sejam plebiscitárias. Se entregarmos a justiça à emoção da opinião pública, estaremos correndo o risco de vivermos trocando Cristo por Barrabás. Bem, isso não significa que eu esteja comparando os réus do Mensalão ao Nazareno. Longe de mim.

AS BOLSAS OU A VIDA
—
12 de julho de 2015

Quando você estiver lendo este texto, a Grécia e a Comunidade Europeia já terão se entendido (ou não) sobre a crise em que vive aquele país. O povo grego poderá estar pagando o preço da corrupção de seus governos no passado, bem como o preço da "austeridade" insana dos líderes europeus no presente. Ou não.

Pouco se conta da origem moral e política dessa crise, condenando-se o povo grego como responsável pela incompetência e roubalheira de seus governantes precedentes. Segundo o atual primeiro-ministro, Alexis Tsipras, a Grécia "chegou às portas da bancarrota porque durante muitos anos os governos gregos foram clientelistas e corruptos". Tsipras pede dramaticamente "uma luz no fim do túnel" para o futuro de seu povo, que o apoiou maciçamente no plebiscito em que 61% dos eleitores disseram não aos planos europeus de economicistas sem alma.

Em março deste ano, quando o Syriza, o partido grego agora no poder, ainda era uma certa incógnita, escrevi aqui neste espaço que "é na Grécia que se encontra o conflito mais decisivo desse início de século XXI. É lá que o futuro da humanidade, em seu formato social e moral, está sendo jogado".

E continuava. "Se, nesse conflito, a razão humana for derrotada pelo delírio financeiro, as bolsas serão mais importantes que a vida; as taxas de juros serão mais decisivas do que a nossa felicidade; os PIBs concentracionários valerão mais que os estômagos vazios. Na Grécia do Syriza, dos desengravatados Tsipras e Varoufakis [o então ministro das Finanças], está se propondo um novo humanismo contra a crueldade das contas de botequim e da fome compulsória. (...) O movimento reformador grego combate um modelo de acumulação de riqueza pela via da especulação financeira. Em vez de inimigo, ele é, pelo menos por enquanto, um aliado do capital produtivo, sobretudo em países emergentes."

Não quero viver num mundo em que a economia manda em meu corpo e em meu espírito; não quero ter que pular da cama toda manhã e correr para o noticiário eletrônico de economia, a fim de saber se ainda tenho o direito de respirar; não quero que o valor de ações nas bolsas seja a garantia de meu bem-estar; não quero que minha vida dependa dos números encontrados por contadores avaros. Não foi para isso que viemos ao mundo.

Nenhum homem nasce livre. A liberdade é uma angústia conquistada da qual, muitas vezes, desejamos inconscientemente nos livrar. Apesar de tudo, conquistá-la é a glória de todo ser humano, a celebração de nossas principais virtudes. Não é possível deixar que nossa liberdade seja submetida aos interesses dos que desejam apenas nossa dependência ao poder do dinheiro. É isso o que a Grécia está nos dizendo hoje.

Do outro lado do planeta, a China escolheu o desmedido crescimento econômico-financeiro como sinal de sua grandeza e já começa a pagar pela arrogância. Quando a economia mundial implodiu com a bolha de 2008, a China ficou aparentemente fora da crise. Mas agora o pânico tomou conta das bolsas chinesas, agravando uma economia nacional que desacelera desde 2013. Como poderíamos imaginar que a próxima crise mundial, a causar pânico no que o capitalismo tem de mais sedutor e cruel, seria provocada por uma grande nação que ainda se reclama marxista?

Segundo os especialistas dizem nos jornais, o Brasil será uma das principais vítimas da crise chinesa. Na última visita do primeiro-ministro, Li Keqiang, a Brasília, o governo chinês sinalizou com uma injeção de 35 bilhões de dólares em nossa infraestrutura. Segundo

Marcos Troyjo, especialista em Brics da Universidade de Columbia, nos Estados Unidos, "ainda é cedo para dizer que o dinheiro não virá, mas é preciso estar atento".

Nesses últimos anos, vivemos de exportar *commodities* para as potências, os produtos de nossa mineração e de nossa agricultura, enquanto nos enganávamos com a ilusão de crescimento pela via do consumo. Não cuidamos de nossa infraestrutura (educação, saúde, habitação, energia, essas coisas que servem à população), não criamos nada de estruturalmente novo. Com o que achávamos no fundo do quintal, montamos uma barraca de feirante no mercado internacional, a oferecer minério de ferro e soja aos poderosos fregueses que vinham fazer a feira. Como poderíamos esperar que o Brasil se tornasse uma potência, um país indispensável ao progresso da humanidade, vivendo de vender pedras e grãos ao resto do mundo?

O mercado é uma fatalidade, uma criação humana que não pode ser ignorada. Mas não quero que minha vida esteja submetida às contas dos poderosos, às bolsas e aos credores que ganham tanto com a tragédia dos outros. Viemos ao mundo para usufruir sua beleza e sua generosidade, em busca de uma felicidade que tenha mais a ver com os outros e com a natureza humana. Segundo o pensador francês Gaston Bachelard, "o mundo é belo antes de ser verdadeiro, o mundo é admirado antes de ser verificado". Como os gregos devem estar pensando da Grécia.

A CIVILIZAÇÃO CONTRA O PORRETE

30 de agosto de 2015

Recentemente, a vinte quilômetros da cidade de Frankfurt, Alemanha, pesquisadores encontraram um sítio arqueológico de 7 mil anos, onde uma aldeia inteira teria sido exterminada por vizinhos inimigos enquanto dormia. Além dos golpes fatais na cabeça de cada um, havia, nesses restos mortais, sinais de torturas variadas espalhados pelos corpos das vítimas. Para começar, todos tinham as pernas quebradas, provavelmente para que não pudessem escapar à tortura.

Como os agrupamentos humanos do Neolítico não passavam de algumas dezenas de pessoas, o número de mortos massacrados a porrete, incluindo crianças, seria equivalente a algo em torno de 40 milhões de brasileiros, se sofrêssemos hoje um ataque das mesmas proporções. Diante disso, Hiroshima e Nagasaki não teriam passado de um entrevero desimportante, sem maiores pretensões e consequências.

Não deve ser, portanto, verdade que o homem nasce bom e se torna mau, que nasce puro e a sociedade o corrompe com seus hábitos, com seu desenvolvimento e progresso. Mesmo que não existisse o semelhante, o homem encontraria onde exprimir sua violência. O *bon sauvage* que Jean-Jacques Rousseau, um precursor da democracia moderna, anunciou no século XVIII nunca existiu. O homem sempre foi violento e essa violência nunca foi provocada apenas por necessidades incontroláveis como a fome. Na verdade, a violência apenas como fruto de necessidades é, ao contrário, uma característica dos outros animais.

A violência é uma perversão da natureza humana. Ela está na origem da espécie, em sua luta pela sobrevivência, mas também no desejo de se impor ao outro. O homem é, por exemplo, o único animal capaz de torturar um seu igual, o único a fazer da violência uma manifestação cultural.

Grande parte dos crimes cometidos em nossas ruas é provocada por um desejo incontrolável produzido por nós mesmos, sem que a vítima tenha nada a ver com isso. Na maior parte das vezes, esse desejo tem origem em nosso exibicionismo, na necessidade de conquistarmos o que o outro já tem, fruto da propaganda que nos fala todo dia das maravilhas que não estão a nosso alcance. Só a educação pode evitar essa prática criminosa do desejo. Ou a civilização.

A civilização, ao contrário do que certos naturistas querem, inclusive alguns pais do Iluminismo, como o próprio Rousseau, é um conjunto de arranjos impostos às relações humanas para evitar a inevitável violência que não temos individualmente forças para conter. É como se fossem regras restritivas e sucessivas, criadas pela consciência humana por medo de sua própria violência. Um jeito de conviver com seu semelhante, sem necessidade de se impor pelo porrete.

É provável que nunca consigamos extinguir a violência entre os homens; mas essa fatalidade não justifica sermos solidários ou mesmo complacentes com ela. O papel da civilização será sempre o de domesticar a violência, criar condições para que ela não seja admissível e muito menos indispensável, seja na forma de guerras coletivas, seja na de conflitos individuais. Nenhum de seus formatos é justo, mesmo que exercido em nome de ideologias, programas políticos, lutas pelo poder. Se as ideias exigem violência para se concretizarem, elas devem estar erradas.

Sempre houve violência no Brasil, sobretudo dos mais fortes e poderosos contra os mais desassistidos. Lembrem-se dos malês na Bahia, de Canudos, da Revolta da Chibata, do Estado Novo, da crônica de horrores diários nos latifúndios oligarcas do Brasil pastoril, da chacina urbana de Vigário Geral em que policiais militares, há 22 anos desse domingo, mataram 21 cidadãos inocentes.

Foi a ditadura, iniciada com o golpe de 1964, que deu visibilidade e cidadania contemporâneas à violência no país. Durante a ditadura, a violência passou a ser praticada em nome da lei, da ordem e da paz. O paradoxo a tornou oficialmente legítima, compreensível e justificável, segundo as ideias dos que a exerciam. Numa ditadura, não existem critérios de julgamento; mas apenas o julgamento a serviço da manutenção do poder.

Interrompemos o progresso da violência com a volta da democracia. Mas, hoje, a liberdade conquistada com tanto sacrifício nos atira nas ruas em combates de ódio, por enquanto apenas verbais e icônicos. É preciso defender radicalmente essa liberdade, sem a qual a vida perde significado; mas também precisamos evitar que ela se torne instrumento da violência que destrói o necessário convívio democrático. A violência, venha de onde vier, não pode ser tratada com o horror hipócrita que faz dela uma exceção sob controle.

No Brasil, temos sempre tendência a camuflar nossa violência com o velho mito da cordialidade, como se nunca tivéssemos derramado uma só gota de sangue, resolvendo tudo no papo e no samba. De certo modo, o disfarce é até um bom sinal pois, onde há mito, há sempre um projeto inconsciente que talvez um dia seja capaz de emergir e se tornar programa. Enquanto isso, não podemos esquecer que, quando se está em guerra, nada é pecado.

A CULTURA DO CRIME

8 de novembro de 2015

O que há em comum entre a campanha racista, via rede social, contra Taís Araújo e o trabalho escravo no país, denunciado por Wagner Moura? E entre a violência que chega ao canibalismo em presídios brasileiros e o projeto de nossos deputados para dificultar e impedir o aborto das mulheres? Ou entre as mortes de PMs e crianças nas favelas, vítimas de tiros vindos dos dois lados, e a trapalhada aparentemente inocente do Simples Doméstico? E assim por diante.

Não é só a necessidade que gera o crime. O Brasil e o Rio de Janeiro já foram muito mais pobres do que são agora, e nossas taxas de violência sempre foram relativamente humanas. Nem sempre o motivo do assaltante é a fome. Se fosse assim, a incidência de crimes seria dominante em outras áreas, longe das cidades afluentes do Sul e do Sudeste. Não sei se essa é a mesma reação das novas gerações, mas eu, que conheci de perto um pouco desse passado, tenho a nítida impressão de que o Brasil, em termos de convivência humana, muda de cara. Para muito pior.

O que comparamos no primeiro parágrafo deste texto são descasos, ilícitos, delitos, contravenções e crimes, malfeitos frutos de uma nova cultura que alimenta um comportamento sem generosidade, sem confiança no outro, sem projeto comum. Essa cultura é fundada num suposto direito individual de satisfazer o desejo sem restrições, produzindo prazer, lucro e poder à custa dos outros. Por meio dela, o capitalismo financeiro e consumista sequestra a nossa vontade atendendo a nossos desejos.

É impossível proibir o sentimento de um desejo por mais sórdido e repulsivo que ele seja, do estupro à pedofilia, passando por todas as formas imagináveis de violência. Os mistérios do inconsciente humano prevalecem, ninguém é conscientemente responsável por seu próprio desejo. A responsabilidade de cada um é pelo controle da prática do desejo segundo uma ética pessoal, o direito dos outros e princípios acordados em cada sociedade. A vontade consciente existe para impedir o desejo indesejável.

A criação do Estado é um momento importante na história da humanidade. Ele se responsabiliza pelo controle dos desejos criminosos, nem que para isso seja necessário usar a força da qual possui o monopólio. O Estado é o agente da sociedade em defesa da civilização. Quando ele perde o controle disso, quando seus representantes incentivam o mau comportamento pelos exemplos de violência que dão, o caos vence a justiça, a arma se torna mais poderosa que a fala, a civilização desfalece. Como deve agir o cidadão de um país onde, no Congresso Nacional, um grupo de eminentes parlamentares é conhecido e se reconhece como a "Bancada da Bala"?

Nossos homens públicos, em seus diferentes planos e poderes, estão viciados na cultura do pensamento mágico, criando argumentos e teses mirabolantes (às vezes simplesmente cínicas) que tentam justificar seus malfeitos provocados por desejos materiais. O deputado Luiz Sérgio, relator da CPI da Petrobras, jurou de mãos postas que nenhum homem público havia praticado qualquer ilícito contra a empresa estatal. E ainda aproveitou para atacar a colaboração premiada, a mais civilizada atenuação de pena para quem cometeu um crime. O deputado põe o pensamento mágico a seu serviço e, de tanto repeti-lo aos outros, acaba convencendo-se do que diz e vai dormir em paz. O juiz Sergio Moro e seus companheiros são uns inventores de moda.

É esse pensamento mágico a serviço do crime que, em diversas dimensões (ele existe à direita e à esquerda), nos ajuda a esclarecer o que Kenneth Maxwell, brasilianista inglês, afirma sobre nós: a elite brasileira se comporta como se nada se passou e tudo é passado. Ou seja, a elite brasileira se nega a pensar que é culpada de alguma coisa, ela não se dá conta do real porque é incapaz de pensar no outro. Se tudo é passado, não há nada a fazer no presente.

São Paulo sempre gerou alguns de nossos melhores filmes, com cineastas, de Roberto Santos e Walter Hugo Khoury a Hector Babenco e Fernando Meirelles, que consagrariam o cinema paulista no mundo inteiro. Agora, o governador Geraldo Alckmin decidiu que São Paulo não precisa mais de cinema e está extinguindo o Programa de Fomento ao Cinema Paulista, gerido pelo estado. Justamente no momento em que a SPCine, empresa municipal criada por Juca Ferreira, atual ministro da Cultura, quando era secretário de Cultura da capital, começa a dar seu primeiros frutos.

Durante 12 anos, o Programa de Fomento ao Cinema Paulista viabilizou mais de cem filmes, inclusive nosso premiadíssimo sucesso e atual candidato ao Oscar de melhor filme estrangeiro, *Que horas ela volta?*, de Anna Muylaert. Para os cineastas paulistas, "o fim do programa é uma decisão política que, se confirmada, vai interromper o fluxo de produção com consequências desastrosas para o cinema paulista", como dizem em manifesto recente. Estamos juntos com eles.

QUE TEMPOS SÃO ESSES?
—

6 de março de 2016

Já escrevi sobre isso em meu livro de memórias, *Vida de cinema*. Mas não custa nada voltar ao assunto, o momento é bem oportuno.
    Estou falando da angústia do tempo que vivemos. Um tempo em que perdemos a luz de nossos líderes porque, sátiras festivas das futuras vítimas de Ricardo III, eles se recusam a ser nossos heróis. Só nos resta aguardar a chegada do terror de quem "não foi moldado para essas gracinhas" e, como não se interessa por tais diversões, "se dedica a ser o mais canalha dos canalhas", como está na peça de William Shakespeare. É como se estivéssemos à espera masoquista de um dom Sebastião do mal, com o poder cruel de suas virtudes.
    O velho bardo sabia das coisas. Essa semana, mais de quatro séculos depois do "inverno de nossas amarguras", José Casado nos lembrou em sua coluna que, nesse fim de verão, estão sob investigação, em tribunais e delegacias policiais, as seguintes autoridades: a presidente Dilma Rousseff e o vice Michel Temer; três ex-presidentes da República, Lula, Fernando Henrique e Collor; os atuais presidentes do Senado, Renan Calheiros, e da Câmara, Eduardo Cunha; e mais 25% dos senadores e deputados federais, além de grandes empresários e tecnocratas. Quem será o Zorro que, por trás de sua máscara negra, virá nos salvar desse horror em troca de nossas almas órfãs?

No entanto, é preciso acreditar sinceramente no lugar comum de que nada é para sempre. Está certo, esses são tempos difíceis, mesmo. Mas que tempos não o são? Minha geração viveu o cinismo dilapidador do tempo de Collor; antes disso, o tempo tétrico e vergonhoso da hiperinflação; o de uma ditadura obscurantista e cruel, que nos levou a liberdade e o gosto de viver; o da Guerra Fria, que nos ameaçava com uma bomba que ia acabar com tudo de uma vez; o da insegurança trágica, que fez um presidente amado se matar; e ainda, antes disso tudo, o tempo inaugural de nossa depressão, o tempo da fundação do complexo nacional de vira-lata, com a derrota do Brasil diante do Uruguai, em pleno Maracanã lotado. Nelson Rodrigues sacou primeiro.

Como é mesmo muito difícil viver, em qualquer época que seja, temos sempre a impressão de que estamos vivendo o pior momento da história da humanidade. Pela constante referência a "tempos difíceis", desconfio que Shakespeare entrou nessa em várias peças passadas em diferentes épocas e lugares.

Ela está em Falstaff, quando este reclama do tempo em que vive ("Que tempos são esses?", uma fala que coloquei na boca do cadeirante cego de meu filme *Joanna Francesa*, de 1974); no Príncipe de Verona, que acusa o descaso do tempo presente de ter provocado a tragédia de Romeu e Julieta; no Hamlet atormentado, para quem "nosso tempo está fora do eixo".

Costumamos tratar o tempo presente como terminal, porque incorporamos nele nossa própria finitude; o medo da morte nos veste de um luto prematuro. Mas existem situações excepcionais em que os motivos são poderosos e a lamentação pertinente. Uma guerra, um desastre natural, uma peste, um regime de opressão, um desmando de malfeitos como o que vivemos hoje. Um tempo que não gostaríamos de ter vivido ou de estar vivendo.

Devemos estar preparados para enfrentar o mundo que nos frustra, compreender que essa frustração faz parte de sua natureza, em qualquer tempo que vivamos. É preciso acreditar que o sol acaba nascendo de novo, em outras manhãs incertas. É preciso preferir sempre a vida ao mundo.

Em toda dramaturgia há sempre um protagonista diante de um ou mais antagonistas, como está convencionado desde os gregos. Menos em *Hamlet*, em que o herói se debate contra o mundo. E como Hamlet se debate contra o mundo, não tem tempo para viver. Eis aí um personagem realista, como nunca conhecemos outro antes. Jan Kott, em *Shakespeare, nosso contemporâneo*, o aborda como um herói anarquista e angustiado dos anos 1960, um herói da contracultura.

O oposto disso pode ser o desgosto da vida, a negação do prazer, o bloqueio do inesperado e do surpreendente, a necessidade de controle absoluto sobre a felicidade do outro. A vida sem graça, em todos os sentidos que essa palavra possa ter.

Às vezes, é até compreensivo que nos julguemos vivendo o pior dos tempos, em que a vida parece perder seu sentido e tratamos apenas de sobreviver. Como se sobreviver fosse suficiente e Jean-Paul Sartre tivesse razão ao se referir à superioridade do ratinho vivo sobre o leão morto. Ou como a barata na prisão do filme de Stanley Kubrick *Glória feita de sangue*, que sobreviveria a Ralph Meeker se Timothy Carey não a destroçasse com a palma da mão.

Nós somos os agentes de nosso tempo, colaboramos de algum modo para que ele seja aquilo que é. O presente pode ser um tempo ruim, mas é certo que outros virão, piores ou melhores, e é para esses que devemos nos preparar, tentando construir no meio de ruínas. Segundo meu último psicanalista, o Juízo Final é, na verdade, para que nós perdoemos Deus pela cagada que Ele fez. Quando a gente O perdoa, aí então somos aceitos no céu.

POR UMA CONCERTAÇÃO
—

20 de março de 2016

Estou fora do Brasil por algumas semanas, terminando a mixagem de som de meu filme *O grande circo místico*. A última vez que estive em Paris por tanto tempo foi quando vim lançar o filme dos cineastas moradores de favela, *5x favela — Agora por nós mesmos*, em 2010. Aliás, é sempre o cinema que me faz viajar tanto; se eu não fosse cineasta, não teria conhecido metade do mundo que acabei conhecendo.

Há seis anos, o Brasil era o país da hora por aqui, a estrela dos Brics, a nação emergente de maior destaque. Todos os jornais diziam que Lula, segundo Barack Obama, era *the man*; e Dilma Rousseff, recém-eleita como grande administradora pública, estava na capa das revistas importantes da Europa. Dá um aperto no coração quando comparamos com agora.

Nesse período de tempo, nenhum outro país, rico ou pobre, em qualquer parte do mundo, passou por uma tão grande queda como a nossa, constatável pela miséria do PIB, pela volta da inflação, pela perda de poder aquisitivo da população (sobretudo a de baixa renda), pelo desemprego dramático, pela corrupção e o caos que agora, em todos os jornais e na televisão, substituem, quando nos dão espaço, as boas notícias de 2010. Até no futebol ninguém mais respeita a gente!

Essa semana, depois da nomeação de Lula como ministro de Dilma e do caos que se sucedeu a ela, o principal jornal francês de esquerda

Libération publicou uma simples nota sem destaque, na coluna "Notícias em três linhas", em que diz: "Golpe duplo para Lula no Brasil. O ex-presidente se tornou chefe de gabinete (Casa Civil) do governo, ele espera dissipar a ameaça de destituição de Dilma Rousseff e evitar sua própria inculpação por corrupção."

O *Le Monde*, tradicional jornal de centro-esquerda, publicou, na primeira página, uma foto das manifestações em frente ao Palácio do Planalto (dizendo erroneamente tratar-se da residência presidencial) e, na página três, um texto substancial sob o título: "Lula entra no governo, o Brasil pega fogo." Nesse texto, se diz que o Brasil está vivendo "um coma político e econômico", e que a posse de Lula na Casa Civil, se bem-sucedida, pode ser comparada à de Charles de Gaulle na França. Ou seja, o advento do semipresidencialismo ou semiparlamentarismo que alguns políticos brasileiros tanto pregam.

Como nunca fui militante e prefiro pensar por minha própria cabeça, não consigo ver que lado ou partido tem mais razão que o outro. Antigamente era mais fácil escolher um lado. Em todas as crises que vivi, do suicídio de Getúlio Vargas ao impeachment de Collor, passando pela de Jânio, pela ditadura militar e pela moratória de Sarney, sabíamos muito bem qual era o lado certo.

Hoje, os dois (ou mais!) lados vivem num mundo de pensamento mágico, inventando coisas que justifiquem sua irracionalidade e sua insensatez, incapazes de reconhecer até que ponto o outro pode ter razão. É incrível como os argumentos são construídos em torno do "sempre foi assim" ou "se eles fazem, posso fazer também". Não ocorre a ninguém que o crime não se justifica só porque os outros já o praticaram antes de nós.

Não consigo entender como homens de esquerda criticam com raiva o combate à corrupção no país e em nossas vidas; como não consigo entender como liberais se deixam enrolar por defensores da ditadura e da explícita falta de liberdade. Não consigo entender como se pode ser favorável a essa justiça indiscriminada de escutas, esse oxímoro político; como não consigo entender por que não podemos ser favoráveis à prisão de criminosos, sejam eles quem forem. Não consigo entender como se pode discriminar, um do outro, os brasileiros que se manifestam, só porque um foi convocado pelo seu sindicato e o outro vai à passeata com a babá.

Lula será sempre um político importante, capaz de voltar a fazer pelo país o que já fez durante seus dois mandatos como presidente. Mas é claro que ele já deixou de ser o mito que foi, admirado e respeitado mesmo pelos que não se alinhavam com ele. Sua capacidade de agitação volta a se restringir a seus parceiros do PT e a alguns movimentos sociais, o que já são muitos brasileiros.

Assim como Lula não tem o direito de desqualificar os cidadãos que foram às ruas protestar contra a presidente, também é pouco democrático pedir o impeachment de quem foi eleita pelo voto popular majoritário, a provocar desse modo uma divisão radical entre brasileiros, capaz de nos levar à conflagração que nos fará retroceder dramaticamente nas conquistas dos últimos anos.

Por justiça e para evitar o pior, é de uma concertação que estamos precisando. Uma concertação que não elimine as diferentes agendas de todos os lados e partidos, mas que faça com que elas sobrevivam em disputa democrática. Uma concertação que começa com o direito de falar e a obrigação de ouvir.

" No passado longínquo, os artistas não eram senhores de sua obra. Michelangelo Buonarroti pintou sua obra-prima, a Capela Sistina, por encomenda do Vaticano, a poderosa *major* da época, e teve que discutir plano a plano, a cada pincelada que ali dava, com seu *producer*, o papa Júlio II. Os artistas não tinham como viver se não fosse trabalhando para os poderosos, reproduzindo suas imagens e costumes para a grandeza deles, de seus partidos e de suas religiões. E príncipes e papas descobriram que era uma boa ideia patrociná-los.

Mesmo que isso contrarie os pensadores da esquerda infantil, o que libertou os artistas desse controle foi o pensamento iluminista, que descobriu o valor diferenciado do indivíduo, simultaneamente ao mercado criado pela Revolução Industrial, que pagou por sua originalidade e contribuição ao progresso.

Sem o mercado, não haveria a arte moderna, livre dos interesses do poder, independente da consagração dos barões. Não haveria Dickens ou Balzac, Manet ou Picasso, Ravel ou Stravinski. (...) O mercado estabeleceu o direito de o artista dizer o que pensa sobre o estado do mundo, independente do que pensam os que mandam nele. "

trecho de "PÃO E CIRCO COM DIREITOS"
10 de março de 2011

6.

OS HERDEIROS

Certa vez, num episódio do programa *Sangue latino*, de Eric Nepomuceno, um colega de cinema de Cacá, o diretor José Padilha, vaticinou: "O destino dos que não gostam de política é ser dominado pelos que gostam dela." As palavras deste bloco formam uma ciranda de artigos sobre esse animal ancestral, por vezes raivoso, por vezes acuado, mas nunca dócil, chamado política, pela ótica da responsabilidade do voto e da confiança em (ou decepção com) nossos governantes.

R.F.

UMA REVOLUÇÃO PÓS-INDUSTRIAL

26 de fevereiro de 2011

Há mais de um mês que a cidade do Rio de Janeiro plana no espaço dela mesma, encantada por um verão de céu euforicamente azul e brisa suave que nos incentiva a encarar o incansável sol. Assim como se a natureza tentasse se desculpar pelas tragédias que provocou recentemente na vizinha serra fluminense.

Mas parece que ninguém quer mesmo ouvir falar desse assunto, só mestre Zuenir Ventura, em sua coluna, ousou tocar outro dia na epifania estival que ilumina nossa cidade. Deve estar havendo um complô de silêncio organizado por sábios de extrema responsabilidade, a fim de que não nos esqueçamos, nem por um instante, das dores do mundo. Mesmo que a beleza (essa hipótese de felicidade) também faça parte dele.

Atualmente, sábios, jornais e a sensatez do mundo preferem que prestemos atenção exclusiva, por exemplo, às revoltas sucessivas no mundo árabe, com reportagens frenéticas e fotos dramáticas, mesmo quando de pura celebração. Há muito tempo que não tínhamos uma tal revelação coletiva dos esgares de uma mudança na história, um parto histórico da humanidade em plena transformação.

No passado mais longínquo, os líderes tribais ou feudais eram heróis sublimes, a brandir suas espadas em nome das quais seu exército de combatentes era capaz de morrer sem nem saber por quê. Depois, a partir da era industrial, os líderes se tornaram tão políticos quanto militares, empreendedores de ideais, verdadeiros CEOs de suas revoluções, organizando a massa para o sucesso de suas empresas. Mas os combates a que estamos tendo o privilégio de assistir, talvez sejam os sinais da primeira Revolução Pós-Industrial da história.

Conhecemos de sobra os ditadores e monarcas autoritários ameaçados de perder o poder no mundo árabe, são todos filhos do petróleo queimado em benefício da era industrial. Mas mal conseguimos saber quem se encontra do lado oposto ao de Mubarak, de Kadhafi ou do rei do Bahrein, não temos notícia do nome de nenhum grande líder majoritário dos que se revoltaram contra eles.

Na lógica industrial, o valor do produto determina a riqueza de cada um, é preciso acumular resultados para ganhar mais poder, um poder naturalmente centralizado. Mas no capitalismo pós-industrial, "imaterial e cognitivo", como diz Cezar Migliorin (escrevendo sobre cinema pós-industrial, na revista virtual *Cinética*), "não é mais no produto/matéria que se encontra o centro do valor, mas no conhecimento, na forma de se organizar e modular uma inteligência coletiva". A lógica da riqueza industrial está na escassez do produto; a pós-industrial, na abundância do conhecimento.

Como ainda não estamos muito acostumados a isso, os serviços secretos das potências mundiais dão tratos à bola para descobrir por que está acontecendo o que eles não conseguiram prever e por que esses acontecimentos não estão sendo financiados ou armados pelo inimigo delas, como era natural durante a Guerra Fria, o apogeu da disputa industrial.

Por outro lado, a imprensa de modo geral e os principais analistas políticos de todo o mundo simplificam suas observações com a ideia de que é o "povo" que está nas ruas, um povo anônimo e impessoal, um povo idealizado fruto de nosso voluntarismo, sublimado por velhos mitos coletivistas que nunca conseguiram nos explicar nada.

O que está nas ruas dos países árabes, o que ocupa Benghazi, a praça Tahir ou a Pérola de Bahrein, são os protagonistas de uma fragmentação cultural libertária, anunciada e desenvolvida pela globalização através da internet, suas redes sociais, blogues, sites, e-mails e tudo o mais que já está ou ainda virá por aí, com seu compartilhamento de informações em alta velocidade e sem limites geográficos. A internet como plataforma de iluminação e lançamento (não confundamos plataforma com programa), através da qual gozamos formas inéditas de relacionamento com o mundo e depois da qual nunca mais seremos os mesmos.

O milagre dessa Revolução Pós-Industrial é o milagre do conhecimento, do gosto pelo conhecimento livre e, portanto, da democratização de nossa existência. Essa é a grande novidade capaz de reunir tanta gente nas ruas, praças e cidades de países com décadas e até séculos de repressão autoritária. Procuramos quem os manipula e não encontramos ninguém, é apenas como se esses novos consumidores de conhecimento estivessem nos dizendo: "Aprendemos a pensar e viver por nossa própria conta, e gostamos disso."

Isso não significa que a lógica do capitalismo industrial vá desaparecer. Assim como o advento da indústria, na passagem do século XVIII para o XIX, não acabou com o comércio, a agricultura ou o artesanato em seus formatos clássicos, o mundo pós-industrial do século XXI seguirá coexistindo com aquilo que dominou o século XX. Em permanente estado de tensão pois, embora os contrários não se excluam necessariamente, as grandes transformações tendem a se multiplicar.

A má notícia é que os grandes centros de poder mundial (político, econômico e militar) não ficarão indiferentes a essa revolução. É claro que ela não afeta somente o rei Abdullah da Arábia Saudita ou a ditadura teocrática dos aiatolás do Irã. Perdido no meio do dinâmico noticiário sobre os acontecimentos no mundo árabe, estava ontem mesmo, num canto de jornal, o pequeno título de curta matéria: "China bloqueia rede social para evitar organização de protestos." Nem todo poderoso é como Kadhafi, capaz de se oferecer como mártir de seu próprio horror — ninguém que tenha algum poder o entrega de graça.

Enquanto sopra a brisa na orla carioca e o sol nos afaga com esse verão de sonho, assistiremos ao início desses novos tempos, torcendo por um dos times, mas sabendo que nenhum deles joga sempre de um lado só.

A LIBERDADE CONTRA TODA CRISE
—

13 de agosto de 2011

Toda vez que o mundo se desorganiza, que um sistema hegemônico ameaça entrar em colapso, o autoritarismo emerge, seja sob que disfarce novo for, como garantia da ordem e salvação da lavoura, uma espécie de Arca de Noé no dilúvio social, financeiro e político que há de suceder o desastre iminente. E a grande maioria da população correrá para a proteção de seus braços, em pânico com a incerteza e a insegurança.

Nem precisamos muito de um grande desastre iminente para nos submetermos a esse poder mágico que nos alivia de graves responsabilidades. Não me canso de pensar em Dostoiévski, o ficcionista que melhor entendeu os fracassos da natureza humana. Em *Os irmãos Karamázov*, por exemplo, ele diz que todo homem já nasce ansioso em busca de um tirano aos pés do qual depositar a angústia de sua liberdade.

Não precisamos necessariamente de um monarca ou ditador, podemos nos contentar com o rigor de uma hierarquia familiar, com os ideais de um partido político, com uma religião que nos prometa redenção. Qualquer coisa que nos livre da angústia da escolha e que nos garanta proteção contra o inimaginável, quando ele começa a se anunciar por aí.

Talvez estejamos vivendo esse momento, quando impérios ameaçam ruir e nossas certezas, mesmo em oposição a eles, já não nos convencem muito. Se não tivermos um inimigo poderoso e sólido diante de nós, que corresponda a todas as nossas expectativas do mal, não teremos mais a quem temer, não teremos por que construir nossa fortaleza. E nosso mundo perderá o sentido.

Para simplificar, chamemos de direita a esse tirano que tem a pretensão de nos salvar do desastre anunciado. Essa direita que hoje cresce em todo o mundo, ocupando o lugar crítico que já foi, no século passado, nazista com Hitler, fascista com Mussolini, comunista com Stalin ou Mao, católico com Franco ou Salazar, islamita com Khomeini, populista com Perón ou Vargas, cada um em seu território e dimensão particulares.

Esses foram líderes de movimentos disciplinados e disciplinadores que pretendiam organizar o mundo, purgá-lo de suas fraquezas, dar-lhe uma ordem que resistisse para sempre, de acordo com as verdades eternas de cada um deles. E as verdades eternas pouco têm a ver com a fragilidade humana, não combinam com a crise, essa condição do homem por excelência.

Apesar de eficiente, a direita não é pragmática. Ela acredita em milagre e espera tudo resolver pelo pensamento mágico de seres superiores. Não adianta tentar convencê-la com argumentos racionais, ela não liga para isso. George W. Bush sabia que estava empurrando os Estados Unidos para o fundo do poço quando aliviou os impostos dos ricos e fez guerras pelo mundo afora, ao custo de trilhões de dólares. Ele não se importava com a dívida do Tesouro norte-americano porque Deus é maior que a economia. E Deus, ele tinha certeza, estava do seu lado.

Mais cedo ou mais tarde, essa tendência à direita há de chegar também aos países que não ameaçam calote financeiro nem estão ameaçados pela imigração em massa. Com a crise mundial se alastrando em forma de espetáculo, esse espaço para a direita vai surgir também no Brasil. Por enquanto, a tradição de resistência à ditadura recente envergonha o sujeito que se declarar à direita. Mas, daqui a pouco, aqueles anos estarão esquecidos em benefício de novas circunstâncias críticas e, entre nós, a direita não terá mais vergonha de dizer seu nome.

Os Le Pen na França, o *Tea Party* americano, o terrorista louro da Noruega, o neopopulista chinês, as direitas que hoje crescem no mundo inteiro, estão pouco se lixando para a economia de mercado, para as contas das nações, para a matemática dos povos. Elas são antes de tudo movimentos culturais, nascidos de crenças históricas e de mitos criados para consolar nossa fraqueza humana, nossa natural impotência. Lendas para dar sentido à nossa existência.

Porque é impossível atingir o que não é matéria, a direita nada teme — o sorriso plácido do *serial killer* norueguês, ao reconhecer que aqueles rapazes e moças talvez não merecessem morrer, é o maior testemunho de quão gloriosamente superior era a sua missão.

O primeiro-ministro da Noruega tinha toda a razão: só se responde a tal fanatismo com liberdade, com mais liberdade. Com o exercício responsável da liberdade através da razão e da solidariedade, com a responsabilidade a que o exercício da liberdade individual nos obriga.

Mas é uma ilusão achar que todo homem nasce livre. Num movimento oposto ao que o *Karamázov* nos indicava, o homem nasce dependente da mãe, e depois da família, da escola, da religião, do patrão, do Estado, e assim por diante. A liberdade é um conceito cultural semeado na Grécia e desenvolvido pela cultura ocidental, em diversos estágios de sua história. Ela precisa ser adaptada ao que vivemos hoje, a essa fatalidade brilhantemente anunciada por Edgar Morin de que somos muitos e vivemos num pequeno planeta, estamos condenados à solidariedade para sobrevivermos em paz.

A liberdade é, portanto, uma conquista do homem e não uma sua virtude natural. Ou se conquista ou não se tem.

O DESPOTISMO DA ECONOMIA
—

8 de outubro de 2011

O capitalismo não é uma ideologia, mas um modo de viver. Ninguém o inventou, ele não tem pai nem mãe, não adianta botar a culpa no Adam Smith ou na Margaret Thatcher. O capitalismo nasceu, digamos assim, por geração espontânea, como uma necessidade humana surgida lá atrás, quando os homens das cavernas começaram a conviver entre si. Um coletor deve ter sentido frio demais naquele inverno e teve a ideia de trocar um cacho de uva pela pele de urso do vizinho caçador. Estava criado o notório e tão vilipendiado mercado, lugar de encontro, entendimento e trocas, onde você pode e deve satisfazer suas necessidades satisfazendo as necessidades dos outros. Pensando bem, o erro foi de quem batizou a coisa toda, dando-lhe este nome horrível, frio, excludente e desumano: capitalismo.

Esse mecanismo básico das relações humanas desenvolveu-se e endiabrou-se de tal modo que acabou gerando frutos diversos e às vezes divergentes como, por exemplo, o criador Steve Jobs e o especulador Warren Buffett, dois ícones opostos do capitalismo contemporâneo. Em qualquer caso, é de tal ordem sua promessa de recompensa que Jacques Lacan, o maior pensador da psicanálise pós-freudiana, considerou que para resistir ao capitalismo é preciso ser santo.

O pior desse capitalismo contemporâneo, o capitalismo financeiro que gira como uma roleta nas bolsas de valores do mundo inteiro, é a dependência material e simbólica que a humanidade vive hoje da economia. Uma tirania mítica em que a economia substitui o indiscutível poder divino da Idade Média, com seu terrorismo financeiro e suas promessas de apocalipses inquisitoriais se não seguirmos seus sinais proféticos, suas tábuas de mandamentos. Um dos piores motes dos últimos tempos é o famoso chiste eleitoral: "É a economia, estúpido." Uma piada que, considerada esperta e virtuosa, atrasou a importância da política por algumas décadas.

O mundo precisa dar um jeito de aprender a viver sem a opressão da economia, sem o seu despotismo. Não é possível que, ao acordarmos, nosso primeiro pensamento seja sempre para ela e seus números, como indicação do que faremos pelo resto do dia e de nossas vidas.

Entramos em pânico se o dólar cai, pois é ruim para nossas exportações; mas se o dólar subir, isso é fatal para o controle da inflação. O humor de funcionários de agências regidas por interesses financeiros que não conhecemos ("porta-vozes do fim do mundo", como diz o humorista Tutty Vasques) desclassificam países que, abalados, se tornam vítimas de desconfiança e são levados ao caos sem que se saiba bem o porquê. Os sábios condenam o gasto dos governos e, no entanto, é o custo do salvamento dos bancos privados, quebrados pela crise que provocam, que leva ao súbito aumento da dívida pública, onde quer que ele aconteça.

No meio do clamor de receio pelos sinais de inflação, li interessante lembrança histórica do insuspeito Paul Krugman. Na crise mundial do final dos anos 1920, todos temiam pelas consequências de uma hiperinflação na Alemanha. Mas o desastre exemplar, diz Krugman, veio "das políticas de Heinrich Brüning, chanceler da Alemanha de 1930 a 1932, cuja insistência em equilibrar déficits e preservar o padrão-ouro tornou a Grande Depressão ainda pior na Alemanha do que no resto da Europa, preparando o terreno para você sabe o quê".

Nem tudo pode ser apenas econômico em nossas vidas. Em entrevista recente ao jornal inglês *The Guardian*, o cineasta Jean-Luc Godard anunciou que tinha a solução para a dívida da Grécia. Segundo ele, cada vez que um credor dissesse que o país lhe devia tanto e logo tinha que pagar-lhe, a Grécia devia responder cobrando royalties pelo uso desse "logo", elemento fundamental da lógica formal de Aristóteles. E assim iriam cobrando royalties por tudo o que inventaram e, ao fim de pouco tempo, era bem capaz de os credores estarem devendo uma fortuna à Grécia.

A vida é mais importante que a economia, a primeira não pode estar submetida ao despotismo da outra. Os valores de nosso mundo vêm sendo estabelecidos pela aritmética da especulação, sem projeto que inclua o bem-estar da humanidade, para dizer o mínimo. Até já esquecemos o pretexto do progresso que justificava o capitalismo produtivo. Sei que a humanidade não é mesmo lá grande coisa e que o mundo vai estar sempre muito aquém de nossos projetos. Mas se ignorarmos o desejo contido nesses projetos, perderemos o sentido de nossa existência. É claro que também queremos o progresso. Mas entre o progresso e a civilização, vou escolher sempre a civilização.

Tenho a impressão, por exemplo, que é em nome disso que milhares de americanos estão, desde o dia 17 de setembro, ocupando Wall Street, num movimento político e cultural que, em breve, será tão importante quanto foram os dos anos 1960. Entre os cartazes estendidos por eles no Zuccotti Park, vi um que dizia tudo: "Deixem-nos viver."

NEM TUDO É A ECONOMIA, ESTÚPIDO

—

5 de maio de 2012

Deus me livre de demonizar o dinheiro, como faz o preconceito hipócrita da tradição ibérica e católica. O dinheiro é a remuneração do mérito, quanto mais justa ela for mais saudável deverá ser o uso dele. Como qualquer outro valor simbólico criado pelo homem, o dinheiro só vira agente do mal quando é usado com a voracidade irracional de obter vantagens, como instrumento de opressão e até mesmo de liquidação do outro. Ou então como um fetiche pessoal que elegemos para justificar o vazio de nossas vidas.

Mas também não acho graça nenhuma num mundo que todo dia de manhã acorda ansioso e sai da cama direto para o noticiário eletrônico, a fim de checar se o PIB cresceu, se a taxa de câmbio está sob controle, se as bolsas se estabilizaram, se a inflação subiu ou se os juros caíram, essas coisas todas. Ou seja, num mundo em que a economia se tornou um valor único para medir nossas vidas, a razão de nosso estar no mundo. Um valor divino.

Durante toda a Idade Média, a humanidade ocidental esteve sob as ordens de Deus, tudo que acontecia era por Sua exclusiva vontade. Pensar de outro modo era como reservar ingresso para a fogueira da Inquisição. Um exemplo clássico da discussão sobre essa dependência do homem à vontade divina nasceu do terremoto seguido por maremoto em Lisboa, no ano de 1755, provocando um divisor de águas (sem trocadilho) no debate em torno desse pensamento.

No dia 1º de novembro, um tsunami fez desaparecer 70% dos prédios de Lisboa e dois terços de sua população. Como era Dia de Todos os Santos e as igrejas estavam cheias de devotos, a maior parte dos lisboetas morreu vítima do desabamento de templos. Porta-voz do racionalismo iluminista então nascente, Voltaire usou com ironia esse episódio trágico para discutir a parte de Deus nessa história toda.

Por meio de um de seus personagens, Voltaire satiriza a dependência da vontade divina, fazendo com que o doutor Pangloss diga que "está demonstrado que as coisas não podem ser de outro modo". Como tudo é feito para um fim desejado por Deus, tudo o que acontece é sempre bom. Vivemos, portanto, o melhor dos mundos, protegidos por Sua vontade tudo se encontra onde devia mesmo estar.

Felizmente para Portugal e para os portugueses, o marquês de Pombal, enérgico primeiro-ministro do país, não acreditava nesse determinismo e fez reconstruir Lisboa muito rapidamente, tentando eliminar da mente de seus cidadãos a imobilizadora subserviência à fatalidade.

Por isso, leio nos jornais com alegria que o Butão, pequeno país asiático, acaba de propor à Assembleia Geral da ONU o fim dos dogmas medievais da economia, substituindo o PIB (Produto Interno Bruto) pela FIB (Felicidade Interna Bruta), como critério para a análise do estado das coisas no mundo contemporâneo. E ainda mais feliz (de novo sem trocadilho) ao ler que a presidente Dilma declarou recentemente que não nos interessa ser, como somos, o sexto PIB do mundo, "queremos é que o Brasil seja o sexto país em condições de vida". Tudo isso confirmado pela prática de professores da Fundação Getulio Vargas, que acabam de iniciar estudos para "desenvolver modelo de índice de FIB adaptado à realidade brasileira".

É bom saber que alguns economistas brasileiros, de diferentes facções, vêm se manifestando sobre o assunto. O ex-ministro do planejamento Luiz Carlos Bresser-Pereira afirma, em artigo na *Folha de S.Paulo*, que a economia, como as demais ciências, só se torna inovadora quando rompe com o senso comum. Para Eduardo Giannetti, o PIB é medida "rústica" e o aumento de renda pode não elevar o bem-estar pessoal. O que é confirmado pelo professor Paul Singer, quando conduz a questão para tema contemporâneo por excelência, ao declarar que o PIB, além de não medir o custo das perdas dos recursos naturais, contabiliza como positivos os gastos das nações na luta contra desastres naturais, incêndios florestais, poluição de oceanos por derramamento de óleo, terremotos como o de Lisboa. "Quanto mais desastres um país sofre, mais seu PIB aumenta; de modo que seu crescimento nem sempre representa aumento de bem-estar de seu povo, mas sua redução."

É como se eles, ao contrário do célebre candidato norte-americano, estivessem nos advertindo de que nem tudo é a economia, estúpido. A vida é um pouco mais complexa do que isso e talvez essa divinização medieval e dogmática da economia seja uma das causas da frustração da humanidade contemporânea. Uma grande parte dela morre angustiada pela frustração de uma vida perdida, mal orientada por objetivos equivocados, quase sempre absurdos e desumanos.

AS RUAS TAMBÉM SÃO NOSSAS
—

3 de novembro de 2012

À exceção daquele cabeção enfiado na praia de Botafogo, gosto muito dos enfeites artísticos que Marcello Dantas espalhou pela cidade, através do projeto OiR (Outras ideias para o Rio). O *Radar* montado por Ryoji Ikeda na praia do Diabo, por exemplo, torna mais luminoso e intrigante nosso prazer de estar numa praia carioca. Assim como *77 milhões de pinturas*, projetadas por Brian Eno sobre os Arcos da Lapa são um exercício de misteriosa beleza, resultado do brilho contemporâneo da mente humana aplicado a signo arcaico da cidade.

Me entusiasmei particularmente com o *Labirinto de vidro*, instalação de Robert Morris na Cinelândia, em frente ao Theatro Municipal. Trata-se de uma obra de arte e entretenimento, no meio do caminho por onde passam os que trabalham no centro da cidade. Como o escritório de nossa produtora é por ali mesmo, vez por outra passo em frente ao labirinto e, estando com tempo, admiro-o e usufruo dele mais um pouco.

Outro dia, deparei-me com o labirinto destruído. Duas de suas paredes de vidro haviam sido estilhaçadas, inviabilizando a fruição de seu uso. Um guarda municipal percebeu minha perplexidade e veio informar que, no sábado anterior, um bando de rapazes bêbados havia promovido o apedrejamento da obra, certamente como clímax da farra do fim de semana. Fiquei chocado.

Talvez mais do que a perda da obra de Robert Morris, incomodou-me imaginar aqueles jovens em ação, bando de vândalos a destruir, por puro e perverso prazer, um objeto público que, de certo modo, também pertencia a eles.

Temos uma velha tradição de desrespeito pelo espaço público, um tipo de vandalismo social que nos é relatado pelos cronistas de nossa história, a descrever a imundície de nossas ruas e os costumes pouco civilizados de nossa população urbana. Desde sempre, acostumamo-nos a usar o espaço público como se não tivéssemos nada a ver com ele, como se não fosse nosso. Como se outro alguém, que não nós mesmos, fosse o responsável por ele e que dele tratasse de cuidar.

Esse comportamento tem a ver com nossa permanente e histórica dependência do Estado, com nossa condição de sociedade frágil, condenada à submissão ao Estado forte e poderoso. Um Estado que, por ter todo direito sobre nós, tem também o dever de cuidar de nós, seja qual for nossa classe social ou posição como cidadãos.

As favelas do Rio de Janeiro sofrem com a falta de saneamento básico e de coleta de lixo, dever do Estado para com seus cidadãos. Mas é comum entrarmos nas casas dessas comunidades e encontrá-las limpas, asseadas, perfeitamente arrumadas, enquanto no exterior, no chão do beco ao lado, se acumulam os restos apodrecidos de seu consumo.

Assim como é comum, nas artérias do asfalto, vermos maços de cigarros usados, latas vazias de bebidas, restos de lanches serem atirados de automóveis caros e sofisticados a sujar ruas e avenidas, vias públicas imundas que nos levam a lares de limpeza impecável. Como se só a casa fosse nossa, com a rua não temos nada a ver.

Em todas as classes sociais, desrespeitamos sistematicamente as leis que regem o uso do espaço público. Na praia, jogamos altinho entre banhistas e levamos nossos cães para fazer cocô à beira-mar, não importa que tenhamos passado por tantas placas que nos anunciam e explicam a proibição. Se o espaço púbico não é nosso, destruímos sua organização e uso, como os vândalos destruíram o *Labirinto de vidro*. Não temos nada a ver com essas perdas.

Lei não é opressão, regras são fundamentais para a existência da civilização. Como disse recentemente a juíza Cármen Lucia, do STF, a política existe para que não haja guerra. E as leis são o resultado da política, das negociações realizadas pela pólis segundo a conveniência da urbe, um arranjo social para que todos tenham os mesmos direitos e deveres, sem primazias ou preferências.

Cresci e vivi grande parte de minha vida sob a Guerra Fria, quando os interesses de duas nações em choque vinham antes das necessidades dos outros povos. O mundo entrou em pânico, entregou-se à paranoia porque, junto com a invenção da energia nuclear que melhoraria nossas vidas, as duas potências inventaram também a bomba atômica que acabaria com todos nós, num ato de vandalismo terminal.

Gosto do conhecimento, de conforto e de poder viver mais; portanto adoro o progresso. Mas entre o progresso e a civilização, vou ficar sempre com a civilização.

Em tempo, dias depois de sua destruição, voltei à Cinelândia e vi que o *Labirinto de vidro* havia sido reconstruído pelas autoridades responsáveis. Tanto melhor. Mas a lembrança da violência destrutiva dos rapazes bêbados ficou comigo, como um exemplo do barbarismo com o qual precisamos acabar.

A MORTE EM LARGA ESCALA
—

9 de agosto de 2014

Casei-me com Renata num dia 4 de agosto, no 67º aniversário da Primeira Guerra Mundial que essa semana completou cem anos de história. Nem por isso meu casamento se tornou um campo de batalha, insano como a Grande Guerra. Essa, sim, inaugurou um século de insensatez, iniciando uma tragédia cujas consequências incomodam a humanidade até hoje.

A Primeira Guerra Mundial não recebeu esse nome em vão. Ela foi o primeiro grande conflito entre várias nações de diferentes origens, repercutindo em todo o mundo, mesmo naqueles países que não pegaram em armas nem se envolveram diretamente com ela. Até ali, as guerras existiam por disputa de fronteiras e de mercados específicos. A Primeira Guerra Mundial foi o primeiro conflito de arrumação do capitalismo moderno, depois da Revolução Industrial.

Assim como praticamente eliminou os impérios que não tinham feito suas revoluções industriais (como o Austro-Húngaro, o Otomano, o Russo e o Alemão) e mudou a economia de nações que estavam atrasadas nesse processo de crescimento (como Alemanha e Itália), ela consolidou a aliança ocidental que dura até hoje (Reino Unido, França, Holanda, Bélgica etc.) e instaurou o protagonismo de nações novas como os Estados Unidos, país que viria a ser líder no século XX.

A Primeira Guerra Mundial foi a mãe de todas as guerras modernas. Depois de um pequeno período de menos de vinte anos, foi por causa dela que a Segunda Guerra Mundial foi deflagrada. Ela é responsável até pela Guerra Fria que dominou o planeta durante a segunda metade do século XX. Uma espécie de Terceira Guerra Mundial sem tiros ostensivos, a Guerra Fria redesenhou o mapa do mundo segundo os interesses das potências, com intervenções nas economias nacionais e em conflitos localizados em todos os continentes.

De certo modo, podemos dizer que os conflitos no Oriente Médio e a guerra interminável entre Israel e a Palestina são consequências contemporâneas desse processo.

A guerra iniciada em 1914 foi fundamental na consolidação do desprezo moderno pela vida humana. Uma guerra em que o número de mortos foi menos importante do que o "progresso" das armas, como tanques, metralhadoras, gases tóxicos e aviões. Ela provocou a morte de 8 milhões de soldados, além dos 20 milhões que dela saíram feridos. Grande parte desses mortos e feridos (suspeita-se que a maioria deles) foi vítima de males provocados pela ausência de condições sanitárias nas trincheiras, sem assistência médica conveniente. Morria, portanto, mais gente guarnecida em seu campo de defesa do que no ataque ao inimigo.

A partir daí, o século XX se tornou o século dos genocídios. Genocídios que reproduziram a frieza humana em diferentes países, sob o pretexto de motivos ideológicos, religiosos e até raciais. O holocausto de judeus na Alemanha nazista de Hitler era, de certo modo, justificado pela "humilhação" da derrota em 1918 e pelas obrigações que os vencedores impingiram aos derrotados. Como o lançamento das bombas atômicas em Hiroshima e Nagasaki foi visto como uma experiência científica bem-sucedida, saudada como sinal do progresso indiscutível e incomparável dos norte-americanos.

A Primeira Guerra Mundial inaugurou na consciência da humanidade a banalidade da morte em larga escala, o justo desaparecimento coletivo daqueles que não tiveram competência para pensar como "nós" e ganhar a guerra. As outras, sejam mundiais ou localizadas, foram e têm sido guerras cuja crueldade e absurdo não espantam mais. Elas são todas tratadas como respeitáveis fatos históricos, enobrecidos pelas ideias de quem as narra e comenta. Nem ao menos têm servido como referência da boçalidade humana.

Curioso que o pretexto para a insanidade da guerra tenha sido o assassinato de um poderoso arquiduque por um anarquista sem exército. Foi como se estivéssemos observando, no comportamento individual (ainda que político), a mesma insensatez e a mesma força destrutiva dos que detêm o poder. Podemos ver isso tudo como um sinal do fracasso moral da humanidade. Ou de sua indiferença para com a diferença entre o bem e o mal.

A internet é um espaço de progresso humano; através dela podemos dizer o que pensamos a um número superior de pessoas, além de nossas relações. Até acho mesmo que, de algum modo, ela nos levará a uma nova forma de gestão política em que poderemos dispensar a representação dos que não nos representam. Mas não aguento mais receber "informes políticos" insanos de ativistas de todos os partidos, nessas vésperas de eleições. São textos do mais baixo nível, contendo óbvias infâmias e mentiras ostensivas, conclamando os destinatários a ações antidemocráticas contra o governo ou contra a oposição, numa linguagem primária, desprovida de sentido e grosseira. A internet pode ser também um espaço de irresponsabilidade e de apologia da violência política. Como não podemos mais abrir mão dela, cabe a nós tentar evitar que isso acabe acontecendo.

A BESTA NEGRA

—

14 de fevereiro de 2016

Ao longo dos últimos 12 mil anos, surgiram diferentes civilizações humanas que se desenvolveram em outras ou simplesmente desapareceram. Os gregos deixaram uma herança que até hoje anda por aí, em costumes do Ocidente e do Oriente. Já o pessoal da ilha de Páscoa, por exemplo, fabricante daquelas famosas carrancas, hoje em território marítimo do Chile, ninguém sabe onde foi parar.

Agora, biocientistas acabam de criar um novo termo para nomear essa era de civilizações que conviveram ou se sucederam, a marcar a presença do homem sobre o planeta. Há alguns milhares de anos, segundo eles, estamos vivendo o Antropoceno, um período de domínio do homem sobre a Terra, como já houve antes os de anfíbios, répteis e lagartos.

Não sei se o Antropoceno está fadado a se encerrar com o futuro desaparecimento do homem da face da Terra, como foi o caso dos dinossauros. Mas acho que é possível identificar onde esse perigo começou a se tornar crítico.

A ciência e suas consequências tecnológicas devem ser sempre um orgulho para a espécie humana, que, graças a elas, pode viver mais e melhor. Mas, junto com os benefícios que nos trouxeram, elas também ajudaram a piorar nossas vidas, desde a descoberta do fogo, o uso do aço ou a invenção da pólvora, alcançando o auge dessa paradoxal maldição com a criação da indústria e seu reinado duradouro.

A indústria nos cobrou o preço amargo do trabalho sub-humano, dependente e mal remunerado (quando remunerado), da superestimação da máquina em detrimento do homem, de nossa sujeição ao progresso e ao consumo a qualquer custo. Ela nos revelou a viabilidade do apocalipse com a violência de seus meios e com o genocídio provocado pelo permanente crescimento das diferenças sociais de classe.

Os juros das benfeitorias, dos remédios que prolongam a vida, dos meios rápidos de transporte, do entretenimento ao alcance de todos são responsáveis pela perda de nosso caráter, eliminando nossa vontade para atender a nossos desejos.

A besta propulsora dessa destruição, o combustível da insensatez, sempre foi o petróleo, a bosta negra vinda da profunda dos infernos. Entre outras coisas, o petróleo, a quem prestamos vassalagem como a um deus da fertilidade, uma maravilha que pode tudo parir, foi quem deu à luz e ainda é o principal responsável pela poluição que ameaça acabar conosco. E, conosco, o planeta.

O mundo mais esperto já reage a isso há algum tempo. Barack Obama faz o marketing pessoal do Bolt EV, carro elétrico da Chevrolet que deve chegar ao mercado no fim deste ano. Alemães e chineses fazem altos investimentos em energia solar, já com alguma consequência. Na Holanda, fazem-se experiências bem-sucedidas com energia eólica.

O Irã sai de um embargo de anos, jogando para baixo o preço do barril de petróleo, liquidando suas reservas acumuladas e acabando com a economia de países como Venezuela e Arábia Saudita, que vivem do "ouro negro". O petróleo, que já sustentou o imperialismo econômico e militar dos Estados Unidos durante o século XX, hoje sustenta o luxo dos sheiks e as armas do Estado Islâmico.

Ainda não nos caiu a ficha pública de que ninguém mais deseja o discutível petróleo do Brasil e, muito menos, o de sua empresa estatal. Nossas autoridades se deixam fotografar orgulhosas, com as mãos negras sujas de óleo, para comemorar a exploração do pré-sal que, por suas dificuldades técnicas, exploração de alto custo e barril a trinta dólares, é capaz de nem ir adiante. E talvez seja melhor assim.

Não é à toa que a ação da Petrobras vale hoje cerca de quatro reais, o que mal dá para comprar um litro de gasolina no posto da esquina. Um país moderno, como o Brasil devia ser, tinha que estar produzindo o futuro, investindo em pesquisas, colaborando com nossas universidades para desenvolvimento e uso de energia elétrica, solar e eólica. Participando, enfim, de um novo momento da humanidade, a era pós-industrial.

Lendo livro sobre Steve Jobs, me encantei com uma afirmação sua a um parceiro na Apple. Jobs dizia que eles tinham que construir um computador pessoal que tivesse uma *friendly relation* com seu usuário. O pós-industrial, em todas as suas frentes, terá sempre que ser isso: uma relação amigável com e entre seres humanos, em vez da submissão à violência confirmada nas bolsas e no mundo financeiro em geral.

A produção pós-industrial não se restringe apenas ao digital, à cibernética, a uma nuvem ligeira e luminosa sobre nossas cabeças. Ela é alguma coisa a mais, a serviço do bem-estar de todos, sem depender da destruição de recursos naturais e da multiplicação de fontes de energia não renováveis.

Quando eu era estudante, tomei muita porrada da polícia para defender, nas ruas, a ideia de que o petróleo é nosso. Esse tempo passou em todo o mundo, para toda a humanidade em busca de novas e necessárias eras. Que se dane a Petrobras.

OS FILHOS DE GANDHI

—

28 de fevereiro de 2016

Desde o moralismo republicano instaurado pela Revolução Francesa, no século XVIII, a vida privada de homens públicos se tornou uma questão política. Ninguém nunca deu bola para o comportamento doméstico dos césares de Roma, os malfeitos dos reis ingleses nunca foram da conta de ninguém. Mas, com a República, onde ninguém toma o poder por escolha divina, a responsabilidade pública dos eleitos passou a exigir deles uma vida reta. Num regime de representação popular, o cidadão deseja e sempre supõe ser representado por alguém melhor do que ele.

No século XX, alguns líderes populares foram tratados como "santos", por seu comportamento pessoal percebido como elevado. Mas se tornaram tiranos cujas violência, intolerância e ausência de sentimentos eram justificadas pela pureza salvacionista e o rigor autoimposto. Tiranos como Hitler, Stalin, Salazar, Franco, Mao viveram com exibicionismo vidas ascéticas, cultivando racionalidade religiosa, reivindicando solidão monástica e redentora. Como eram puros, tinham direito a tudo.

Desculpem a autocitação, mas não posso deixar de lembrar o que escrevi aqui, nesta coluna, em outubro do ano passado. "Vindo da arcaica miséria nordestina para a moderna indústria paulista, da luta sindical à resistência democrática à ditadura, Lula tornou-se um avatar do povo brasileiro. Ostensivamente pobre, descabelado e barbudo, mal-vestido como um penitente, Lula ganhou a confiança de quem o sentia um igual. (...) Vendo Lula tomar posse no início do primeiro mandato, me senti diante de um líder nacional (que) podia ser o nosso Gandhi ou o nosso Mandela, o amor de todos."

Logo vi Lula menosprezar publicamente a origem simbólica de seu poder, afirmando que prefere vestir o terno e a gravata que usa agora em vez do macacão de operário de toda a sua vida. Como cidadão, ele tinha (e tem) todo o direito de gentrificar-se, ficar rico, vestir o que bem entender. Mas não era isso que seus eleitores (e não eleitores) esperavam dele. Naquele mesmo artigo de outubro, sugeri que Lula ouvisse José Mujica, o ex-presidente uruguaio: "Quem quiser ganhar dinheiro, que o faça, não é crime; mas longe da política."

Não conseguimos imaginar um líder popular como Mahatma Gandhi passando seus fins de semana num luxuoso sítio em uma Atibaia local; ou que Nelson Mandela namore um tríplex na praia do Guarujá de Capetown. Até Bernie Sanders, o fenômeno socialista nas eleições americanas, não anda de carro com motorista, costuma viajar de ônibus entre as cidades que visita em campanha, e, quando elas são distantes, em classe econômica de aviões comerciais. E não o faz por cinismo ou demagogia, mas em respeito ao país simbólico que deseja representar.

Todo mundo tem direito à mobilidade social e ao prazer pessoal. Mas enquanto houver um só miserável, um só morto de fome entre os brasileiros, os que pretendem representá-los não podem exibir vida semelhante à de seus inimigos declarados. Foi isso que escolheram fazer na vida, não ser mais do mesmo. Se não, qual a diferença real ou simbólica entre uns e outros?

Menos popular, Fernando Henrique Cardoso também foi um presidente bem-sucedido. Os 18 anos entre Itamar Franco e o último mandato de Lula foram a idade de ouro de nossa República, na rota da consolidação da democracia, do controle da inflação, do crescimento econômico, da distribuição de renda, do acesso da população a bens inéditos para ela. A chegada de FHC ao poder foi, para todos, a chegada à Presidência da inteligência moderna, da probidade universitária, da competência intelectual. Foi como se Rui Barbosa, com todas as mudanças do tempo, tivesse sido finalmente eleito.

Talvez por ingenuidade, sempre desejei ver Lula e FHC juntos, do mesmo lado. Até um tempo atrás, eu mantinha, pregada na cortiça ao lado de minha mesa de trabalho, uma foto de jornal em que os dois se cumprimentavam calorosos e sorridentes (acho que num hospital em que um deles visitava o outro). Sonhei que, um dia, o Brasil talvez merecesse ter Lula como o melhor presidente de nossa história e FHC, seu competente e iluminado primeiro-ministro.

Se Lula não compreendeu seu papel como líder popular, FHC também não compreendeu o seu como agente de uma elevação do nível intelectual de nossa política. Quem escolhe a vida pública não pode ter uma vida privada pouco exemplar. Além disso, FHC não podia ter caído na tolice infantil do impeachment da presidente, a mesma bobagem irresponsável e deflagradora de conflitos irreparáveis tentada contra ele, pela oposição que hoje é governo. Uma histeria antidemocrática, como um dono da bola que tira a bola de campo quando o andamento do jogo não lhe convém.

Diferente do romance de Mark Twain, o Príncipe e o Plebeu de nossa política contemporânea desapontaram os que esperavam deles um certo heroísmo. A vida pública não é uma fé religiosa, mas também não pode ser apenas um espetáculo de teatro. Nela é preciso ser e parecer ser.

GOLPE COM VOTO

24 de abril de 2016

Eu preferia que não tivesse sido assim. Estamos vivendo uma crise política e econômica profunda, a mais grave de nossa história desde algum tempo. Trocar de presidente numa hora dessas, com o Brasil tão dividido, só faz agravar a crise. Ninguém à vista tem condição de, em cerca de dois anos, botar o país nos trilhos com a confiança da população. Seria melhor esperar 2018 com quem já estava lá e que, por ser responsável por ela, podia ser pressionada pela obrigação de resolver a parada. Não se sai do caos inventando outro caos.

A única vantagem nesse episódio tumultuado é a de constatar que as instituições estão firmes e firmes devem permanecer. Nada foi feito fora da legalidade, nada pode ser acusado de escuso. Golpe não se dá com voto, mesmo que os eleitores não sejam muito confiáveis; se não, o parlamentarismo seria a consagração do golpismo.

Lamentável mesmo foi o comportamento dos deputados no Congresso. Uns com discursos de fazer vergonha; outros sem controle do que diziam. Um surto coletivo. Uns elogiavam o marido prefeito, preso no dia seguinte por corrupção; outros prometiam o povo nas ruas, uma convocação à violência. E ainda teve o sórdido elogio a um dos chefes da tortura durante a ditadura, na declaração de voto do Bolsonaro (isso, sim, é crime, o deputado devia ser processado). Mas a desgraça não é o Congresso, a desgraça é o Brasil.

Quem elegeu esse Congresso? Se Dilma obteve 52% dos votos nas últimas eleições, os 72% da Câmara dos Deputados que votaram contra ela devem representar, em números absolutos, mais do que os milhões de eleitores da presidente impedida. Quem a escolheu foi o mesmo povo brasileiro que os escolheu, as mesmas pessoas que entenderam votar nos deputados que nos envergonharam com suas invocações de Deus, pátria e família, com seus agradecimentos à tia Eurídice, com seus pensamentos tão rasos e ignóbeis.

O presidencialismo de coalizão, que estamos vivendo desde a instalação da Nova República, não é uma novidade na história política do Brasil. Os presidentes que ousaram governar desprezando o Congresso, como Jânio e Collor, para o bem ou para o mal não terminaram seus mandatos. Nossos políticos podem ser indiferentes aos interesses do país, mas são invencíveis na defesa de seus próprios interesses. Não se pode, porém, cassar um mandato por burrice ou falta de grandeza. O que se pode é tentar evitar que esses homens sejam eleitos para o ofício que exercem.

Por uma perversão do sistema, nossas eleições são cada vez mais orientadas pelo dinheiro que movimenta as campanhas cada vez mais caras e corruptas. Sem dinheiro, nada feito; e para que o dinheiro entre no jogo, é preciso fazer-lhe concessões, agradar à origem dele uma vez obtido o mandato. Cada eleito só se considera devedor do dinheiro que o elegeu; os que nele depositaram seus votos são mero detalhe. E esse detalhe, o eleitor, parece nem se importar mais com isso, não espera mesmo ser representado.

Esse é o dilema da democracia representativa, hoje em crise em quase todo o mundo. Como evitar que a população americana escolha a selvageria de um Trump? Como evitar que os candidatos franceses à próxima eleição majoritária sejam as mesmas figuras descartadas de sete ou 14 anos atrás? Como evitar que os líderes de vários países do mundo ocidental se envolvam com o vexame dos *Panama Papers*? Como evitar a desmoralização do regime democrático?

Tenho a vaga intuição de que a resposta a essa pergunta vai ter que passar pelos novos meios de comunicação, as novas tecnologias que nos permitem manifestarmos nossa opinião sem precisarmos passar por representantes. Mas não sei dizer como nem sei responder ao argumento do baixo nível atual da internet e suas redes.

A acusação da qual não podemos fugir é a de que somos nós os responsáveis pelos nossos representantes. Não só por aqueles em quem votamos, mas também pelos outros que deixamos serem votados. Nós somos responsáveis por deixar passivamente que eles sejam os escolhidos pela população. E isso não significa cassar a candidatura de quem não gostamos, mas educar o eleitor para o que lhe serve.

Depois de anos de mandatos progressistas, todos mais ou menos à esquerda, de Itamar Franco a Dilma Rousseff, nunca vi a educação ser, de fato, programa primordial de nenhum governo. Podemos achar graça em dar paulada na jararaca, mas nunca cogitamos em ensinar a como não deixá-la existir em nosso bosque cívico. Mais importante do que qualquer outro programa, o da educação é o único capaz de permitir que os cidadãos saibam escolher, aprendam a optar por quem serve a seus interesses como cidadãos. Um programa de educação cultural e social, que nos permita contemplar o mundo como ele é e nos ensine a viver melhor.

Só a educação pode facilitar a compreensão cívica da população. Sua compreensão de quem são aqueles que pedem nosso voto, os que nos bajulam e apenas tiram proveito próprio desse falso amor. Quem sabe, assim, o triste espetáculo de domingo passado não se repetiria mais.

UM NOVO MUNDO
—

13 de novembro de 2016

Um fantasma assombra o mundo inteiro. Ele sai das urnas (como nos Estados Unidos) ou de movimentos autoritários (como na Turquia) para assustar a esquerda e os liberais que, mesmo quando fora do poder, dominaram o pensamento político desde a segunda metade do século passado. Podemos tomar a eleição de Donald Trump como a confirmação americana dessa tendência, a ascensão de uma nova direita ao poder mundial.

Não se trata mais de uma direita politizada, com teorias sobre seu país, seu povo e seus inimigos. De uma direita que pensa sobre seu futuro e seu destino, que acredita na história e que a cultiva. Mas de uma direita selvagem, adormecida há tanto tempo no coração de "pessoas comuns", silenciosos portadores daquilo que Sérgio Buarque de Holanda dizia, em relação ao Brasil: aqui, não existe pensamento conservador, só existe pensamento atrasado.

Esses grupos políticos, que estão tomando o poder ou ameaçando fazê-lo pelo mundo afora, não se importam com programas e projetos, muito menos com versões utópicas do futuro. Eles atuam em função de um pensamento mágico, capaz de transformar franjas da realidade segundo a vontade de cada um. Para esses grupos, a vontade é uma força soberana que ordena o mundo sem regras previsíveis ou preestabelecidas. A nova direita se interessa por política, mas não pelo processo político. Ela despreza o raciocínio.

A construção de um muro na fronteira não nasce de um pensamento articulado com a realidade, mas de um sentimento pessoal maior do que a realidade, de um desejo que se resolve dentro da própria pessoa. Além de seu sentido mágico, esse desejo não obedece a nenhuma lógica. A nova direita inaugura, assim, uma espécie de anarquismo oportunista que não precisa ser justificado.

Não acho que Trump seja um demônio incontrolável. Uma vez na Casa Branca, ele será obrigado a se portar como o presidente de um país tão complexo quanto o dele. Não terá alternativa. Em campanha, pode-se dizer qualquer coisa; mas, depois de empossado, ele terá de se submeter às limitações legais impostas pela Constituição, pelo Congresso e pela Suprema Corte, bem como aos impedimentos políticos e culturais, como o próprio curso da opinião pública derrotada. Depois de oito anos no poder, Obama não conseguiu fechar a prisão de Guantánamo, joia da coroa de suas promessas de candidato.

Trump foi eleito pelo ódio xenófobo, misógino e racista, anterior às lutas pelos direitos civis do século XX. Ele tocou o coração de uma população branca de baixa renda, sufocada pelos novos costumes trazidos pela globalização. Trump representa uma vitória contra o império do "politicamente correto" que angustiava tanto pessoas tão pouco sofisticadas intelectualmente. Como escreveu Adriana Carranca, esse povo "se sentiu ignorado pelo sonho americano, do qual se julgou à margem". Agora, podemos chamar toda mulher que não nos agrada de *nasty* [nojenta], todo homem de etnia diferente da nossa de *raper* [estuprador].

O novo presidente americano foi escolhido democraticamente por seus concidadãos, respeitadas todas as regras institucionais do país. O que fez o eleitor escolhê-lo foi a libertação de suas vísceras provocada por discursos redentores, pela rejeição de qualquer impedimento ético à nossa vontade. A vitória dos sonhos perversos sobre a razão das contingências. Trocando em miúdos, o fim dessa conversa fiada de solidariedade ou, mais radical ainda, de fraternidade. O fim do que esse eleitor vê como um conceito artificial de humanidade.

A surpresa do resultado eleitoral deu-se porque o eleitor de Trump escondeu seu voto dos institutos de pesquisa. Ele preferiu disfarçar sua opção, como se estivesse preparando um motim contra os representantes do *establishment* ao qual planejava destruir ou, no mínimo, dar as costas. Não o fez por vergonha do voto, mas pelo gosto da revanche. Uma espécie de malandragem para, além de sair vitorioso, rir-se do derrotado.

Nem todos se surpreenderam. O cineasta Oliver Stone, suprassumo da esquerda de Hollywood, afirmou que "tinha mais medo de Hillary, uma conservadora intervencionista". Para ele, "Trump é um negociador, um homem prático". Intelectuais como Peter Thiel, empresário e pensador de ponta do Vale do Silício, criador do PayPal e primeiro grande investidor do Facebook, que votou duas vezes em Obama, acha que Trump desafia tabus e o *status quo* hipócrita: "Estamos votando nele porque nossos líderes tradicionais fracassaram e queremos uma nova política."

Os eleitores de Trump estão aliviando frustrações antigas que foram se aperfeiçoando ao longo das conquistas da civilização moderna. A violência de cowboys sem lei que Trump, bandido ou mocinho, almeja representar, está na linha do Brexit do Reino Unido, da restauração czarista de Putin, da violência desatinada de Erdogan, das dezenas de partidos ascendentes da nova e ansiosa direita da Europa Ocidental. Esse é o mundo em que estamos vivendo hoje, insuspeitável até poucos anos atrás.

SEM MEDO DO QUE SOMOS
—

7 de maio de 2017

Para melhor entender quem somos, é preciso saber de onde viemos, mesmo que a origem não confirme nossos sonhos. A recente exibição de *Terra em transe*, de Glauber Rocha, no Cine Odeon, celebrando os cinquenta anos de lançamento do filme, nos mostrou bem isso, com personagens e situações históricos que se repetem ao longo do tempo, até hoje. No caso, o Brasil vive plagiando *Terra em transe*.

Agora, no próximo dia 13 de maio, celebraremos 129 anos da assinatura da Lei Áurea, o documento formal que aboliu a escravidão no Brasil. E nós ainda nos iludimos com os mitos que cercam a Abolição, ainda tratamos o acontecimento com um lirismo patriótico que ele não merece.

O Brasil foi o último país ocidental a abolir a escravidão, assim como foi um dos últimos *grandes* países desse lado do mundo a entrar na era industrial. Uma coisa tem muito a ver com a outra. Da Independência à República, nossa economia se resumia a produtos agrícolas, da cana-de-açúcar ao café, sob o poder absoluto dos senhores de terras. A base desse sistema econômico era a escravidão, um costume social que encontrou no Brasil seu apogeu no Ocidente.

Mais de 4 milhões de negros, trazidos da África como escravos, serviram àqueles senhores como força de trabalho, desde o período colonial. As leis que precederam a Abolição, libertando os sexagenários e depois os recém-nascidos, não passaram de uma cruel esperteza dos que exerciam o poder de fato. Com essas leis, os barões latifundiários se livravam do sustento de velhos e crianças que, por não trabalharem, não tinham nenhum valor econômico para o negócio deles.

Quando a Abolição se tornou politicamente inevitável, eles ainda fizeram com que a Lei Áurea não os obrigasse a qualquer tipo de indenização aos ex-escravos, como havia acontecido recentemente nos Estados Unidos de Abraham Lincoln. Que cada liberto se virasse com o que tinha. Isso é, nada.

A imensa população de negros, agora livres, teve que escolher entre seguir servindo a seus senhores apenas por moradia (senzala) e alimento (restos) ou ir para as estradas em busca de mais nada. O governo os punha nas ruas, somente com o ilícito e o crime como recursos para sobreviver. Enquanto isso, no ano seguinte ao da Lei Áurea, os senhores de terras se vingavam da Abolição com um golpe de Estado que proclamava a República e lhes permitia seguir controlando o país. A oligarquia de sempre fazia sua passagem do Império para a República, sem mudar nada. Ou só mudando as aparências, a decoração do trono.

Quase 130 anos depois, os herdeiros dessa população abandonada continuam em busca de oportunidades que não lhes dão, tendo que encarar a violência para sobreviver no campo, nas periferias e nas favelas do país. E ainda devem ouvir, como ouviram essa semana, um secretário estadual de Segurança Pública dizer que a política de pacificação das UPPs foi "uma tentativa ousada demais (...) de levar a paz a todas as áreas, inclusive as mais carentes". Ou seja, "carente" (?) tem mais é que se virar sozinho, na fome ou na porrada.

Mas foi essa população que, marginalizada e oprimida, produziu uma cultura que acabou por representar o Brasil como nação. Uma cultura inventada pelo raro milagre da mestiçagem.

O Brasil não é um país multicultural, onde cada manifestação de criação artística ou de hábitos sociais se passa num espaço reduzido que não se mistura com o outro. Não é isso o que queremos ser. Vivemos a experiência e a esperança de uma vida nova, em que a redenção dos herdeiros da escravidão está na mistura que sempre cantamos e almejamos praticar. Mulatos e mulatas são os nossos heróis preferenciais.

Em recente e brilhante ensaio, "Brasil, iluminai os terreiros", o antropólogo baiano Antonio Risério diz que "sob a pressão do poder puritano branco, as religiões negras foram destruídas nos Estados Unidos. Por isso, Martin Luther King foi um pastor protestante e não um babalaô, senhor das práticas divinatórias de Ifá. (...) Lá, a destruição; entre nós, a sobrevivência. (...) Porque aqui a mescla foi total. Não houve apenas o fato biológico da miscigenação, mas o reconhecimento social e cultural das misturas, que é o que define a mestiçagem (...) Nossa mulataria é incontornável. (...) Combater o sincretismo é combater o que há de mais rico na vida, que são as trocas de experiências e de signos".

Um dos mais belos momentos do cinema brasileiro contemporâneo está em *Joaquim*, filme de Marcelo Gomes (corram para ver, antes que a ignorância do mercado o tire de cartaz). Nele, em meio à vegetação do cerrado, uma jovem negra cata piolhos nos cabelos encaracolados do alferes, nosso futuro Tiradentes. Aí estão os elementos fundamentais da construção de nosso povo. Inclusive os piolhos.

ADEUS ÀS ILUSÕES
—

21 de maio de 2017

A sensação que tenho diante disso tudo é de enorme desalento. Sempre me surpreendi com quem só pensa no poder, nunca entendi direito esse desejo doentio de mandar nos outros. E, de preferência, em todos. Mas nunca deixei de aceitar a necessidade de um governo, de uma concertação em torno da vida em comum, num mesmo espaço geográfico e cultural a que chamamos nação. Não tem outro jeito.

Essa ideia abstrata de nação é que nos mantém juntos, em torno do projeto simples de sermos felizes uns com os outros. Por isso que o fracasso da nação nos faz tanto mal, nos faz sofrer tanto. Porque ele é a constatação de que fomos incapazes de realizar o sonho a que estávamos generosamente destinados. Essa distância entre destino e logro, entre o que almejamos e o que conseguimos, nos faz penar porque ainda acreditamos (ou acreditávamos) em nós mesmos.

Não vamos perder tempo com os exemplos históricos. Eles começam lá atrás, talvez com a Independência, feita pelo príncipe colonial para que tudo continuasse como sempre esteve; passam pela República, proclamada pelos senhores de terras, latifundiários que assim se vingavam da Abolição imperial; e vão até o acerto cordial para o fim da recente ditadura. Tudo se mistura sem formar caráter, como numa sopa sem gosto.

Diante de tantos graves erros políticos e morais de todas as tendências e partidos, não temos mais onde depositar nossa esperança, não vemos mais em quem confiar a nação. Não achamos mais nem mesmo por quem torcer, como no futebol, coisa que sempre nos fez respirar e sobreviver.

Mesmo numa dolorosa experiência política, como a do golpe de 1964, sempre podíamos sonhar com uma saída e torcer por nossos possíveis heróis. Enquanto os militares instalavam o poder autoritário, ouvíamos dizer que Brizola preparava a reação no Sul, nos sussurravam que Marighella e sua gente se armavam, nos garantiam que a esperteza de Ulysses e Tancredo não ia nos deixar nessa por muito tempo.

Hoje, da nossa arquibancada cívica, assistimos a um jogo secreto que, de vez em quando, só nos revela incompetência e propinas. Sempre com muito escândalo. Mas talvez seja essa a esperança que nos resta — agora, que não temos mais por quem torcer e vamos depender exclusivamente de nós mesmos, temos que tentar reconstruir o país como se estivéssemos começando do começo, começando do zero.

A decadência das UPPs, vítimas do descaso, da incompetência e da corrupção de nossos homens públicos, está agravando a violência em nossas favelas. No complexo da Maré, somente nos quatro primeiros meses de 2017, já foram assassinadas 18 pessoas, sendo duas delas policiais. As escolas e os postos de saúde estiveram fechados por vários dias, o comércio local é vítima permanente de enfrentamentos, nenhum morador está a salvo da violência de bandidos e policiais.

Em função disso, instituições da Maré, como escolas, associações de moradores e comerciantes, igrejas e clubes, se mobilizaram para criar o fórum "Basta de violência, outra Maré é possível". Segundo Eliana Sousa Silva, uma das líderes do fórum, "a favela não pode ser arena de uma guerra sem sentido, que gera dor, revolta e morte".

A primeira ação pública do fórum será a realização de uma marcha por favelas do Rio de Janeiro, na próxima quarta-feira, dia 24, reunindo os que acreditam que outra favela é possível. Todos nós, que moramos nesta cidade, temos a obrigação de acreditar nisso e dar força para que isso seja verdade.

UM AVANÇO DEMOCRÁTICO

11 de junho de 2017

Escrevo antes de encerrado o julgamento no TSE. Não conheço e não me interesso muito pelo resultado, a não ser por curiosidade natural de quem acompanha o noticiário. Se Michel Temer cair fora, será substituído por Rodrigo Maia que convocará o Congresso para a escolha do novo presidente. O Congresso escolherá certamente alguém parecido com um dos dois. Se não escolher um dos dois.

Apesar do fervor das Diretas Já, não haverá eleições diretas antes daquela prevista para outubro de 2018. É evidente que os que podem decidir antecipá-la não estão a fim disso. Mesmo que estivessem, não há tempo útil para aprovar uma reforma da Constituição e organizar eleições imediatas. Ia acabar uma eleição embolando na outra.

A política brasileira se desmaterializou, não temos mais referências concretas confiáveis, sejam elas a de um líder, a de um partido ou a de uma ideia. É tudo mais ou menos parecido no caos polarizado em que giramos. Uma confusão de fins sem princípios contagia todas as ações e todos os temas políticos. Os juízes supremos se tornaram um novo Poder Moderador, como ele era exercido pelo imperador na primeira Constituição do Brasil, a de 1824. E se esganam diante de nossos olhos pregados na televisão.

Como não sabemos que rumo tomar, zanzamos em torno de sentimentos primários que cultivamos como ideologia. Voltamos aos ódios massificados que nos enfiaram na cabeça desde tempos atrás, dividindo o mundo em dois largos campos de pensamento único, sem direito a qualquer nuance, muito menos contradição. Como durante o horror da Guerra Fria, quando ou se era agente do imperialismo ianque ou sórdido comunista que comia criancinhas grelhadas.

Estamos perdendo tempo, prisioneiros de mitos públicos e obsessões particulares. Os que neste país ainda pensam, tinham que estar refletindo sobre formulação e militância além dos partidos que, quando não vivem de propina, viram simplesmente um bom negócio: se você conseguir juntar um certo número de assinaturas, ganha um generoso fundo partidário, mais um tempo de rádio e televisão que pode ser negociado com um candidato mais exequível que o seu.

A criação de movimentos populares atualizados e mais ou menos informais, que estejam mais interessados na vida das pessoas do que em siglas ideológicas, mudou o sentido da política na Espanha e na Itália, fez o Reino Unido deixar a União Europeia e a França permanecer nela. Se não formos capazes de organizar alguma coisa que tenha a ver com esse avanço democrático, nossos próximos eleitos não serão nada diferentes dos que aí estão, há tanto tempo.

Temos que usar a crise aguda em que vivemos como pretexto e ponto de partida para um relançamento do Brasil como projeto, e não como uma velha repetição do que sempre fomos, à direita ou à esquerda.

Não são as leis que fazem os costumes de uma sociedade; são os costumes da sociedade que fazem as leis. Não dá mais para disfarçar que nossa nobre Constituição cidadã, que organizou nossa vida depois do autoritarismo, envelheceu e perdeu sua energia, num país e num mundo que, apesar de tudo, mudaram e seguem mudando todo dia. Somos penitentes de seu lancinante burocratismo, de seu formalismo irritante, da abstração que nos impõe para nos paralisar concretamente.

Se vamos convocar uma necessária Constituinte para 2018, ela não pode ser exclusiva dos eternos bacharéis, sempre alugados pela oligarquia. Precisamos, desde agora, discuti-la em função do que somos de fato e do que sonhamos ser. Precisamos reconhecer a existência e o poder das redes sociais, não importam as pós-verdades e as tolices rabugentas que divulgam, a dispersão inútil que hoje estimulam. É preciso reconhecer o poder de representação da própria internet, como foi feito com a força emergente dos sindicatos nos anos 1950.

Voltemos a pensar as novidades políticas que as manifestações juvenis de 2013 puseram nas ruas, antes que a boçalidade dos black blocs e a esperteza do poder oligarca as tirassem de lá. Com elas, podemos construir a solidez de uma democracia brasileira, eliminando a síndrome do escravismo que herdamos e do qual sofremos as consequências até hoje. Quem sabe, eliminemos desse jeito nossa trágica desigualdade, mãe de nossa miséria profunda.

Em vez de ficarmos sem dormir pensando no destino de Temer e seus ministros investigados, aproveitemos os meses que nos separam do 2 de outubro de 2018, para preparar uma revolução sem sangue, um novo projeto de país. Diante do que nos espera como trabalho e empenho, temos pouco tempo, não podemos perdê-lo com velhas e inúteis lamentações da política tradicional. Só assim o Brasil pode mudar.

„ Gosto do afeto solidário da festa de réveillon; mas gosto mesmo é de Natal, de todos os natais. Tudo que começa com alegria e esperança merece nossa adesão, mesmo que depois nos decepcione. O poeta, romancista e pintor Jorge de Lima, no ensaio 'Todos cantam sua terra', compara as culturas portuguesa e espanhola, a partir de suas tradições cristãs. Enquanto para os espanhóis a representação máxima do cristianismo está na Paixão, na crucificação e morte de Cristo, para os portugueses o centro da religião está em seu nascimento, na candura do presépio de Natal.

A grande virtude do cristianismo dos Evangelhos e das primeiras pregações sempre foi a sua humanidade. Qualquer um podia se identificar com um Deus que se torna homem, ao contrário da tradição politeísta em que homens se transformam em deuses violentos e cruéis. O cristianismo começou a perder essa virtude com a ordenação disciplinar das epístolas paulinas, os penduricalhos rituais criados na Idade Média, a cruel cegueira da Inquisição, o aparato milionário que resiste ao tempo. O Deus que se tornou homem e se deixou flagelar foi sendo, aos poucos, sufocado por homens que se julgaram deuses."

trecho de "XÔ, ANO VELHO"
30 de dezembro de 2011

7.

BYE BYE BRASIL

Passou a Caravana Rolidei, um circo sobre rodas lotado de ufanismo... Passou como um sonho: ficou o Real. E o Real é um picadeiro cheio de contradições a serem resolvidas. Na transa amazônica dos personagens de um filme que correu o mundo, a partir do Festival de Cannes de 1980, havia muito vislumbre de progresso para este nosso país e, de fato, muitas conquistas saíram da cartola, mas muitos problemas sociais, de base econômica, ocuparam o centro de nossas atenções. O que foi feito, em bases morais, em bases éticas, de nossa gente? Eis, aqui, um balanço das desesperanças que colhemos pelo caminho — muitas delas vestidas de violência, de violência institucional —, mas é um balanço sem desespero, pois não cabe lugar para o pessimismo no olhar de Cacá, nem para a inércia. Existem denúncias a serem feitas e soluções a serem buscadas, ainda que sem ilusões. A ironia nessas horas é a melhor companheira. E Cacá a tem de sobra.

R.F.

O LAMENTÁVEL E O DEPLORÁVEL
—

30 de junho de 2012

Tenho dificuldade em saber o que penso do impeachment de Fernando Lugo, o presidente do Paraguai. Minha primeira reação foi achar que, se um cineasta paraguaio viesse dar palpite no impeachment de Fernando Collor, eu me sentiria invadido e isso me irritaria muito. Depois me convenci de que não era exatamente a mesma coisa.

Lugo também foi afastado com base na lei local, mas lei criada 24 horas antes, com esse específico objetivo. Lembrei-me das cassações, dos decretos discricionários e dos atos institucionais de nossa ditadura militar, que também tinham força de lei. Assim como me ocorreu que Hugo Chávez é o campeão de leis casuísticas para se manter no poder ou impedir a oposição de se manifestar, e no entanto o convidamos gentilmente a entrar no Mercosul, no lugar do Paraguai.

Nenhuma lei é divina, nem toda lei é justa. Mas quando, com base numa delas, maioria esmagadora de congressistas, representantes formais do povo, se manifesta a favor do impedimento do presidente, numa goleada de 76 votos contra um, fica difícil demonizar a lei. Nas democracias parlamentaristas, por exemplo, o primeiro-ministro pode cair da noite para o dia, em poucos minutos, graças a simples voto de confiança do Parlamento, conforme está na lei lá deles.

Ninguém vem ao mundo para fazer política. A política existe e é indispensável porque vivemos em sociedade, não podemos deixar que o jeito de cada um viver prejudique o do outro. Em política, acabamos sempre apoiando a quem simpatizamos, não importam as razões em jogo, porque foi assim que os políticos nos acostumaram. Os políticos nos levaram a perder a confiança neles porque, em geral, nunca se importam com o que representam nem com os critérios do que fazem por essa representação.

O político não pode ser apenas um articulador de partidos, um agitador de massas, um homem cuja missão é somente ganhar as próximas eleições ou dar um golpe de Estado se nelas não for bem-sucedido. Ele deve ser um exemplo de critério para o resto da sociedade, um guia *malgré lui--même*, um farol mesmo que não deseje ou não tenha consciência disso.

Quando nosso presidente Lula, como fez também FHC na campanha da reeleição, se reúne com quem não presta, quando dá a mão a um aliado da ditadura militar, a um procurado pela Interpol, ícone nacional de corrupção e malfeitos, está nos dizendo que liberou geral, que nossos princípios não são tão principais assim, que tanto faz o critério. E como muitos de nós o amamos e confiamos nele, podemos estar sendo levados, por seu gesto irresponsável, à cumplicidade com o crime, ao desastre do qual a primeira vítima seremos nós mesmos.

Em certas circunstâncias políticas e morais, a "habilidade" e a "esperteza" do líder podem produzir crimes relevantes. Assim como a eleição, por seu governo, do que é "conveniente" e "oportuno".

Outro dia, li no jornal que o governo do Irã, o mesmo que manda circuncisar e atirar pedras em mulheres, quer proibir os jardins de infância do país de promover aulas de canto e dança, sob a justificativa de que essas práticas são "imorais". Li igualmente que, no Paquistão, quatro mulheres e dois homens foram condenados à morte pelas autoridades religiosas, ao norte de Islamabad, por terem cantado e dançado por ocasião de um casamento na família.

Não acho graça em viver num mundo que dá de ombros diante de tais barbaridades contra a natureza humana. Como não acho graça em viver num mundo em que a hegemonia de uma nação, como a China, é alcançada devido ao trabalho semiescravo e ao autoritarismo que mantêm presos seus artistas, como Ai Weiwei, e seus dissidentes políticos, como o pobre cego Chen Guangcheng. Como acho absurdo que um partido brasileiro de esquerda, com tão heroicas tradições de luta libertária, envie mensagens gentis e votos de solidariedade aos tiranetes ridículos da Coreia do Norte.

Como posso denunciar o "golpe" paraguaio, como me opor à boçalidade norte-americana do embargo a Cuba ou com que autoridade combato a política de austeridade de Angela Merkel que arrocha a população da União Europeia, fazendo os idosos aposentados passarem fome e os jovens permanecerem condenados a crescente desemprego, se fico indiferente ao que também está tragicamente errado do outro lado do mundo, em outras paragens?

Sempre fui e continuo me considerando um cidadão brasileiro no campo da esquerda. Mas não quero, em nome disso, ser obrigado a escolher entre o ruim e o péssimo, entre o lamentável e o deplorável. Liberdade individual e oportunidades iguais são as bases do direito democrático, em qualquer lugar do mundo, do Paraguai ao Paquistão, da União Europeia à América Latina. Não se pode viver dignamente sem elas, em qualquer circunstância.

Esta semana, Gilberto Gil fez setenta anos de idade. É um privilégio e um desafio ser contemporâneo de um artista-pensador como ele. Que seu amor à vida nos ilumine e nos alimente com sua energia.

O PÂNICO DOS POBRES
—

25 de janeiro de 2014

Um espectro ronda os shopping centers — o espectro dos rolezinhos. Todas as potências da ordem unem-se numa Santa Aliança contra os adolescentes que os praticam.

Esse embate não começou agora — em agosto de 2000, o século começava no Rio de Janeiro com uma visita (invasão, para os mais agoniados) de moradores de favela e sem-teto ao shopping Rio Sul, um dos mais bem equipados da cidade. Para desgosto dos lojistas e náusea de clientes, o pessoal entrou ordenadamente, observou as vitrines, colheu preços, experimentou umas camisas e subiu para a praça de alimentação, onde as famílias comeram o lanche que haviam trazido de casa, sanduíches de mortadela no pão francês, com água potável e café guardados em garrafas térmicas. Eram quase todos negros.

Segundo depoimento da vítima, uma senhora foi barrada no toalete do shopping, quando tentava ali entrar com o filho pequeno que se borrara depois da mortadela. Uma frequentadora do shopping defendeu-a, alertando o segurança para o direito que a senhora tinha de usar o toalete, como qualquer outro cidadão necessitado. Parece que ela conseguiu finalmente limpar o filho, depois que outros fregueses apertados deixaram o espaço apressados.

A Constituição protege o direito de todo cidadão de ir e vir como bem entender, para onde bem desejar. Assim como protege o direito de cada um preservar sua propriedade privada. Mas shoppings não são exatamente propriedades privadas, como um lar, um automóvel, um par de patins. Eles se parecem mais com hotéis e restaurantes, que têm regulamentos próprios, mas não podem discriminar os fregueses pela aparência. Nem por preconceito social.

Os adolescentes da periferia de São Paulo, a cidade onde mais se consome no Brasil, inauguraram, desde dezembro do ano passado, uma temporada estival de rolezinhos, alegres visitas (outra vez, invasões para os mais agoniados) aos shoppings da capital. São meninas e meninos, em geral entre 13 e 18 anos, que marcam encontro com seus correspondentes em redes sociais, para se conhecer, trocar ideias, beijar uns aos outros, cantar e dançar funk.

Um deles, Lucas Lima, líder de 16 anos, disse em entrevista que "a gente só quer ver os amigos, conhecer gente, comer no Mac". E por isso apanham da polícia. O mesmo rapaz diz ainda que "não perco meu tempo em manifestações políticas, os políticos vão continuar sempre roubando".

Está certo a polícia intervir para evitar que se cometam delitos, se quebrem vitrines, se roubem produtos de lojas. Ela tem obrigação de defender a segurança do shopping e de seus frequentadores. Mas se nada disso acontece, qual o pretexto para baixar porrada na rapaziada como vem acontecendo? É o secretário de Segurança do Rio de Janeiro, José Mariano Beltrame, que diz no jornal que "o rolezinho não é crime, só vamos atuar quando acontecer algo que demande a intervenção da polícia".

A consequência da atitude desastrada da polícia, sempre em estado de guerra contra a população, é justamente a de criminalizar e politizar atividades cidadãs. Ela atraiu, para as manifestações de rua do ano passado, os vândalos excitados por sua violência, assim como agora provoca ações cheias de outras intenções que não as dos adolescentes.

Em vez de nos ocuparmos apenas com o que os adolescentes da periferia paulista fazem nesses rolezinhos, a pergunta mais pertinente seria: Por que o fazem? O mesmo Lucas Lima, expulso de um shopping pela polícia, responde: "Se eles não querem que a gente venha ao shopping, então arranjem um lugar para a gente se divertir."

Os rolezinhos são um sinal de que nossos eternos excluídos não só desejam se integrar à sociedade, como também revelam ter consciência desse direito. Eles não querem ficar à margem, vendo a banda do consumo passar. Os cariocas dizem que os shoppings são a praia do paulista — alguém entenderia alguém ser barrado numa de nossas praias?

O mais importante é a redescoberta permanente de nossos problemas de péssima educação. Não a educação como formação de comportamento submisso, mas como preparação de nossos jovens para a vida, tenham eles a origem que tiverem. As famílias e as escolas, em geral, preparam a juventude para um futuro que não está ao alcance de sua vista, baseadas no mito castrador de que é preciso sacrificar o presente para ser feliz no futuro. Se o filho não tirar dez em matemática, estará proibido de surfar e dançar funk no fim de semana, quando o importante é inserir o surfe e o funk no ensino da matemática.

Não podemos pensar na felicidade no futuro, à custa do presente. É no presente que eles vivem, é para o presente que devemos antes de tudo prepará-los. Essa multidão de jovens de nossas periferias e favelas não quer outra coisa senão visibilidade, não pede outra coisa senão oportunidades que só podem surgir da educação. Enquanto os frequentadores de shoppings tiverem pânico dos pobres, o país não se tornará uma democracia de verdade.

UM SILÊNCIO CONSTRANGEDOR
—

5 de abril de 2014

A violência é uma perversão da natureza humana. Ela está na origem da espécie, precisávamos dela na luta pela sobrevivência, na defesa contra outros animais ou na necessidade provocada pela fome. Mas o homem é o único animal que pratica a violência por qualquer motivo, quase sempre indigno. O homem é, por exemplo, o único animal que tortura seu semelhante, o único a tornar a violência uma cultura.

A civilização domestica a violência, cria condições para que ela desapareça de nossos costumes, seja na forma de guerra entre grupos, seja na de conflitos individuais. Nada justifica a violência, ela não pode ser compreendida. Se as ideias exigem violência para se concretizarem, elas devem estar erradas.

A ditadura militar iniciada com o golpe de 1964 deu cidadania à violência no Brasil. É claro que a violência sempre existiu entre nós. Mas, pelo menos onde o país se modernizava, a violência era tratada com hipocrisia, como segredo ou exceção. Durante a ditadura, ela passou a ser exercida em nome da lei e da ordem, se tornou costume estabelecido e aceito. Quando nos julgamos em guerra, nada é pecado.

Traficantes e milicianos devem provavelmente grande parte de seu estilo de trabalho ao que seus antecessores e eles mesmos experimentaram e aprenderam durante o regime ditatorial. E, às vezes, mesmo depois dele. Em nosso país, a fronteira entre policiais e bandidos foi sempre tênue, nunca é raro encontrar-se o mesmo indivíduo nos dois lados dela.

Como vítimas ou parceiros, eles conheceram a experiência do sequestro social impondo leis infames, de métodos desumanos de informação e combate. O horror do depoimento recente do tenente-coronel Paulo Malhães, aquele que arrancava os dentes e os dedos de suas vítimas, não é diferente do da narração, pelo traficante Elias Maluco, da tortura e do sacrifício do jornalista Tim Lopes.

Ambos os depoimentos contêm a frieza de quem tem certeza de que estava cumprindo uma missão necessária, em nome de um ideal indiscutível: o anticomunismo em defesa do direito à liberdade e o direito à liberdade de ganhar dinheiro com o que bem se entende. Em ambos os casos, a violência justifica a vida e inverte um conceito que o homem criou com a democracia — o da liberdade.

Mas a ditadura é o passado e os traficantes são o presente. Não posso compreender o silêncio, em relação às UPPs, dos candidatos a cargos eletivos no Rio de Janeiro. Não compreendo o egoísmo eleitoral de quem está disposto a sacrificar a população em troca do voto de eventuais insatisfeitos, o silêncio de oposicionistas que não percebem que as UPPs são uma política de Estado e não de governo.

Apesar das lambanças privadas e consequentes constrangimentos públicos, a gestão de Sergio Cabral foi uma das melhores na história do Estado, desde os governos da Guanabara. A política de segurança fez diminuir as taxas de criminalidade, a saúde avançou com a criação de mais de cinquenta UPAs, o Rio de Janeiro passou da penúltima colocação à 15ª no Índice de Desenvolvimento de Educação Básica (Ideb), o bilhete único atendeu a quem usa o transporte urbano. Nada disso tornou o Rio de Janeiro um paraíso, ainda há muito mais o que fazer. Muito mais mesmo.

As UPPs, por exemplo, não são uma panaceia. Elas são apenas uma porta que se abre para que o Estado entre nas comunidades e cuide do direito delas à saúde, educação, saneamento, cultura, diversão, oportunidade, como qualquer cidadão brasileiro. Tudo isso ainda lhes falta.

Como escreveu outro dia Junior Perim, "as UPPs não podem ser uma 'polícia de comportamento', o que gera desrespeito aos direitos individuais e coletivos dos moradores de favelas". Diz ainda Perim que é preciso que as Unidades de Polícia Pacificadora se transformem um dia em Unidades de Políticas Públicas. Se a UPP social não atravessar a porta aberta, em breve ninguém saberá mais por que os PMs estão na favela.

Mas negar a importância seminal das UPPs, silenciar seu apoio a elas, é como deixar que a porta se feche de novo e que a casa trancada seja entregue aos cuidados dos bandidos.

Eu também quero saber onde está Amarildo. Assim como poucas vezes me horrorizei tanto como diante do vídeo de dona Claudia Silva Ferreira arrastada por um carro da polícia. Não há compreensão possível para tal barbaridade. Mas também me horrorizo com o traficante que matou com um tiro na cabeça Natan, menino de 12 anos que apenas duvidou que sua pistola fosse de verdade. Ou como Raiane Dantas de Jesus, estudante e comerciária de 19 anos, torturada e executada com quase vinte tiros de fuzil por traficantes de facção oposta à de sua favela.

Muitos PMs têm morrido atuando nas UPPs, todos com menos de trinta anos de idade. Eles não são mera estatística, têm nome e biografia, são da mesma extração social que a da população que estão encarregados de proteger, foram criados em ambiente proletário, são todos pobres e quase todos negros. A maioria foi morta com tiros nas costas, alguns torturados e chacinados por traficantes.

Como é possível ficar em silêncio, insensível a isso tudo, só porque os candidatos são hábeis e espertos, precisam do voto de eventual oposição? Mesmo que não queiram, estão de fato colaborando com aqueles cujos negócios foram prejudicados pelas UPPs.

O FUTURO DOS SONHOS

17 de maio de 2014

Estou há uma semana em Paris, cuidando da produção de meu próximo filme. Desde que cheguei, só ouço falar mal do Brasil, com temor ou horror. Os amigos com que cruzo e os jornais que leio me assustam, como se eu não conhecesse o país a que se referem; e me revoltam, como se estivessem cometendo grave injustiça com uma população que julgo conhecer bem.

Há uns cinco anos, a Copa do Mundo era coroa radiosa na cabeça do país que finalmente acordava para seu natural gigantismo. Hoje é perigosa ameaça para quem ousar assisti-la ao vivo. Num planeta conturbado por tantas guerras intermináveis, sequestros em massa, massacres terroristas, regimes bárbaros, o Brasil é tratado como o mais violento país do mundo ocidental.

Meu primeiro sentimento é de ofensa pessoal, a santa irritação com quem fala mal de sua família. Fui criado amando os "inventores" do Brasil de todas as raças, cordial e cheio de belos possíveis projetos para a humanidade. O Brasil de Gilberto Freyre e Sérgio Buarque, de Mário de Andrade e Darcy Ribeiro, de Jorge Amado e Guimarães Rosa, de Heitor Villa-Lobos e Tom Jobim.

Viajando desde muito jovem por força de meu ofício de cineasta, estava acostumado a ser adulado por tanta coisa que, mesmo nos sabendo miseráveis, o estrangeiro admirava em nossa cultura, em nosso jeito de ser, no mundo novo que isso haveria de construir. Um país destinado a melhorar a civilização, o país do futuro. E aí, de repente, parece que o futuro já passou.

O choque com nossas tantas desgraças pode ser o resultado de certa modernidade. Nossa população cresce depressa, aumentando, portanto, a incidência de conflitos no interior dela. Os meios de comunicação estão mais velozes, sabemos de tudo o que se passa à nossa volta no exato minuto em que está se passando, nada mais nos escapa (quando d. João VI desembarcou no Rio de Janeiro, em 1808, a notícia só chegou a Goiás, um dos centros de nossa mineração, meses depois). E ainda julgamos que imprensa e televisão preferem a má notícia que vende mais jornal e produz mais audiência.

Mas me volto para a história e desconfio que o mito de nossa gentileza era um manto que cobria a fúria de nossa violência. Desde a descoberta, temos nos dedicado a exterminar nossos índios. Fomos a última nação do Ocidente a abolir a escravidão e, ainda assim, como dizia Joaquim Nabuco, não impedimos o prosseguimento de sua obra. Praticamos massacres contra paraguaios e malês, contra os fiéis do Conselheiro, contra pernambucanos e farroupilhas. Permitimos a instalação de duas das mais cruéis ditaduras latino-americanas no século XX, o Estado Novo dos anos 1930 e os militares de 1964.

Hoje, vivemos numa sociedade em que muitos preferem o governo dos traficantes ao governo que nós mesmos elegemos livremente. Em que a polícia é tão violenta e arbitrária quanto os bandidos. Em que, perdida a confiança na justiça do Estado, linchamos na rua quem bem nos apetecer. Em que nossas manifestações públicas, mesmo as mais justas, terminam sempre com a destruição dos equipamentos que servem à população que mais necessita deles. Em que os poderosos se banqueteiam com a corrupção sistemática, inclusive na empresa pública de petróleo que passamos a vida defendendo como nossa. Em que a esperteza e o dolo para tirar vantagem sobre os outros são virtudes consagradas.

Não quero que seja assim, não posso admitir que seja assim. Sou da geração da Bossa Nova e do Cinema Novo, vi Brasília ser construída e

São Paulo se tornar a maior e mais rica cidade do continente, comemorei cinco Copas do Mundo, assisti ao Brasil chegar a ser a oitava economia do planeta, dancei na consagração universal do carnaval como o maior teatro popular de rua inventado pelo homem, acompanhei a crescente euforia mundial com tudo que nos acontecia desde o fim da ditadura militar, a consolidação da democracia, a estabilidade, o início de uma inédita distribuição de riqueza.

O que o mundo sente hoje pelo Brasil é uma enorme decepção dos que esperavam por um novo rumo, uma nova luz. Os que contavam conosco para amenizar sua angústia e realizar alguns de seus sonhos. E os nossos sonhos, quais são?

―――――

Para levantar nosso moral, dois belos filmes brasileiros se encontram em cartaz.

O primeiro é *Getúlio*, de João Jardim, um filme sobre a ilusão e a solidão do poder, baseado em fatos reais de nossa história política. O outro é *Praia do futuro*, de Karim Aïnouz, um filme sobre a solidão e a ilusão do amor, baseado em circunstâncias comuns de nossas almas.

No primeiro, Tony Ramos interpreta o drama de Getúlio Vargas como não o faria nenhum outro ator do mundo. No segundo, Wagner Moura volta a nos mostrar que é um dos melhores atores do mundo em sua geração.

E, falando em audiovisual, não custa ressaltar a originalidade e a beleza da novela *Meu pedacinho de chão*, escrita por Benedito Ruy Barbosa e criada por Luiz Fernando Carvalho. Ignorar essa imagem de sonho, por infantil, é perder o sentido das coisas que não têm idade. A inteligência pode estar em qualquer mídia, gênero ou formato.

DEPOIS DA COPA
—

12 de julho de 2014

No quinto gol dos alemães, antes que acabasse o primeiro tempo, meu neto de oito anos caiu em pranto convulsivo. Enquanto seu pai o consolava, vi no dele o meu próprio pranto, há mais de seis décadas, quando mal havia completado dez anos de idade e acabara de ouvir pelo rádio o jogo Brasil e Uruguai. Naquele fim de tarde de 16 de julho de 1950, um trauma mobilizaria não só os 200 mil espectadores no Maracanã, mas também toda a população do país.

No segundo tempo do jogo contra a Alemanha, meu neto já havia se retirado da sala, fora brincar com seus amigos, disputar partidas virtuais no videogame da FIFA, com o qual, pelos gritos de euforia, devia estar fazendo muitos gols. Isso não impediu que ele voltasse à sala a tempo de ver o tento solitário e patético de Oscar, no finzinho do jogo, e tirasse a camisa amarela para comemorá-lo, como fazem os craques de tantas seleções. Não o tenho visto desde então, mas não creio que ainda esteja se lamentando.

Em 1950, a derrota para o Uruguai foi uma ária trágica de Wagner, uma daquelas de *Tristão e Isolda*, que nunca mais deixam em paz nossa alma e imobilizam nosso corpo com sua densidade de muitos significados. Já em 2014, contra a Alemanha, a derrota foi apenas um coro de ópera-bufa propositadamente desafinado. Não fomos vítimas trágicas de deuses cruéis que nem sempre premiam os melhores, mas sim de nossa própria fragilidade.

Sendo a primeira derrota profunda e cheia de significados, ela nos ajudou a construir o que nos faltara naquela Copa de 1950. Ganhamos uma consciência de que era preciso reinventar o Brasil, para que ele se tornasse mais vigoroso e menos miserável, projetando sobre ele um sonho otimista de futuro.

Conseguimos reformular nosso futebol, reorganizá-lo e fazê-lo novo, desenvolvendo suas características naturais, aliadas a um espírito "científico" que pretendia aproximá-lo da modernidade. E foi assim que, de 1950 a 1970, fomos os primeiros tricampeões mundiais, ganhando três das cinco Copas realizadas nesses vinte anos, encantando o planeta com uma arte que inventamos e tratamos de disciplinar. Nós acreditávamos que o Brasil podia e tinha que colaborar para que a civilização humana fosse melhor, o futebol seria um de nossos instrumentos.

Hoje, a derrota para os alemães é uma patética consequência de nossa insegurança, de nossas dúvidas quanto a nós mesmos, de nosso mergulho no pessimismo sobre o nosso destino. Claro que contribuem para isso a mediocridade de nossos políticos, a corrupção pública e privada, a extinção de critérios de valor, a violência entre nós, nossa desconfiança quanto a nosso futuro, uma incerteza que gera um generalizado "salve-se quem puder".

Todos esses são fatores que fizeram com que o Brasil deixasse de ser, para os outros, uma ilha utópica num mundo condenado por conflitos insolúveis e se tornasse exemplo de um modo original de agravá-los. Perdemos a confiança de nossa torcida, ganhamos o desinteresse da dos outros.

O Brasil perdeu porque os alemães foram melhores, desde o início da competição e durante o jogo fatídico. Não sei como será amanhã, nesse Maracanã da FIFA, mas tanto Alemanha quanto Argentina são mesmo, por motivos diferentes, as melhores equipes dessa Copa. Merecem estar na final. Para chegarmos perto deles, tínhamos que ter trocado a ordem-unida infantil e o coração frágil demais por trabalho com liberdade e confiança com humildade. Além de uma obsessiva organização democrática e humana.

A culpa não é dos jogadores. Nenhum deles se autoconvocou, todos foram escolhidos pelos responsáveis pela CBF e pela seleção. Eles fizeram o que lhes foi pedido que fizessem, o que lhes pediam desde que começaram a se educar na base de seus clubes, uma educação que ignora o talento, a originalidade e a coragem de mudar. O "apagão" não foi só deles, mas de todos nós que estávamos conformados com nossa fraqueza. Ao contrário de 1950, dessa vez perdemos porque nos subestimamos.

A tragédia brasileira é a de que, cada vez que chegamos perto da vitória, tratamos de provocar a derrota iminente, como se não pudesse ser de outro modo e fosse um alívio apressá-la. Como disse alguém (não me lembro quem), é como se o brasileiro achasse que não tem direito à felicidade. Cada vez que ela chega muito perto, tremermos e choramos, entramos em pânico, até que a afastamos de nós.

Paulo Perdigão, o maior exegeta da tragédia de 1950, contava que Zizinho, nosso Neymar de então, deixara o Maracanã, depois da derrota para o Uruguai, e fora a pé até sua casa, na distante Niterói ainda sem ponte. Sem conseguir pensar em outra coisa, ele tentava entender o que havia acontecido, concentrado em sua frustração e em seu sentimento de culpa. Agora, os culpados somos nós, cada um em seu universo específico, fazendo parte de um país que não reage às suas misérias. Teoricamente responsáveis pelo país em que nascemos e vivemos, não podemos andar distraídos por aí, como se não tivéssemos nada a ver com tudo isso.

PRIMEIRO AS COISAS PRIMEIRAS
—
5 de abril de 2015

A democracia não é apenas um regime eleitoral. Conforme o tempo vai passando e a história nos surpreende com seus acasos e fatos inesperados, aprendemos que a democracia é, antes de tudo, o insubstituível sistema de vida em comum mais próximo da natureza humana. E ele pode ser praticado sob diferentes convenções políticas. A democracia é, antes de tudo, um regime de liberdade e justiça, em que todos nós, situação ou oposição aos governantes, devemos nos sentir representados.

Como não são as leis que fazem os costumes e sim os costumes que fazem as leis, às vezes é preciso ajustar nosso tempo a novas ideias e acontecimentos, sem abalar certos princípios fundamentais. Por exemplo, o que está em questão hoje, em quase todo o mundo, é a crise da democracia representativa e não a própria democracia.

A representação democrática depende dos partidos políticos, formados em torno de ideologias ou programas para o país em que funcionam. Mas os partidos começaram a perder seu sentido, deixando de corresponder às suas origens e deixando de representar seus eleitores. Em vista do que propõem e de como agem, não haveria mais razão para que existissem.

Surgem então organizações políticas, até aqui inexistentes ou marginais às tradições partidárias, em que os princípios genéricos, à esquerda ou à direita, são menos importantes do que projetos pragmáticos, específicos e imediatos. Os argumentos combativos desses novos coletivos orgânicos e sem retórica baseiam-se, quase sempre, na falta de representatividade dos políticos, daqueles que, segundo esses grupos, já não representam ninguém.

Com a vitória retumbante do Syriza de Alexis Tsipras e o entusiasmo provocado pelo projeto grego contra a "austeridade", essas organizações "marginais" ganharam ânimo e novos eleitores em toda a Europa. Na França, à parte o fenômeno Jean-Luc Mélenchon, vários micropartidos dessa natureza já se fizeram representar nas últimas eleições municipais. Em Portugal, o movimento Nós Cidadãos acaba de entregar um número suficiente de assinaturas de eleitores que lhe permite concorrer às próximas eleições. Na Espanha, duas novas agremiações, o Podemos e o Cidadãos, disputam a terceira força nas eleições (Alberto Rivera, catalão de 35 anos, líder do Cidadãos, é famoso por ter posado nu para campanha eleitoral em Barcelona). Até na Índia, o novo e alternativo Partido do Homem Comum, cujo símbolo é uma vassoura, saiu-se vitorioso em Deli, capital do país, elegendo ali seu principal dirigente, Aam Aadmi. Como se vê, não se ouve mais falar de velhas nomenclaturas abrangentes de partidos clássicos como os comunistas, liberais, socialistas, nacionalistas etc.

No Brasil, ainda não emergiu nada parecido, mas a insatisfação com os partidos convencionais é evidente. Primeiro porque nenhum deles costuma cumprir suas promessas eleitorais (quando as têm). Mais do que isso, quase todos se enlamearam nas sucessivas e escandalosas revelações de corrupção. Mesmo um partido tão comprometido com causas sociais e éticas como o PT, esperança de tantos brasileiros no alvorecer de nossa democracia recente, acabou por se desmoralizar com seus sucessivos erros e malfeitos.

A cada governo, quando se nomeiam ministros e dirigentes de agências estatais, a disputa pública é baseada nos valores dos orçamentos sob suas ordens. A qualidade dos partidários à frente dos cargos, o anúncio de seus projetos para o mandato, sua repercussão popular são inexistentes ou inexpressivos — o que importa são os valores dos recursos sob controle de cada partido, o mais poderoso será sempre aquele que controla maiores orçamentos.

 Embora não tenham produzido consequências no tempo, as manifestações populares de junho de 2013 mostraram a vocação do país para uma nova etapa de nosso desenvolvimento democrático. Apesar da discriminação e do ódio revelados nas manifestações do último março, alguma coisa ficou no ar, como se de repente tivéssemos percebido que o bicho fedorento não está mais na sala e a vida talvez possa ser diferente (a internet tem alguma coisa a ver com isso e com o futuro, mas essa é outra história).

 O que provoca essas idas tempestivas às ruas é que ninguém se sente mais representado por ninguém. E aí a culpa não é só do eleitor, nem mesmo só do eleito. A sensação incômoda é a de que as primeiras coisas não estão vindo em primeiro lugar, como queria o poeta; e isso está se transformando em um comportamento nacional.

 Essa semana, por exemplo, a presidente Dilma fez um discurso sobre liberdade de expressão e liberdade de imprensa, um discurso radical, brilhante e comovente que, independentemente de quem o proferiu, podia representar um avanço de nossa democracia se fosse reconhecido por todos. Mas a "base aliada" não lhe deu importância, a oposição ignorou-o e ficou tudo por isso mesmo. Os jornais enviaram o discurso às suas páginas interiores, com o mesmo destaque dado a mais uma do Renan ou do Cunha, preferiram o assombro diante do déficit do governo central e de outros frios números indicativos de nossa miséria econômica. E quem deve cuidar de nossa miséria política?

A NUVEM SABE DAS COISAS
—

12 de abril de 2015

Cada vez que o homem inventa uma novidade, a primeira reação dos outros é de espanto e encanto. Mas, logo depois, a invenção mete medo e a demonizamos porque dá trabalho entendê-la, sobretudo quando se trata de uma nova tecnologia, uma dessas bruxarias matemáticas. Não atinamos de imediato com suas consequências, não temos certeza sobre elas, embora seja impossível ficar indiferente. Foi assim com o cinema, o rádio, a televisão e agora a internet — instrumentos de aproximação entre os homens, novas extensões de conhecimento do mundo.

No final do século XIX, quando o cinema nasceu, um de seus irmãos inventores, Louis Lumière, decretou que aquela invenção não tinha futuro algum. Como, no início do século seguinte, o cinema havia se tornado uma atração popular, os intelectuais da época negaram ser ele uma expressão artística, acusando-o de um meio vulgar de contar histórias mal contadas. O rádio só conseguiu despertar interesse cultural a partir do momento em que Adolf Hitler descobriu sua capacidade de mobilizar multidões e usou-o para a violência e a guerra, dentro e fora da Alemanha. Quanto à televisão, até hoje ainda se discute sua "perniciosa" influência sobre a garotada, como se não fosse possível uma outra forma de conhecimento, um outro modo de pensar fora dos parâmetros seculares do mundo gutemberguiano.

Agora a vítima desses preconceitos tem sido a internet, a mensageira do diabo, destruidora dos bons valores de uma outra estrutura de pensamento mais antiga e consagrada. É como se os monges copistas da Idade Média, desempregados pela invenção de Gutemberg, decidissem pregar contra a imprensa em nome de um saudável analfabetismo geral.

Domingo passado, escrevi aqui sobre a crise mundial da democracia representativa e a ameaça de fim dos partidos tradicionais, seus métodos, retóricas e ideologias. Como vaticinou Millôr Fernandes, citado por Sérgio Augusto, "os pássaros voam porque não têm ideologia". Acrescento hoje que a internet pode vir a ser o mais eficaz instrumento para essa inevitável sucessão do regime de representação democrática.

Primeiro veio a luz, depois o que ela iluminava: assim como a invenção da imprensa alfabetizou a Europa e permitiu as mudanças sociais e políticas que viriam a seguir no continente, assim também a internet pode ir além de seu espaço de informação e lazer para se tornar fator de encontro em torno de uma nova sociedade e de uma nova forma de poder democrático que a represente. Um novo jeito de pensar e agir sobre si mesmo e o mundo, em permanente e orgânica assembleia de todos.

Quando um sistema começa a emperrar, insistir nele é arriscar-se a pervertê-lo. É preciso reproduzir as qualidades da democracia numa nova forma de ação concreta que a preserve e a faça avançar. Sempre foi assim, da democracia grega à Magna Carta inglesa, das revoluções americana e francesa às Constituições modernas.

Isso não é só tarefa para cientistas e militantes políticos, mas também uma oportunidade para usuários da internet ajudarem a mudar o mundo. Há um tempo, Hermano Vianna me apresentou a um grupo de professores do departamento de informática da PUC-RJ, liderado por Luiz Fernando Gomes Soares, um dos criadores do Ginga, ferramenta de interatividade do Sistema Brasileiro de Televisão Digital. Hermano os citava como exemplo de que a "inclusão digital" não podia se limitar a produzir usuários da internet, mas também criadores de novos serviços.

A internet tem apenas pouco mais de vinte anos de existência. O mundo está precisando de um novo Tim Berners-Lee capaz de reinventá-la, incluindo entre suas funções a representação de uma democracia virtual, um novo regime de justiça e liberdade que se manifeste através dessa mídia de encontros, elegendo, regulando e fiscalizando seu funcionamento com permanência, abrangência, velocidade e precisão. Um regime do qual todos participaríamos sem precisar esperar por eleições a cada quatro anos ou optar por violências cívicas. Com esse fórum permanente de poder, a política deixaria de ser uma especialidade de alguns para se tornar uma manifestação de todos, o tempo todo.

Esse projeto não tem nada a ver com o populismo da democracia direta manipulada por alguns barões, não se trata disso. Trata-se de construir, através da internet, uma outra nuvem, uma nuvem política que nos ajude a nos informar e a nos movimentar sem violência, numa permanente assembleia virtual, onde é o Estado que depende da sociedade e não a sociedade do Estado. Uma nova e sábia nuvem capaz de melhorar o mundo que não está lá mesmo grande coisa.

A FELICIDADE NÃO SE COMPRA
—

24 de maio de 2015

Parece que o Brasil não gosta de ser feliz. Ou não acha que tem o direito de ser feliz. Esse é um clássico da psicanálise freudiana: você tem tanto medo da punição que deve vir depois da felicidade que, para superar a angústia, chega mais depressa à punição pulando por cima da felicidade.

Não existe o ser feliz ou infeliz. Todos nós, pessoas, animais, países, o que for, vivemos apenas momentos de felicidade e de infelicidade. Cabe a cada um valorizar os primeiros e procurar passar chispando pelos segundos. Um desejo megalômano de perenizar o que sentimos nos faz pensar que somos felizes ou infelizes para sempre. Uma ilusão de nossa mente.

A minha geração viu o Brasil chegar várias vezes à beira de sua consagração como país. Em 1945, aliados dos Aliados, saímos da guerra no topo do altar dos vitoriosos, com imensas reservas e uma economia que prometia ser a mais rica da América Latina. Além de um regime democrático recém-instalado que, infelizmente, durou menos de vinte anos.

Torramos nossas reservas e cometemos equívocos políticos que nos obrigaram a adiar o sucesso para a passagem da década de 1950 para a de 1960, quando Juscelino Kubitschek decretou que iríamos crescer cinquenta anos em cinco. E nós acreditamos. A fundação apoteótica de Brasília, a velocidade da industrialização do país, os automóveis brasileiros chegando às ruas, duas Copas do Mundo, os bem-sucedidos movimentos culturais contemporâneos, o clima de liberdade absoluta, tudo isso nos fez crer que o futuro havia chegado.

Para minha juventude, o sonho acabou em 31 de março de 1964. O golpe militar nos trouxe de volta à realidade miserável do país, à sua mediocridade política. Muitos morreram em nome da Beleza e da Justiça, como o herói de *Terra em transe*; mas a imensa maioria foi se adaptando em nome da realidade e da sobrevivência. O Brasil ficou triste de novo, cultivando esses anos de infelicidade.

No início dos anos 1970, fomos surpreendidos pelo "milagre econômico" produzido pela ditadura para que nos orgulhássemos dela. Chegamos a crescer mais do que 10% ao ano, taxa que só muito depois a China conheceria. Nunca fomos tão solicitados a nos identificar com nossa divisa oficial de "Ordem e Progresso". Seu traçado sinuoso na bandeira podia muito bem ser um ícone da estrada Transamazônica, síntese do rumo ao interior e ao fim da fome.

Pura ilusão que os militares não conseguiram levar muito longe e que ficou disfarçada por trás da euforia com a redemocratização do país. Tancredo Neves e, depois de sua morte, o vice, José Sarney, passaram a ser depositários da nova esperança nacional que acabou afogada na maior inflação da história do Brasil, na quebra do país e na consequente moratória internacional. Hoje, quem não viveu esses dias é incapaz de imaginar do que se trata viver sob uma inflação de cerca de 90% ao mês, uma desvalorização constante e crescente da moeda, um caos econômico que permitiria a invenção de todos os pecados e malfeitos públicos.

Acho que nunca fomos tão autodestrutivos, nunca nos subestimamos tanto, nunca cuspimos tanto em nossa própria imagem, incapazes de compreender a extrema infelicidade a nos martirizar na crista do sonho democrático. Muitos disfarçaram sua infelicidade com o cinismo, a se perguntar para que, afinal de contas, servia a democracia. Foi só a partir do início dos anos 1990 que o Brasil voltou a sorrir.

Primeiro, com a vitória do impeachment de Fernando Collor de Mello; depois, com o sucesso de Itamar Franco, Fernando Henrique Cardoso e Lula. Durante esses quase vinte anos, o país só fez se animar, não só face ao nosso eterno futuro, mas também com o próprio presente de consolidação da democracia, controle da inflação, valorização da nova moeda, crescimento do emprego, distribuição relativa de renda que produziu uma nova classe média que sempre nos fez falta.

Mais uma vez, voltamos a ser felizes e dessa vez achamos que era para sempre. Isso não era dito apenas por nós, mas também pelos bancos, institutos, jornais e governos de todo o mundo, até a consagração dos Brics, termo inventado pelo economista inglês Jim O'Neill, colocando-nos ao lado de Rússia, Índia e China como os países ascendentes de um novo mundo solar.

E é aí que entra em cena, mais uma vez, a esquizofrenia nacional. Como que por força de um destino previamente traçado, alguma coisa faz com que não acreditemos em nós mesmos, não acreditemos em nossa vocação para a felicidade, em nosso poder de criação e construção. Boicotamos nosso sucesso como se não o merecêssemos, numa espécie de masoquismo nacional que nos protege da perigosa felicidade.

Agora, voltamos à velha beira do abismo, ali onde sempre estivemos devido à nossa falta de confiança em nós mesmos, e ao nosso voluptuoso amor pelo desastre. Um dia, vamos precisar pular sobre esse abismo de uma vez e cair do outro lado, na planície cheia de sol e de tudo, cuidando de nossos filhos com esperança. Aí, sim, sem medo de ser feliz.

O PROGRESSO DA CRISE

16 de agosto de 2015

Há certos assuntos dos quais, mesmo sem entusiasmo, não dá para fugir. Eles estão de tal modo no cotidiano da sociedade, que é inútil tentar evitá-los. Assim, vou meter minha colher na crise por que passa o Brasil.

Numa democracia madura, o vitorioso nas eleições deve estender a mão aos vencidos. Não como uma rendição despropositada, mas numa perspectiva de construção do país. E cabe aos derrotados respeitar os vitoriosos, dar-lhes um tempo de tolerância para entender o que de fato pretendem.

Nas nossas eleições de 2014, nada disso ocorreu. Os vencedores exibiram sua arrogância triunfalista; os perdedores fizeram do rancor uma arma contra o resultado das urnas. Tinha que acabar havendo o choque a que estamos assistindo, um conflito de ódios selvagens que mal merece ser chamado de crise política.

A crise faz parte da natureza humana, ela é o motor do movimento. Sem ela, não há futuro. Tentar evitar a crise sistematicamente e a todo custo é um mal disfarçado projeto conservador. A espécie humana escolheu viver dinamicamente, em busca permanente de mudança e progresso. A crise nasce desse desejo, cada vez que superamos uma delas encontramos outra diante de nós. Temos que aprender a conviver com a crise.

Com Itamar, Fernando Henrique e Lula, vivemos uma era de ouro da nossa história republicana. Não só na consolidação da democracia e na estabilidade econômica, como também no *take off* social, na partida em direção a uma sociedade em que ninguém mais está condenado a ser o que sempre foi.

Ao longo dos mandatos dos três (nunca entendi por que não pertenciam ao mesmo partido), foram sendo estabelecidas sucessivamente as bases para uma revolução inédita no país — a revolução da mobilidade social, negação do velho patriarcalismo oligarca em que sempre vivemos, um regime de poucos escolhidos e iluminados, os únicos que sabem o que é bom ou ruim para o Brasil. A mobilidade social deu um novo sentido à vida do brasileiro.

O sonho começou a se desfazer no primeiro mandato de Dilma Rousseff e se agravou com afirmações irresponsáveis e mentiras que os marqueteiros dos dois lados fizeram seus candidatos dizerem, durante a campanha do ano passado. Quando esta termina, sua primeira vítima é o próprio vencedor, que não sabe se sustenta a lorota ou se se empenha no que de fato julga ser necessário fazer.

Ao mesmo tempo em que o governo é estigmatizado pelo fracasso da economia que se liquefaz na sopa fervente e amarga da inflação, do desemprego, da perda de poder aquisitivo da população, o país toma conhecimento das falcatruas petroleiras. Mesmo que a presidente não tenha nada a ver com esses escândalos (e parece mesmo que não tem), ela é simbolicamente responsável por aquilo que acontece sob sua responsabilidade.

Não adianta dizer que a mídia é golpista e que a oposição é de direita. A estarrecedora narrativa dos malfeitos na Petrobras revolta o mais ingênuo dos cidadãos. E não há como negá-los: de onde os "delatores premiados" tiram as fortunas que começam a devolver ao Ministério Público? Se os réus confirmam a existência dessas somas extraordinárias, pondo-as à disposição de seus juízes, como acreditar que isso tudo não passa de manipulação de inimigos inconformados?

Nesse momento, os vencedores deviam se tornar mais humildes e os vencidos mais generosos. Cada macaco no seu galho, a fazer o país avançar seu avanço permanente que nunca terá uma definitiva meta final.

Avançar através do conflito democrático que não pretende eliminar os que pensam diferentemente de nós, em que cada discurso deve preservar a possibilidade de o outro ter razão.

Sem provas concretas de seus alegados crimes, Dilma não tem nada que aceitar seu impeachment e muito menos renunciar. Ela tem é a obrigação de governar, corrigir os erros cometidos e vencer seu inferno astral, evitando a velha perversão do regime de exceção (formal ou não), provocado sempre pelo tradicional voluntarismo machista latino-americano.

Em *O ódio à democracia*, Jacques Rancière diz:

"Deveríamos ver o sinal de uma constância cívica admirável no número elevado de eleitores que continuam a se mobilizar para escolher seus representantes (...). E a paixão democrática que incomoda tanto (...) é simplesmente o desejo de que a política signifique mais do que uma escolha entre oligarcas substituíveis."

Conversar é indispensável à natureza humana. Mas, na política, a pregação de unidade só serve aos oligarcas, instalando a imobilidade no vazio confortável das ideias que mantêm os "substituíveis" atuantes e poderosos. A unidade é mais um mito conservador de rosto gentil, ela visa apenas deixar tudo como está por força de compromissos.

Todo mundo tem o direito de dizer o que quer para o Brasil. Mas não se pode desmoralizar as eleições universais, livres e diretas que, como dizia Benjamin Constant, são a fonte sagrada da democracia. O PT, hoje no governo, cometeu esse erro no passado, com sua estapafúrdia palavra de ordem "Fora FHC"; não é possível que as vítimas de ontem tentem agora repetir essa traição à democracia. Não se brinca com as decisões populares.

OS DESEJOS INDESEJÁVEIS
—

1º de novembro de 2015

No meio da semana, cruzei com uma manifestação popular na Cinelândia. Não custei a perceber a maioria quase unânime de manifestantes mulheres, admirando no meio delas uma atriz nua e pintada de vermelho. Como não costumo frequentar assiduamente redes sociais, só depois de algum tempo compreendi que a manifestação tinha sido convocada para protestar contra a violência machista, os projetos retrógrados do Congresso em relação às mulheres e, mais particularmente, como reação ao estupro e à pedofilia. Mais tarde, descobri que o *hashtag* convocatório, criado pelo site Think Olga, era #primeiroassedio, e que já havia provocado mais de 80 mil tweets.

Os cartazes estendiam-se em frente ao prédio da Alerj: "Mexeu com uma, mexeu com todas", dizia um. "Meu útero é laico" e "Homem que é homem é feminista", diziam outros. No centro, uma enorme faixa colorida sobre os degraus que levam à Assembleia: "Nenhuma mulher deve ser maltratada, presa ou humilhada por ter feito aborto."

Me impressionou a urgência eufórica com que aquelas meninas (a maioria era muito jovem) se reuniam para protestar contra o jeito que a sociedade machista ainda as trata. Lembrei-me da infeliz declaração de Paulo Maluf, se não me engano quando ainda era governador de São Paulo, diante de um caso de estupro seguido de assassinato, objeto do horror dos paulistas. Certamente achando que contribuía para conter a violência, Maluf criara uma máxima nos jornais: "Estupra, mas não mata."

O estopim da manifestação feminista carioca fora o tratamento dado na internet a Valentina, menina de 12 anos que se apresentara na TV, no *reality show* Master Chef Junior. Nunca assisti a esse programa, mas depois que vi fotos de Valentina, posso garantir que ela é uma criança animada, bonita e feliz. Os comentários sobre Valentina eram grosseiros e asquerosos, para dizer o mínimo. Coisa do tipo: "A Valentina fazendo aqueles pratos no Master Chef... vagabunda demais..." Ou: "A culpa da pedofilia é dessa molecada gostosa." E ainda a proposta de um mote: "Se tiver consenso, ainda é pedofilia?"

Se não me engano, acho que foi o cineasta Luis Buñuel que disse uma vez que a pedofilia seria a última transgressão humana a ser integrada aos costumes da civilização. Isso não queria dizer que ele era a favor da pedofilia; mas que, do jeito que a humanidade avançava em seus hábitos, mais cedo ou mais tarde chegaria lá. Talvez ele quisesse dizer também que é impossível eliminar o desejo, que não é uma responsabilidade consciente de quem o sente. Seu exercício sem restrições, sim. A vontade não é capaz de conter e muito menos de eliminar o desejo, mas pode impedir que ele se realize quando não for desejável ou conveniente.

A literatura consagrada do século XX tem dois bons exemplos sobre o assunto: *Morte em Veneza*, escrito em 1912 por Thomas Mann e transformado em filme por Luchino Visconti, em 1971; e o seminal *Lolita*, escrito por Vladimir Nabokov, em 1955, e transformado em filme duas vezes, por Stanley Kubrick, em 1962, e por Adrian Lyne, em 1997, além de tributários como *Taxi driver*, de Martin Scorsese, lançado em 1976, e, dois anos depois, *Pretty Baby*, de Louis Malle.

O primeiro é um exemplo de densidade dramática na literatura e no cinema. O filme *Morte em Veneza* conta a tragédia de um músico alemão que se apaixona por Tadzio, um adolescente italiano que não toma conhecimento dele. Já *Lolita* é um romance inserido na literatura europeia do pós-guerra, irreverente e cínico, a narrar as aventuras masoquistas de Humbert Humbert com sua protegida adolescente, Dolores, a Lolita do título.

Nessas manifestações artísticas modernas, o desejo não é jamais negado. Condenar o desejo é pura hipocrisia. Ele existe e está aí para atormentar os seres humanos que precisam do exercício da vontade para pô-lo sob controle. Nós somos feitos de matérias que podem produzir o paradoxo dos desejos indesejáveis. É a nossa vontade consciente, construída sobre uma ética nossa e de nosso tempo, que nos impede de praticá-los.

Segundo a jornalista Carol Patrocínio, no site *Brasil Post*, "... [a cultura do estupro] anda nas entrelinhas de muitos discursos. Ela caminha ao lado da ideia de que homens não conseguem conter seus instintos, (...) e é reforçada pela infantilização de mulheres adultas". Nossas neofeministas protestam contra os projetos que se encontram no Congresso sobre aborto, estupro, entidade familiar (segundo um dos projetos abençoado por Eduardo Cunha, a família "é um núcleo social formado a partir da união entre um homem e uma mulher", o que exclui qualquer outro tipo de amor). Ainda na semana passada, Cunha anunciou o Projeto de Lei 5.069/13, que criminaliza em qualquer circunstância o aborto, mesmo o de vítimas de estupro, eliminando o direito que a mulher deve ter sobre seu corpo. Daqui a pouco eles vão criminalizar seus úteros.

"Os melhores cineastas modernos já demonstraram, na prática do que fizeram, que o filme documentário não precisa ser necessariamente isento, uma racionalização distanciada do assunto que tratamos sem compromisso preliminar. Ele é um gênero cinematográfico que não está mais condenado a esse rigoroso axioma crítico que vigorou até recentemente.

O filme documentário pode ser também uma carta de amor, a declaração de uma paixão que nós mesmos não compreendemos bem, não sabemos ou não queremos explicar. Um sentimento que está na origem da obra e do qual não podemos abrir mão."

trecho de "UMA DECLARAÇÃO DE AMOR"
30 de abril de 2017

8.
O MAIOR AMOR DO MUNDO

Cineasta cinéfilo, Cacá fez da câmera sua caneta-tinteiro para colorir o mundo com os pigmentos da provocação e da reflexão. Mas as ideias em sua cabeça não vieram só da cinefilia. Elas têm um quê de Caetano, um pedaço de Chico Buarque, um toque de Carvana, muito do Botafogo e um tantão assim das amizades colecionadas ao longo de décadas de amor ao verbo viver. Aqui é a passarela da arte. E dos amigos.

R.F.

OS CAMINHOS ABERTOS
—

29 de janeiro de 2011

Quando minha geração começou a fazer cinema, entre o final dos anos 1950 e o início dos 1960, com umas duas dezenas de títulos a gente dava cabo de sua história. Os filmes que tinham circulação universal vinham apenas dos Estados Unidos e de mais alguns países da Europa Ocidental. Havia uma cinematografia em outras poucas nações, mas ela só tinha circulação doméstica, como os melodramas mexicanos na América Latina, ou, vez por outra, ondas sem presença permanente, como no caso da produção japonesa.

Costumávamos ver a produção alternativa em festivais ou nas cinematecas do mundo, como a de Paris e o MoMA de Nova York, quando por essas cidades passávamos. Na primeira vez que fui a Paris, com 23 anos de idade, passei 45 dias enfurnado na cinemateca de Henri Langlois, vendo três filmes por dia e me alimentando de baguetes de presunto e queijo, que adquiria às pressas no café da esquina. Estamos falando, é claro, de uma época em que não havia vídeo doméstico nem filme na televisão.

Hoje, graças ao sucesso universal do cinema e às novas tecnologias, filma-se em todo lugar do mundo, da Coreia do Sul à Romênia, do Burkina Faso ao Equador. E, quase sempre, em todas as camadas sociais de cada um desses países. De um modo ou de outro, esses títulos também circulam pelo mundo afora e agora, para conhecer a história do cinema, não bastam apenas duzentos filmes ou o confinamento temporário numa cinemateca, mas anos de dedicação total.

Ao contrário do que imaginávamos, em vez do domínio exclusivo de uma cultura mais forte, o mundo assiste a uma variada produção cultural de origem diversa, vinda de grandes ou pequenas comunidades criativas de artistas que procuram se impor pela sua singularidade. As fronteiras que se abriram para a importação da cultura hegemônica se abriram também para a exportação dessas singularidades.

Não podemos mais distinguir os filmes pelos gêneros clássicos e, daqui a muito pouco tempo, também não conseguiremos mais distingui-los por nação. As nações não deixarão de existir e estarão presentes nos filmes; mas, através do cinema, elas revelarão sua diversidade natural e se confundirão. O filme de um imigrante árabe francês será (e já é) muito mais parecido com o de um cineasta operário do sul dos Estados Unidos do que com os de um Luc Besson ou os de um Christophe Honoré.

Para tentar entender esse fluxo do cinema contemporâneo, podemos dizer que, diante de tanta novidade histórica, estética e tecnológica, os filmes avançam para seu público em quatro diferentes nichos de difusão.

O primeiro, e mais conhecido de todos, é o do grande espetáculo infantojuvenil, quase sempre norte-americano, difundido em todo o planeta, garantindo e unificando o hábito social do cinema. Esse cinema está construindo, para o bem e para o mal, a mitologia dos heróis universais que pretendem fazer desse mundo um só mundo. Um pouco como a Commedia dell'Arte fez, quando se expandiu pela Europa e depois pelas colônias europeias, entre a baixa Idade Média e o Renascimento, com seus Pierrôs, Arlequins e Colombinas que acabaram virando coisa nossa. Cada vez que vejo uma criança vestida de Homem-Aranha ou portando a capa do Super-Homem, imagino logo o futuro delirante da humanidade.

Ao lado desse grande espetáculo mundialmente vitorioso, as cinematografias nacionais procuram, através de comédias e melodramas locais, os meios de se identificar com os cidadãos de seus países. Como, para isso, precisam se diferenciar a partir dessa identificação exclusiva, acabam não sendo entendidas fora desses limites, não conseguem viajar, ficam restritas ao público local que conhece o significado social e cultural de um filho de Francisco ou de um Chico Xavier. Na França, o recordista histórico de bilheteria, a comédia *Chez les Chitis*, sobre conflitos de costumes entre o sul e o norte do país, fez 18 milhões de espectadores domésticos, mas não conseguiu se impor fora de casa, nem mesmo a seus vizinhos europeus.

Enquanto isso, os festivais de cinema se multiplicam pelo mundo afora e se transformam em meio concreto de difusão cinematográfica. Apesar da hegemonia de Cannes, Berlim, Veneza e Toronto, surgem, a cada dia, novos pequenos e médios festivais, sejam nacionais ou internacionais, estimulando a invenção de outras formas de fazer cinema. Só no Brasil, eles são hoje cerca de 180, nas mais diferentes cidades do país.

Todos esses festivais competem, entre si, pela novidade que os destaque dos outros. Nessa busca por estilo, inovação e originalidade, eles acabam criando um circuito alternativo, alimentado por filmes que têm dificuldade de ocupar o circuito convencional. É uma dialética que, ao mesmo tempo, faz prosperar os festivais e revela filmes e cineastas que de outro modo não seriam conhecidos e muito menos reconhecidos. O último ganhador da Palma de Ouro de Cannes, o filme tailandês *Tio Boonmee*, nunca foi lançado no grande circuito mundial (à exceção da França), mas tem sido a *pièce de résistance* de muitos festivais e sobretudo da programação alternativa que vive à margem do mercado mais amplo.

Lá em cima, inventei um quarto nicho por puro voluntarismo. Desejo que um cinema brasileiro, igualmente generoso e profundo, alerta às contingências humanas e voltado para o estado do mundo, invente uma alternativa aos caminhos descritos. Meu desejo é que o cinema brasileiro construa, nesse vão da história contemporânea, alguma coisa que seja ao mesmo tempo sincera e mágica, prazerosa e agressiva, que seja uma forma de conhecimento capaz de nos entreter (ou um "entretenimento"), numa infinidade de alternativas que será nossa contribuição para que a humanidade seja melhor.

UM PAÍS BEM-AMADO
—
7 de maio de 2011

Sendo seu leitor desde muito cedo, a literatura brasileira sempre foi para mim um espaço sagrado que mais tarde, como cineasta, quase nunca ousei invadir. Primeiro por influência de meu pai e depois por gosto pessoal, passei grande parte da infância e toda a adolescência conhecendo o Brasil através de seus escritores. Posso dizer que, de maneira nada organizada, fui e voltei de Gregório de Matos a João Cabral, indo e vindo no tempo e no espaço sem nenhuma disciplina.

Nessas leituras, revelou-se para mim o mais recorrente e belo projeto inconsciente do país. Um projeto que, embora nunca realizado de fato em nossa história, estava sempre presente no que de melhor eu lia. A ideia de um povo guiado pelos sentimentos, um Brasil pícaro e carnavalizado, potencial inventor de uma civilização fundada na sensualidade e no humor, que seria capaz de superar a miséria várias vezes centenária com um drible de conciliação.

Com a desilusão do tempo, fui aprendendo que nada daquilo era verdade, que o mito nunca se tornara realidade. O espírito de Macunaíma não se encontrava no mundo real, a antropofagia de Oswald não passava de piada de salão, a ética do sertão de Rosa era uma ilusão em nossa crescente urbanidade, o carnaval durava pouco e o futebol revelava-se inconstante. O lado feio de nosso caráter costumava prevalecer e o desenlace penoso de nossas crises o demonstrava sempre, sem piedade.

Mas, mesmo sabendo que não era daquele jeito, nunca deixei de pensar como seria bom se fosse.

Onde existe um mito, existe sempre um projeto inconsciente, um desejo qualquer. E, para mim, a quintessência daquele projeto ideal, às vezes expresso com grande inspiração e brilho acadêmico por homens de ciência como Gilberto Freyre, Sérgio Buarque de Holanda, Darcy Ribeiro ou Roberto DaMatta, sempre esteve na obra ficcional de Jorge Amado.

É como se sua obra fosse uma eterna militância, um permanente manifesto a favor do entendimento e da felicidade, em prol da instauração definitiva de um Brasil que sempre se deu bem nos poucos momentos em que tentou plagiá-lo. Um pensador baiano dizia que Jorge Amado e Dorival Caymmi inventaram, com seus livros e canções, uma Bahia que nunca existiu; e, por tão bem-sucedidos, a Bahia resolveu imitá-los, se empenhando para tornar realidade o que estava na ficção dos dois. É do compartilhar desse pertencimento a uma cultura tão especial que a obra de Jorge tira sua grandeza e nos inunda de alegria.

O trabalho literário é antes de tudo um trabalho de linguagem. A linguagem, porém, não é essência nem ornamento, mas moeda de troca entre o autor e seu leitor, entre o autor e o mundo. Só que, enquanto a moeda de verdade serve para comprar, a linguagem serve para vender — vender uma trama, uma emoção, uma imagem, uma ideia, uma metáfora, uma sensação, qualquer coisa que ali se deseja expressar. E quanto mais inédito seja o que se deseja expressar, mais nova e original deverá ser a linguagem que o expressa. Sem essa referência, a linguagem se torna um instrumento da preguiça criativa ou um exercício vazio e narcisista de desocupados.

A linguagem dessa literatura latino-americana barroca e pop de hoje, que faz a glória de Gabriel García Márquez e Mario Vargas Llosa, foi na verdade fundada, desde muito antes, por Jorge Amado e o cubano Alejo Carpentier. Foram eles que inventaram a fluência caudalosa, a palavra gorda e suada, as orações grávidas de sentidos, os personagens propositadamente incompletos, o populismo democrático, a rejeição ao psicologismo e ao épico apolíneo, grande parte do que veio a se chamar "realismo mágico". Os primeiros sinais da literatura contemporânea que identifica os romances escritos em nossos países.

As qualidades de Jorge como escritor nunca se reduziram ao típico humanismo de esquerda daqueles anos. Ele criou uma literatura relaxada em que a tensão entre o real e o imaginário, a ideia e o desejo, o erudito e o popular inspiravam o entusiasmo do leitor, acrobata arrebatado a atravessar vitorioso uma corda bamba de turbulências na vida. A Academia, a partir de determinado momento, começou a subestimá-lo e impôs ignorá-lo, desconfiada talvez de seu imenso sucesso popular. Como Dickens, Balzac ou Eça. Quando os poetas concretistas de São Paulo, os mais rigorosos críticos do Brasil, aplaudiram *Quincas Berro d'Água* como um êxito literário, recebi a notícia como uma vitória pessoal de seus leitores.

Daqui a um ano, em agosto de 2012, estaremos comemorando o centenário de nascimento de Jorge. Vamos nos preparar desde já para celebrar a data, não nos faltam argumentos para isso. Transcrevo, por exemplo, esse trecho de Mario Vargas Llosa:

"Em poucos escritores modernos encontramos uma visão tão 'sadia' da existência como a que propõe a obra de Jorge Amado. Geralmente (...) o talento dos grandes criadores de nosso tempo tem se debruçado, especialmente, sobre o destino trágico do homem, e explorado os abismos sombrios por onde ele pode precipitar-se. (...) Jorge Amado, ao contrário, *como é comum nos clássicos* [grifo meu], exaltou o reverso daquela medalha — a cota de bondade, alegria, plenitude e grandeza espiritual que a existência também comporta, acaba sempre em seus romances ganhando a batalha em quase todos os destinos individuais."

Podemos, portanto, dizer que Jorge Amado é o nosso clássico por excelência e assim será até que o Brasil tome jeito e siga o espírito de suas tramas. Ou o exemplo de seus personagens. A mim, eles me ajudaram a configurar o mundo em que eu gostaria de viver e me estimularam a lutar por esse mundo.

PARA SEMPRE DESAFINADOS
—

18 de junho de 2011

Em 1962, Bossa Nova e Cinema Novo já se cruzavam pelas esquinas de Ipanema, nas mesas de chope e nas barracas de praia, quando ouvi dizer que João Gilberto, Tom Jobim e Vinicius de Moraes fariam um show juntos no Au Bon Gourmet, casa noturna na rua Barata Ribeiro, concorrente chique dos inferninhos do Beco das Garrafas.

Mesmo que mal chegado aos vinte anos de idade não ousasse intimidades com nenhum dos três mitos, já conhecia Tom razoavelmente bem e cruzara por aí com Vinicius algumas vezes. Mas de João nunca me aproximara, talvez porque ele parecia nunca ter se aproximado de ninguém. E no entanto, desde seus primeiros 78rpm, em 1958, já tinha mudado a minha vida.

Numa noite friazinha de agosto, graças aos cuidados de Tom e na companhia do fotógrafo Mário Rocha, nosso amigo comum, consegui penetrar no Au Bon Gourmet, evitando a longa fila de espera na porta e o *couvert* caro lá dentro. Em pé, no fundo da casa superlotada, apertado entre o bar e o corredor estreito que dava acesso aos toaletes, vivi emocionado um dos espetáculos mais lindos de que me lembro na vida.

Curiosamente, a Bossa Nova sempre fora para mim um fenômeno de inverno. Apesar de Copacabana e de "O barquinho" solar de Roberto Menescal que eu adorava, por algum motivo inconsciente eu ligava o novo samba sincopado, a batida inventada por João, ao inverno carioca e só me via a assobiar seus *hits* flanando por um Rio de Janeiro ventoso e gelado.

Talvez isso ocorresse devido à capa do disco *Chega de saudade*, o primeiro LP solo de João, em que ele aparece vestido em suéter pesado, a fronte trincada e o rosto tenso, apoiando o queixo com o punho direito, como um pensador hibernal. Como hibernal era a imagem reconhecida da civilização, em contraposição à barbárie estival de um mundo selvagem, calorento e suado, que nossos filmes cultivavam.

Àquela altura, inventávamos o Cinema Novo a lançar manifestos e a fazer nossos primeiros filmes sobre um Brasil real e miserável, um Brasil que ninguém tinha muita vontade de ver. João era, ao contrário, o Brasil como sonhávamos que ele fosse — rigoroso e harmônico, elegante, discreto e preciso, raiz gerando árvore frondosa de dar sombra ao mundo inteiro. Tudo o que considerávamos grandeza superior à nossa agonia de excessos afro-ibéricos.

Terminado o espetáculo no Bon Gourmet, onde haviam apresentado, pela primeira vez em público, "Garota de Ipanema", Vinicius ficara numa mesa com amigos, enquanto eu e Mário íamos com Tom atrás de um chope ali por perto. João viria conosco, até encontrar um táxi e tomá-lo de volta para casa.

Durante a curta caminhada, Tom me apresentara a ele, que mal prestara atenção em mim, obcecado com a censura insistente e incansável que fazia ao compositor, por um cigarro que, para desgosto de João, ele acendera durante o show.

Só o vi de novo em minha vida no centro da cidade, pouco depois do show de 1962, quando o percebi de relance dentro de um carro a me acenar sorridente como se fosse um velho amigo meu. Nunca mais vi João fora de um palco.

Mas foi apenas no ano seguinte, quando ouvi a primeira e mais célebre gravação norte-americana de "Garota de Ipanema", no LP *Getz/Gilberto*, que compreendi com exatidão a extensão do grande parto de uma era que eu testemunhara naquela noite, no Bon Gourmet.

Essa "Garota de Ipanema" começava com João e violão, naquela levada ao mesmo tempo bárbara e sofisticada. Síncopes, acordes deformados, tempos adiantados, notas retardadas, uma dicção que parecia estar inventando a música ali mesmo. O agradável caos de seu sutil e imprevisível tumulto fundador, tornando destino o que parecia acaso.

Seguia-se Astrud Gilberto cantando a mesma canção em inglês, como se a estivesse reeducando, recolocando-a num novo mundo em que deveria passar a habitar, apropriando-se dela com afinação e divisão de grande cantora branca, como uma Peggy Lee passada a limpo.

Depois de Astrud, irrompia no disco a agressiva intervenção de Stan Getz, um saxofone aos berros em improvisos sem muita imaginação, a descolorir a canção para melhor dominá-la, numa declaração de pânico maior que de celebração. Como se abraçasse a canção do jeito que seus compatriotas fariam, em breve, no Vietnã.

Por último, ressurgia Tom, que até ali apenas acompanhara o canto de Astrud com belas e inesperadas harmonias de poucas notas, como Ravel costumava fazer. Depois de Getz, Tom voltava a um piano tocado como delicado instrumento de percussão, um pouco como Richie Powell fazia com Clifford Brown e Max Roach. Achei que estivesse querendo recolocar as coisas no lugar, recuperar a canção pelo que lhe dava grandeza.

E então ficávamos à espera da volta de João como quem espera confirmar a revelação, e descobríamos o vazio irrecuperável de sua ausência, e não ouvíamos mais nada que não fosse o seu silêncio. O mais generoso mistério dos grandes artistas é que eles são capazes de nos ensinar tudo sobre a vida, apenas pelo jeito com que praticam sua arte.

A GRAÇA É MAIS VELOZ QUE TUDO
—

27 de agosto de 2011

O fundamentalismo iluminista, a fé cega em que um dia nossa razão seria capaz de tudo apreender e obter de tudo uma verdade absoluta, fez o homem moderno acreditar que poderia ter controle sobre tudo o que está à sua volta. Ele seria capaz de compreender o Universo, dominar a natureza, prever com precisão a história das nações e ordenar o rumo de sua própria vida. Bastava para isso articular, com ciência, algumas verdades observadas do real diante de seus olhos.

Mas, depois de tantas ilusões e utopias fracassadas, começamos a entender que o que está diante de nossos olhos é apenas a parte menos interessante do real, um ornamento a envolver sua real complexidade, sua imponderabilidade.

Dois bons filmes, atualmente em cartaz, tratam desse assunto, mesmo que nem sempre seja esse o argumento originalmente concebido por seus autores. Estou me referindo a *A árvore da vida*, filme americano de Terrence Malick, e *Melancolia*, filme europeu de Lars von Trier, as duas sensações do Festival de Cannes e da crítica mundial neste ano de 2011.

No primeiro, acompanhamos, no embalo erudito de Brahms, Mahler, Berlioz e outros, as relações familiares entre um casal de classe média e seus três filhos, abaladas pela morte trágica do irmão mais moço. No segundo, uma fútil e luxuosa festa de casamento coincide com o surgimento de um planeta desconhecido que ameaça chocar-se contra a Terra, enquanto ouvimos única e exaustivamente *Tristão e Isolda*, de Wagner, o Bernard Herrmann original.

Além de reproduzirem, de modo mais ou menos semelhante, a angústia cinematográfica de nosso tempo (estrutura não linear, narração fragmentária, *steadycam* em permanente movimento, *jump cuts* para todo gosto, diálogos em suspensão e ditos em voz baixa, fotografia monocromática etc.) e de se referirem a misteriosa transcendência astrofísica, os dois são, no fundo e no que têm de melhor, filmes muito simples sobre o comportamento de seres humanos em seu núcleo familiar, um tema sobre o qual já vimos tantas grandes obras no cinema.

A diferença agora é que, nessa narrativa de emoções diante do impasse da morte, os dois filmes não tentam mais se explicar pela psicanálise, pela sociologia ou por qualquer tipo de ética religiosa (mesmo quando a religião está em cena), mas a partir de alguma coisa que está além de nosso conhecimento e de nosso controle, longe de nosso poder.

A árvore da vida se inicia com a mãe opondo a graça à natureza, anunciando a necessidade de escolhermos entre as duas. Em *Melancolia*, embora não se pronuncie a palavra, é também da graça que se trata. Nessas obras de antecipação, estamos bem distante da tecnologia democrática de *2001*, de Kubrick, ou do misticismo social de *Solaris*, de Tarkovski. Mas, como nesses filmes, é também do milagre da vida que queremos saber, entendê-lo a partir da presença da morte. E, para isso, nossos equipamentos de percepção (nossa cultura) não estão e nunca estiveram preparados.

Se não me engano, é no *Nascimento da tragédia* que Nietzsche diz que "a sabedoria é um crime contra a natureza" e que não podemos forçá-la (a natureza) a nos entregar seus segredos, sob pena de agirmos inaturalmente. O que chamamos de graça talvez seja outra maneira de a natureza se manifestar. Ou talvez seja a natureza a própria graça que ainda não somos capazes de reconhecer.

Em *A árvore da vida* e *Melancolia*, a graça se manifesta através de uma tragédia inicial que traumatiza o afeto e possibilita a compreensão entre os nela envolvidos. Duas famílias tão diferentes entre si, como todas as famílias do mundo, em que seus membros tentam se ajudar a entender o que se passa — não é esse o cerne da convivência humana?

A arte contemporânea voltou a se interessar pelo acaso, como na Grécia de Édipo, quando ele era indispensável. Na *Trilogia de Nova York*, Paul Auster apresenta seu personagem a vagar por uma rua da cidade: "Nada era real, a não ser o acaso", diz ele. No melhor filme recente de Woody Allen, o mais original e comovente, *Match Point*, o acaso é decisivo para o destino do casal protagonista. O acaso é sempre o portador da graça, sua versão laica.

Por coincidência, em meu novo projeto de filme, *O grande circo místico*, inspirado em poema de Jorge de Lima, eu e o roteirista George Moura decidimos usar como *tag line* uma sentença do poeta alagoano, quase um verso em oitava rima, que se encontra no final de seu romance *O anjo*: "A graça é mais veloz que tudo", diz o herói, ao mesmo tempo trágico e estoico, como um profeta.

Como nem tudo que é ascético é necessariamente ético, o belíssimo final de *Melancolia*, o mais consistente dos dois filmes, o de mais fôlego (talvez por ser o menos discursivo), não é para mim a imagem de um apocalipse punitivo, mas o lúdico sacrifício que une as irmãs e o menino, uma celebração, na "caverna mágica", da amizade e da solidariedade possíveis para aquele episódio de suas vidas. É preciso levar tudo a sério, mas sem perder a alegria.

O PÁSSARO DE FOGO
—

3 de dezembro de 2011

Amanhã termina mais um campeonato brasileiro de futebol, o nosso Brasileirão, um dos mais emocionantes dos últimos tempos. Se, ao longo da competição, um ou outro jogador se destacou no gosto popular, nenhum time se mostrou muito superior aos outros. Nenhum deles pode se comparar ao Santos de Pelé ou ao Flamengo de Zico, muito menos ao Botafogo de Garrincha. Havia nesses times e jogadores uma espécie de metáfora do estado da nação.

Morador do bairro, sempre que os compromissos com o colégio me permitiam, eu frequentava o campo do Botafogo, em General Severiano, perto de minha casa, onde às vezes assistia aos treinos dos profissionais e por outras, mais raramente, conseguia vaga em pelada da qual era discretamente afastado antes do segundo tempo. Mas pude ver de perto aquele timaço dos anos 1960, que eu acompanhava dominicalmente por todos os estádios existentes no Rio de Janeiro, batendo bola, brincando entre eles, apostando na pontaria que raramente erravam. Meu encanto era acima de tudo com Garrincha.

Na mitologia popular, alimentada pela imprensa, Garrincha era um novo modelo de brasileiro, uma espécie de desafio a todos os padrões até ali surgidos, com suas célebres pernas tortas e seu físico mambembe. Mas sempre discordei do clichê esportivo que o comparava, talvez por sua lendária inocência, a um passarinho. Ao contrário disso, ele era um caçador de passarinhos, na vida real e na metáfora do futebol, sem nenhuma inocência do que fazia dentro e fora do campo.

Garrincha se divertia com a desgraça dos outros que humilhava, repetindo várias vezes o mesmo drible, preferindo essa forma de submeter o outro a seu extraordinário poder, do que fazer gol. Embora nunca tivesse cometido uma falta em toda a sua vida de boleiro, embora nunca tivesse tocado num pelo de qualquer adversário, Garrincha era um homicida bem-humorado. Nós gostávamos dele, ríamos com ele, íamos ao orgasmo esportivo com suas jogadas de sempre, porque ele fazia prevalecer nossa inferioridade física e intelectual sobre gigantes estrangeiros superdesenvolvidos.

Nas vésperas da Copa do Mundo de 1958, quando a seleção excursionava pela Europa antes de ir para a Suécia, num amistoso na Itália, Garrincha driblou toda a defesa adversária e, quando já estava diante do gol vazio, voltou para dar mais um drible no goleiro que retornava tonto e se arrastando. E só depois disso fez o gol, como uma espécie de huno a invadir Roma. Tratada como irresponsável, parece que essa jogada teria provocado sua barração pelo técnico Vicente Feola, que deu então preferência ao correto Joel. Feola só escalou Garrincha de volta ao time no segundo jogo da Copa, contra a então temidíssima União Soviética. E o mundo espantado descobriu então aquele milagre esportivo, tomou conhecimento do fenômeno brasileiro.

Mas aquela jogada na Itália tinha sido a que melhor dava corpo a nossos secretos desejos contra o resto do mundo que nos humilhava com sua pose de riqueza, cultura, tradição, poder. Uma soma de virtudes que nos sufocava na obsessão comparativa de nosso subdesenvolvimento, da nossa incompetência e inviabilidade como nação, dos preconceitos que alimentávamos contra nós mesmos. Garrincha respondia com arte, brincadeira e deboche a esse mito, carnavalizando nossa vingança no campo de futebol. E também com uma ferocidade assassina, à beira da mais extrema e cruel humilhação contra aqueles que julgávamos nos humilhar com sua civilização.

Claro que o Brasil e o mundo de hoje são outros. Mas é importante não folclorizar muito um gênio e herói de uma época tão único quanto Garrincha foi. Seu correto entendimento pode nos ajudar a nos compreender melhor.

―――

Duas dicas para esse fim de ano.

Não deixe de ver o filme *As canções*, de Eduardo Coutinho, um dos melhores documentaristas do mundo. Dessa vez ele se aproxima de anônimos em busca de suas canções favoritas e o que elas os fazem lembrar de suas vidas. Um exercício de compaixão, a solidariedade na trajetória do outro. Risos e lágrimas de amor sem invenções de roteirista, o melodrama popular no seu estado mais puro e mais comovente.

Não deixe de ouvir o CD *Diurno*, de Ava Rocha. Uma voz grave como a daquelas cantoras europeias de cabaré romântico, no entre guerras. Uma reinvenção do expressionismo musical, num país do impressionismo delicado das cantoras de MPB. De clássicos como "Movimento dos barcos" e "Pra dizer adeus" a composições dela e de seu grupo, como "Só uma mulher" e "Infinito azul", o CD tem um tratamento musical ao mesmo tempo ousado e requintado.

―――

Outra coisa. Há processos de cassação em andamento contra dez governadores. Um deles, o de Anchieta Junior, do PSDB de Roraima, foi julgado essa semana por abuso de poder econômico. O abuso de poder mudou de lado. No passado, durante a ditadura militar, era ele que cassava os políticos de bem. Apesar de não ser ainda o nosso ideal, o país melhora a olhos vistos.

SEMPRE CAMINHANDO

—

11 de agosto de 2012

Caetano Veloso é um dos artistas brasileiros que mais nos fazem pensar. Como criador ou como pensador, ele tem sido, ao longo do tempo, aquele que mais tem influenciado as ideias de seus pares.

Na segunda metade dos anos 1960, Caetano foi o principal responsável pela introdução da cultura pop no cadinho nacional formado pela alta cultura modernista e as manifestações populares da Bahia. Uma afirmação universal em progresso, introduzindo entre nós certos avanços criativos, como os modernistas de 22 haviam introduzido o verso livre europeu em nossa poesia.

O movimento tropicalista que ele liderou foi, ao mesmo tempo, a última manifestação do nosso modernismo e a porta pela qual circulou entre nós quase tudo que tem sido feito depois.

Naquele momento, dos hippies aos estudantes franceses, dos Black Panthers aos Rolling Stones, de Herbert Marcuse a Timothy Leary, procurava-se construir, nas metrópoles ocidentais, um novo mundo que era a negação daquele em que começávamos a viver no Brasil, debaixo da ditadura recém-instalada. Outros podem ter sido mais influenciados pelos Beatles, mas foi Caetano quem melhor os ouviu em nosso país.

Com a ditadura, os heróis de nossos filmes se tornaram perplexos e sem rumo, não sabiam o que fazer diante da angústia do inesperado a nos levar ao desconhecido. Trocávamos a energia revolucionária do vaqueiro Manuel pela sombria tragédia de Paulo Martins (personagens de *Deus e o diabo na terra do sol* e *Terra em transe*, de Glauber Rocha). O herói ferido de *O anjo nasceu*, de Julio Bressane, avançava pela interminável estrada silenciosa, num final de filme criado décadas antes do consagrado final de *Através das oliveiras*, de Abbas Kiarostami.

Algo parecido ocorria no resto da cultura brasileira. As duas canções populares faróis desse período, aquelas que inauguravam a marcação rígida de territórios entre as principais tendências da época, começavam com o mesmo vocábulo, um mesmo gerúndio: "caminhando".

Em "Para não dizer que não falei de flores", o hino da jovem esquerda ansiosa por ação política, Geraldo Vandré nos dizia que "caminhando e cantando e seguindo a canção" sairíamos da imobilidade, nos orientaríamos no enfrentamento consciente de uma guerra de soldados. Em "Alegria, alegria", anúncio e matriz do Tropicalismo, Caetano Veloso, ao cantar "caminhando contra o vento, sem lenço e sem documento", nos falava de uma disponibilidade existencial que a militância política convencional não nos permitia conhecer, uma espécie de libertação dos compromissos da consciência, em nome de algo novo, mais complexo e mais humano. Quem lê tanta notícia?

Embora o tempo do verbo não fosse o mesmo, Chico Buarque, antes de Vandré e Caetano, já nos falara desse estado de disponibilidade, quando cantou que "estava à toa na vida", na abertura de "A banda", o sucesso popular inaugural dessa geração.

"Alegria, alegria" soava como uma porta imensa que se abria, mesmo que não soubéssemos direito para onde. A canção era introduzida por três acordes de teclado em uníssono, repetidos quatro vezes e intercalados por vibrações de percussão. Parecia um comercial de produto em lançamento, lembrava as três batidas que anunciam uma peça de teatro, soava como se nos avisassem que vinha por aí alguma coisa inédita e inesperada. Um pouco como na histórica introdução de "Like a Rolling Stone", de Bob Dylan, uma coisa que nunca ouvíramos antes.

Quando ouvi "Alegria, alegria" pela primeira vez, lembrei-me de certa madrugada, um par de anos antes, em que, no Mercado de Sete

Portas, em Salvador, Caetano cantara ao violão, a uma mesa de amigos, o então sucesso de Roberto Carlos, "Quero que tudo mais vá pro inferno". Mudando o andamento da canção, valorizando sua harmonia, expressando as palavras num canto preciso e profundo, Caetano nos mostrava como uma certa esquerda, ainda arrogante, estava errada ao subestimar o grande Roberto e o que ele significava para todos nós.

A principal qualidade de Caetano é a de estar sempre em movimento e não ter limites, como a arte em que acredita. Numa só canção, "Pecado original" (escrita para o filme *A dama do lotação*, de Neville d'Almeida), ele cita Freud ("o que quer uma mulher"), Chico ("olhos nos olhos") e Waldick Soriano ("eu não sou cachorro, não"). Em outras canções, esbarramos em Sartre, Nietzsche, Lévi-Strauss, Bob Dylan, João Gilberto, alguém de Santo Amaro, Raul Seixas ou Batatinha, o grande sambista baiano. Todas as formas de conhecimento nos ajudam a viver, nenhuma é necessariamente inferior à outra.

Aos setenta anos de idade, completados essa semana, Caetano Veloso é um ser em andança permanente, uma luz e um desafio para todos nós que convivemos com sua obra. Às vezes a gente se queixa do desaparecimento do sentido no mundo, quando na verdade foi apenas o conceito de sentido que mudou.

UM MITO DA INTELIGÊNCIA

22 de setembro de 2012

Se ainda estivesse vivo, meu pai estaria fazendo hoje cem anos de idade. Em Maceió, sua cidade natal, Rio de Janeiro, Fortaleza, São Paulo, Recife e por aí afora, universidades, academias, grêmios e outras instituições têm comemorado seu centenário calorosamente. A Academia Brasileira de Letras, por exemplo, organizou há poucos dias mesa de debates sobre sua contribuição às ciências sociais.

Até 33 anos de idade, Manuel Diégues Jr. viveu entre Maceió e Recife, tendo sido nesse período assistente de Gilberto Freyre, seu mestre de sempre, e exercido cargos no Instituto Brasileiro de Geografia e Estatística, o IBGE. Em 1946, mudou-se com a família para o Rio de Janeiro, onde moraria pelo resto de sua vida.

Diégues Jr. foi o inventor de uma espécie de humanismo regionalista, pesquisando com ciência e afeto o folclore, a cultura e os costumes do Nordeste gerados pelas relações de produção locais. Leitor e discípulo de Franz Boas, Oswald Spengler e Arthur Ramos, ele mapeou a cultura e as ideias condicionadas por essas relações de produção, ignorando os determinismos então em voga.

O banguê nas Alagoas (1949), *Etnias e culturas* (1952), *Regiões culturais do Brasil* (1960), *O Brasil e os brasileiros* (1964), *A África na vida e na cultura do Brasil* (1977) são alguns de seus muitos livros pesquisados e escritos com uma serena angústia de entender o país que amava tanto.

Autor de uma infinidade de ensaios e artigos, participou, como relata o sociólogo Marcos Vasconcellos Filho, "de conferências, seminários, jornadas, mesas, simpósios, colóquios, encontros e assembleias pelos estados brasileiros e também em países como Argentina, Estados Unidos, França, Bélgica, El Salvador, Japão, Moçambique, Angola, Portugal, Espanha, Chile, Porto Rico, Cuba, Itália e México".

No Rio de Janeiro, Diégues Jr. fundou, com o padre Fernando Bastos Ávila, a escola de sociologia da PUC, onde foi professor até assumir o Departamento de Assuntos Culturais do Ministério da Educação e Cultura, embrião do futuro Ministério da Cultura criado por Tancredo Neves. Entre uma coisa e outra, dirigiu o Centro Latino-Americano de Pesquisas em Ciências Sociais da Unesco, o mais importante do continente.

No DAC, durante o governo de Ernesto Geisel, foi ele quem iniciou o processo de "abertura democrática", prometida pelo general-presidente, na área da cultura. Em plena luta contra a ditadura, duvidei que pudesse vir a ser bem-sucedido em suas boas intenções. Ele me respondeu que eu podia duvidar à vontade, mas era preciso agir rápido — se a abertura fosse iniciada pela cultura e se consolidasse nesse campo, ninguém mais teria forças para interromper o processo. Dois anos depois, em 1976, num país que começava a caminhar para a democracia, fiz *Xica da Silva* em sua homenagem.

Não considero que a modéstia seja necessariamente uma virtude, muitas vezes ela serve para proteger os medíocres ou como armadilha armada pelos arrogantes. Mas meu pai, homem doce e sereno, era de uma modéstia comovente. Ou às vezes irritante.

Do nascimento do Cinema Novo à agonia da Embrafilme, eu já tinha mais de vinte anos de cinema brasileiro, já tinha feito uns dez filmes e viajado com eles pelo Brasil e pelo mundo, quando descobri que meu pai tinha tido alguma coisa a ver com o passado de tudo isso. Segundo o livro *Panorama do cinema alagoano*, de Elinaldo Barros, publicado em 1983, Manuel Diégues Jr. era um dos sócios da empresa produtora de cinema Alagoas Film, ao lado de Aurélio Buarque de Holanda, Guedes de Miranda, Jaime d'Altavilla e José Lins do Rego.

Em novembro de 1930, a Alagoas Film fora formada por jovens intelectuais para dar suporte à produção de *O bravo do Nordeste*, filme que Edson Chagas e Guilherme Rogato, líderes do ciclo regional do Recife iniciado com *Aitaré da Praia*, iriam fazer, narrando uma história de amor e roubo no sertão alagoano. Ele nunca me contara esse capítulo de sua biografia, mesmo quando, por uma dessas inexplicáveis coincidências, eu viria a fazer *Joanna Francesa* em União dos Palmares, a mesma cidade em que, mais de quarenta anos antes, *O bravo do Nordeste* fora rodado.

Aqui mesmo, n'*O Globo*, Roberto DaMatta escreveu que "Diégues foi um pluralista cultural antes do seu tempo e um antirradical no tempo em que a moda era ser intolerante". Em trecho de *Etnias e culturas*, Diégues Jr. diz que a pluralidade e a diversidade culturais em nosso país não deixarão nunca que criemos uma cultura nacional única e indissolúvel. E talvez, acrescenta ele, seja essa a nossa principal contribuição à civilização humana.

Como antropólogo e poeta bissexto, ele se interessava muito pela literatura de cordel nordestina. Quando fez setenta anos, o cordelista Jota Rodrigues, em reconhecimento à sua dedicação ao gênero, compôs um longo poema de 31 estrofes, "Nascimento e vida do sociólogo Manuel Diégues Jr.", cuja primeira delas diz: "Peço rima e inspiração/ Ao rei dos mares Netuno/ E às bênçãos de São João/ O festeiro do mês de junho/ Pra descrever a existência/ De um mito da inteligência/ Manuel Diégues Júnior."

A BELEZA É UMA CONVENÇÃO
—

2 de novembro de 2013

O mais popular artista plástico inglês chama-se apenas Banksy, um grafiteiro. Este mês, os jornais de lá não pararam de falar sobre sua primeira passagem por Nova York, rendendo até editorial do *New York Times*, o principal jornal do país. No Brasil, que eu saiba, só Elio Gaspari escreveu sobre ele.

Banksy não é um grafiteiro como Basquiat ou Blek le Rat, em busca de novas formas visuais que os museus ainda recusam como arte. Ele nem tem o talento transgressor desses dois e de outros como os paulistas osgemeos. Muito menos o visionarismo de Andy Warhol, que inventou uma cultura com suas Marilyns, sopas e bananas.

O artista inglês grafita com spray, sem muitas cores, utilizando técnica de gravura oriental. Seus temas dependem de onde grafita. Exemplo típico é o grafite de um homem triste, mão no bolso, a outra com um buquê cujas flores despencam, a esperar em vão, encostado à real porta fechada de uma casa noturna de Manhattan. Sua última façanha foi comprar um quadro convencional de paisagem e pintar sobre ele um oficial nazista a contemplá-la, denominando a obra *A banalidade da banalidade do mal*. Rendeu uma fortuna num leilão beneficente.

Num domingo de outubro, Banksy expôs seus quadros numa banca do Central Park, em Nova York, sem anunciar quem era e do que se tratava. Em qualquer galeria, cada quadro daquele valeria uns 50 mil dólares, mas ele vendia por apenas sessenta dólares a peça. Só três passantes compraram os quadros expostos, sem se dar conta do real valor do que estavam comprando.

Não acho que isso seja prova de ignorância dos nova-iorquinos, nem da desimportância da obra de Banksy. Quando Manet, pai do impressionismo, exibiu seu famoso *Olympia* no Salão de Artes de Paris só faltou ser apedrejado pela imprensa, pelos estudantes de belas-artes e pelas senhoras de família que cobriram com lençóis o nu de seu personagem. O mesmo aconteceu com Pablo Picasso, mestre do cubismo e das vanguardas do século XX. Em 1937, sua *Mulher que chora* chegou a ser chamada de "a coisa mais horrorosa já pintada no mundo".

A beleza não é um padrão uniforme estabelecido na eternidade. Mesmo na tradição grega, que nós adotamos na cultura ocidental, não foi sempre assim. Segundo Umberto Eco:

"Temos uma imagem estereotipada do mundo grego, nascida das idealizações criadas no período neoclássico (...) o neoclassicismo idealizou os antigos, esquecendo que eles nos legaram também imagens de seres que eram a própria encarnação da desproporção, a negação de qualquer cânone."

Esopo, por exemplo, o grande fabulista moral da Antiguidade, cujo prestígio atravessou os séculos, sempre foi pintado, por desde artistas anônimos a Velásquez, como está descrito em texto do primeiro século: "repelente, nojento, barrigudo, com a cabeça pontiaguda, atarracado, corcunda, braços curtos, vesgo, beiçudo (...) além de ser gago e totalmente incapaz de expressar-se". O gênio tão amado não podia ser mais feio.

O herói é sempre aquele que ama. Ou só é belo quando ama. Quando, em 1933, no filme de Merian C. Cooper e Ernest B. Schoedsack, King Kong se apaixona por Fay Wray até se deixar fuzilar no alto do Empire State, os monstros ficaram livres para amar. A beleza é uma convenção, muitas vezes ditada pelas necessidades do tempo e do lugar. Para os moradores do planeta Júpiter, o gás escuro e pesado que envolve sua atmosfera deve ser, de tão belo e indispensável à sua vida, uma prova de que Deus existe.

Há pouco, na novela das nove, o enfermeiro Daniel se encantou pela enfermeira Perséfone, moça adorável porém mais gorda do que o suportável pelos amigos do noivo. Como a beleza é uma convenção, nada impede que amanhã as mulheres gordas como Perséfone voltem a parecer belas, como queriam o barroco clássico, o teatro do século XIX e o Botero contemporâneo. A beleza é o resultado de um acordo social ou de uma intensa propaganda de quem se interessar por ela. O poder e o dinheiro ajudam a promover o gosto que ainda não é o nosso.

Portanto, minha senhora, se o espelho indelicado acusá-la de gordinha, denunciando-lhe umas gordurazinhas a mais, empenhe-se em dieta e ginástica, ou espere paciente pela próxima onda da moda. Quem sabe, descobriremos então que o enfermeiro Daniel era um homem à frente de seu tempo, um homem de vanguarda.

Fico assombrado com a euforia com que se anuncia e se comenta a derrocada de Eike Batista. Claro, se seus negócios não deram certo, ele tem mesmo que pedir a tal recuperação judicial e ressarcir a quem deve, sobretudo aos cofres públicos. Não sou muito fã do capitalismo brasileiro, acho que podíamos construir uma democracia mais socialmente justa no Brasil. Mas se o regime do país é o capitalismo, um capitalista de respeito tem mais é que tentar ganhar dinheiro.

Eike, porém, não ficou só no sonho infantil de ser o mais rico do mundo. Com sua fortuna, colaborou com a sociedade criando o generoso complexo de Porto do Açu, despoluindo a lagoa Rodrigo de Freitas, financiando as UPPs, patrocinando desportistas, dando recursos para filmes como *5x favela — Agora por nós mesmos* (concebido, escrito e realizado por jovens cineastas moradores de favelas cariocas, que não foi beneficiado por nenhum edital de empresa estatal e não seria feito se não fosse o empresário). Quantos milionários brasileiros se comportam assim?

UMA HOMENAGEM MERECIDA

8 de fevereiro de 2014

Para os que creem, Deus é o que não sabemos, o que não conhecemos, o que não podemos controlar. Atribuímos o mistério a Deus para evitar a depressão da impotência. Para os que não creem, é só trocar Deus pelo destino.

Quando conseguimos explicar os fenômenos diante de nossos olhos, o conhecimento religioso e as superstições se tornam mito, derrubando a autoridade dele e delas. Durante séculos, o Sol girou em torno da Terra, para não abalar o poder da Igreja.

Segundo o Gênese, o primeiro delito cometido por um ser humano foi o do conhecimento. Contrariando as ordens do Senhor, Adão e Eva colheram o fruto da árvore do bem e do mal, e conquistaram a razão que os diferenciaria do resto da Criação.

O segundo delito foi um assassinato em família — com ciúme de Abel, Caim assassinou o irmão. O "familicídio" continuaria povoando a mitologia de nossas origens, desde que Abraão se dispôs a sacrificar seu filho para servir a Deus. Ou quando Édipo matou Laio, seu pai.

Em nome da razão que conquistamos, para desgosto de Deus, não conseguimos aceitar o inesperado, o que consideramos antinatural, aquilo que os gregos chamaram de tragédia. Preferimos não tentar entendê-la, não tentar decifrar sua natureza. Aceitamo-la assustados e inertes, como uma fatalidade que não podemos evitar, nem nos interessa saber de onde veio ou para onde vai.

Desde domingo passado, muita coisa se escreveu sobre o cineasta Eduardo Coutinho, mas quase nada sobre a tragédia de que ele foi vítima. Os elogios a ele e seu trabalho são mais do que justos. Coutinho não foi somente o maior documentarista da história do cinema brasileiro, como também um dos cineastas mais importantes do cinema contemporâneo em todo o mundo.

Seus filmes eram uma tentativa permanente de conhecer e entender o ser humano, sobretudo aqueles a nosso lado, os mais desimportantes. Coutinho sabia que a humanidade era uma só, que as nossas diferenças não nos separavam. Era tudo natural e ele observava isso com curiosa naturalidade.

A geração de Coutinho, à qual eu também pertenço, fez sua cabeça nos anos 1960, quando o mundo viveu revoluções de comportamento, gestos de rompimento com o passado de injustiças, preconceitos e regras inúteis. A negação das instituições estabelecidas nos levou aos direitos civis, à liberdade sexual, à cultura pop, à consagração do relativismo, à afirmação dos negros, à liberação das mulheres, ao orgulho gay, à informação instantânea, ao valor da psicanálise como reconstrução do indivíduo, a sexo, drogas e rock'n'roll.

Os anos 1960 acolheram as aspirações de uma juventude que queria mudar o mundo de um modo diferente do proposto até ali. Segundo Contardo Calligaris, a contracultura foi "a única revolução do século XX que deu certo e, ao dar certo, melhorou a vida concreta de muitos, se não de todos".

Uma dessas mudanças estava na antipsiquiatria inaugurada pelo italiano Franco Basaglia e pelo inglês Ronald Laing. Para esses cientistas, o que era considerado tradicionalmente como loucura eram apenas formas originais e às vezes mais radicais das mentes humanas se manifestarem. O "louco" convencional passou a ser uma espécie de arauto de novidades sobre o homem, que o "normal" não conseguia exprimir.

Nos anos 1970, Michel Foucault, um de nossos ídolos do relativismo, publicava livro cujo título era a primeira frase do depoimento feito na justiça francesa, em 1835, por um preso por assassinato: "Eu, Pierre

Rivière, que degolei minha mãe, minha irmã e meu irmão." Pierre Rivière, jovem camponês, assassinara a golpes de foice sua mãe grávida de sete meses, sua irmã de 18 anos e seu irmão de sete anos. O que o teria motivado a cometer um ato de tamanha brutalidade? Foucault tentava explicá-lo de modo inteligente e sofisticado, opondo o trabalho jurídico ao psiquiátrico. Mas a mãe e os irmãos de Pierre Rivière estavam definitivamente mortos.

Esses crimes de "familicídio" se repetem ao longo da história da humanidade. Agora que a população do planeta se multiplica em ritmo geométrico, tudo o que acontece com ela também se multiplica, inclusive a tragédia. E a comunicação de tudo que se passa nos chega mais rapidamente, pela informação instantânea através do mundo inteiro, aumentando a importância do número de crimes.

A vida acaba sem que você saiba de onde veio o golpe, mas uma obra como a de Eduardo Coutinho ficará para sempre. No curso da história, seus filmes estarão sempre na lembrança de todos, enquanto sua morte mal será lembrada como uma trágica anedota que não altera o que ele fez. Mas... e se Daniel pudesse ter sido internado, afastado, de algum modo mais humano que a barbárie do hospício, do convívio com aqueles que poderia destruir?

É preciso fazer um documentário sobre Coutinho, é a maior homenagem que se pode prestar a ele. Não um doc inocente, mas um filme que faça perguntas que desvendem a vida, como ele sabia fazer. Não basta o clássico depoimento de amigos que o amavam e o admiravam tanto, como todos nós. É preciso ouvir os personagens e os entrevistados semelhantes aos de seus filmes, seus vizinhos, seu filho promotor, a viúva ferida e sobretudo Daniel.

O SEGREDO DA VERDADE
—

14 de setembro de 2014

Eu não sou burro, mas às vezes posso ser bem lento. Quando o jornal me propôs passar a escrever toda semana, em outro dia e em outra página, não me ocorreu que estaria ocupando o espaço que foi do grande João Ubaldo Ribeiro. A ficha só me foi cair quando já tinha entregue meu artigo da semana e um repórter me telefonou para perguntar como me sentia substituindo o mestre. Quase entrei em pânico.

Já disse que João Ubaldo Ribeiro foi um presente que Glauber Rocha me deu, quando fui à Bahia pela primeira vez. Glauber me havia feito uma lista de nomes que devia procurar, gente sem a qual eu não ia entender nada. Ele sublinhou o nome de João Ubaldo e me disse: "Esse você tem que encontrar antes de ver qualquer outra pessoa."

Encontrei-o na redação do *Jornal da Bahia*, onde trabalhava. Nossa primeira conversa não foi muito longe, a hora não era própria, ele tinha que fechar o jornal. Mas foi suficiente para me impressionar. Ele não era um sedutor ostensivamente afável como os outros baianos que eu conhecia, não se impunha pela retórica, pelo envolvimento, pela exaltação das ideias. Ao contrário, me perturbara ter de falar mais do que ele e obter, como resposta, frases curtas num tom de baixo profundo que pareciam esconder uma ironia da qual eu não era capaz de me dar conta.

Mais tarde, conheci melhor a sedução de sua fala sempre costurada por risada única, poderosa, irresistível, território de ensaio de sua literatura explosiva, humanista e barroca, mesmo quando o assunto era sério. Era como se ele estivesse experimentando suas ideias e a maneira de articulá-las em texto, enquanto nos escondia, sob o disfarce de permanente humor, um terno e lacônico pessimismo.

Adoro a epígrafe de *Viva o povo brasileiro*, esse monumento da literatura em língua portuguesa: "O segredo da Verdade é o seguinte: não existem fatos, só existem histórias." Uma versão solar do pensamento de Gilles Deleuze, a propósito de Proust: não existe a verdade, só interpretações.

Ubaldo ama seus personagens e as circunstâncias de onde eles brotam. Mesmo quando os critica, se identifica com eles pelo afeto, sabe que tudo em volta um dia os sufocará em nome de valores nem sempre superiores. Se eles desaparecem, ficarão pelo menos suas histórias para mostrar que o mundo de fato poderia ter sido muito melhor. Como está em *Viva o povo brasileiro*:

"(...) sabia que as pessoas que têm excessiva certeza de que há um só caminho e uma só verdade, verdade que lhes é inteiramente conhecida, são perigosas e propensas a todo tipo de crime. Saber da verdade e querer impô-la aos outros, num mundo onde tudo muda e tudo se encobre por toda sorte de aparências, é uma grave espécie de loucura."

No *Livro de histórias* (reeditado como *Já podeis da pátria filhos*), me encantam personagens pícaros como Luiz Cuiúba e Robério Augusto, Vavá Paparrão e Vanderdique Vanderlei, além daquele que era simplesmente Deus, impaciente e irascível, a caminhar por feira popular do Recôncavo. Personagens que voltam em suas crônicas dominicais, como o terrível Zecamunista.

Quando Jorge Amado e Sonia Braga me propuseram a adaptação de *Tieta do Agreste* para o cinema, não pensei em nenhum outro roteirista. Telefonei para Jorge, seu mestre e compadre, a fim de obter sua bênção que foi imediata, apesar da ressalva: "A escolha não podia ser melhor, mas duvido que João Ubaldo aceite."

Prevenido da dificuldade, telefonei para Ubaldo cheio de dedos, dizendo que precisava vê-lo para pedir-lhe favor pessoal, caridade que só ele poderia me prestar, em momento de extrema necessidade. Um caso de vida ou morte. Fui na mesma noite à sua casa, ele me recebeu preocupado e tenso, me pediu que fosse direto ao assunto. Quando enfim revelei do que se tratava, Ubaldo deu um suspiro de alívio: "Ufa! Do jeito que você me falou no telefone, pensei que fosse me pedir um rim para transplante!"

Juntos fizemos ainda *Deus é brasileiro*, adaptação de seu conto "O santo que não acreditava em Deus". O filme se tornou um sucesso e acabara de ser lançado, quando Ubaldo me telefonou empolgado: "As velhinhas do Leblon estão me reconhecendo e até me cumprimentam na rua!"

Paradoxal e iluminado sucessor de Machado de Assis e de Jorge Amado, Ubaldo não se contentou em conhecer profundamente o Brasil profundo, mas o reinventava sempre a seu modo. Mais do que uma literatura para o país, João inventou um país para a literatura.

UMA CARAVANA DE ALEGRIA

12 de outubro de 2014

Este é o quarto obituário que escrevo este ano sobre amigos queridos que foram tão importantes em minha vida pessoal e intelectual. Quatro amigos que farão falta não só a mim, mas ao país inteiro.

O ano não nos está sendo generoso. Logo no início dele, tomamos conhecimento da tragédia de Eduardo Coutinho. Depois foi embora José Wilker. Há pouco tempo, perdemos João Ubaldo Ribeiro. Agora morre Hugo Carvana, um irmão de ofício a quem todos nós amamos e devemos tanto.

Carvana faz parte de uma geração da Tijuca que deixou a praça Saenz Peña para conquistar o coração de todos os cariocas e depois o do Brasil inteiro. Antes da explosão musical dos tijucanos Jorge Ben Jor, Erasmo Carlos, Tim Maia, Roberto Carlos e outros, vieram de lá os jovens amantes do audiovisual que iriam exercer um papel importante na modernização do cinema e da televisão brasileiros.

Eles começaram fazendo participações como figurantes nas chanchadas da Atlântida e de Herbert Richers, as comédias populares dos anos 1950. E foi ali que aprenderam o ofício no qual seriam mais tarde tão bem-sucedidos. Hugo Carvana foi um deles, sem temer o preconceito e a patrulha da crítica da hora, intelectuais de nariz empinado que não sabiam rir.

Depois de passar pelas chanchadas e pela dublagem, Carvana se juntou ao Cinema Novo, filmando com quase todos nós, como em *Os fuzis*,

Terra em transe, A grande cidade, Boca de Ouro e outros. Ele não era apenas um rosto na tela, mas um ator que sabia por que estava fazendo cinema e o que queria com isso. Um ator do Cinema Novo, com tudo o que isso quisesse dizer.

Além de só fazer os filmes que valia a pena fazer, Carvana tinha o projeto de criar papéis para si mesmo, em filmes dirigidos por ele. Tornou-se assim realizador de comédias modernas, dentro de um espírito carioca, para as quais criou um personagem único, que vi nascer durante as filmagens de *Quando o carnaval chegar*.

O malandro carioca que Carvana inaugurou com *Vai trabalhar, vagabundo* é um primo próximo de Carlitos nos Estados Unidos, Cantinflas no México, Totó na Itália, ou Tati na França, parte de uma espécie de serviço público prestado pelo cinema para que não esqueçamos as agruras da vida, mesmo que rindo sempre delas. Para ficar por aqui mesmo, um novo Oscarito consciente do estado do mundo à sua volta.

Esse personagem foi tão bem-sucedido quanto seu modelo inspirador, o próprio Carvana. É claro que a biografia do malandro que ele inventou não é igual à sua. Mas seu comportamento diante da vida e dos outros é fruto de sua observação sobre si mesmo, em confronto com aquilo que se passava à sua volta. Carvana era uma realidade; o malandro, um projeto.

Conviver com Carvana era conviver com o prazer de se alegrar. Seu humor nunca era agressivo e, mesmo que não fosse gentil com o objeto de sua piada, interpretava-a de tal modo que a vítima não tinha por que se zangar. Carvana não era um só, era muitos — uma caravana de alegria.

Aproveitando o assunto cinematográfico, vou meter minha colher onde não fui chamado.

O cinema brasileiro vive um momento fértil de sua história, e se expande com diversidade regional, geracional, ideológica, artística. Além das comédias urbanas, grandes sucessos de bilheteria, estamos produzindo belos filmes com reconhecimento nacional e internacional, como *O som ao redor, Tatuagem, Praia do Futuro, Getúlio, O lobo atrás da porta, Hoje não quero voltar sozinho*, e outros. No recente Festival de Paulínia, dos nove filmes em competição, seis eram de realizadores estreantes. O mesmo fenômeno se repetiu nos festivais de Gramado e do Rio.

Não me parece que sejam poucos títulos, em comparação com os sucessos de bilheteria; mas os jovens responsáveis por esses filmes têm o direito legítimo de se manifestar por novos modos de incentivo à produção de suas obras. Mas é preciso tomar cuidado para não jogar fora o bebê junto com a água do banho.

Levei anos para produzir *5x favela — Agora por nós mesmos*, porque ninguém queria financiar um filme dirigido por favelados. Recebi recusa até do ministro das Comunicações de então. A mesma coisa aconteceu com a produção de *Favela gay*, também dirigido por cineasta morador de favela, que acaba de ganhar o Prêmio de Público no Festival do Rio. Esses dois filmes só se tornaram possíveis graças ao apoio e empenho da RioFilme e de seu diretor, Sérgio Sá Leitão.

É preciso tomar cuidado, muito cuidado, para não repetirmos os erros que enterraram a Embrafilme. Fui testemunha desse desastre e sei como ele começa.

UM ALEMÃO INTERNO
—

14 de dezembro de 2014

Nada melhor do que gostar de alguma coisa feita por alguém de quem a gente gosta tanto. Minha admiração por Chico Buarque é antiga, desde que o conheci na noite carioca, numa esquina de Copacabana, antes mesmo de seu primeiro grande gol, "A banda", o sucesso inaugural de sua geração de músicos.

Ainda antes de a banda passar, Chico estrearia seu primeiro show no Rio de Janeiro, produzido por Hugo Carvana e Antonio Carlos da Fontoura, na boate Arpège, que se tornou pequena demais para o imenso público que ia tentar vê-lo, depois de sua vitória no festival de música daquele ano. "A banda" virou uma coqueluche nacional que aborreceria os militares no poder, amargurados com a paixão de suas filhas pela canção do inimigo.

Como digo no livro *Vida de cinema*, ao construir "um caminho próprio de participação política com qualidade e inovação", Chico se tornou o artista brasileiro mais odiado pela ditadura, que, imobilizada por sua popularidade, acabou "aconselhando-o" a se exilar na Itália.

Um grande artista em ação, ele sempre foi modelo de integridade, um de nossos indiscutíveis heróis. Segundo Glauber Rocha, com amor e humor, Chico Buarque era o "Errol Flynn da esquerda brasileira".

Além de músico, Chico tem sido também dramaturgo e romancista, lançando agora seu quinto livro de ficção, *O irmão alemão*, pela Companhia das Letras. Como em seus outros livros (à exceção, talvez, de *Leite derramado*), esse é também a narração de uma busca, cheia de desvios, dificuldades e frustrações, de alguma coisa que o herói persegue com ansiedade para mudar a vida, mesmo que não saiba por que nem para quê.

A busca de um irmão que nunca conheceu, chamado Sergio como seu pai, pode ser apenas um pretexto para tentar desvendar o mistério que um pai representa para todos nós. Nesse caso, o mistério de um pai cujo poder vem da inteligência e do conhecimento, daquilo que não sabemos embora tentemos supor. A descrição da atividade intelectual de Sergio de Hollander (o pai) é comovente em sua aparência de simples relatório de leituras. "Hoje tenho experiência para saber quantas vezes meu pai leu um mesmo livro, posso quase medir quantos minutos ele se deteve em cada página", nos conta Ciccio, o protagonista.

Como é comovente o registro de que o pai tosse sempre duas vezes e que Ciccio jamais saberá por que ele ri trancado no escritório. Ao tentar imaginar o destino de seu irmão alemão, o herói nos diz que "esse mistério papai poderia me desvendar, se me desse liberdade para uma conversa a dois. O que não seria de todo inviável, caso ele viesse a saber que me tornei um homem de letras". Como o pai.

Não encontrando o longínquo irmão desaparecido, o protagonista investe sua irritação no irmão mais próximo, mais bonito e mais querido do que ele, o filho íntimo do pai com quem troca segredos que Ciccio prefere não conhecer, pois jamais os compreenderá. E ironiza o enterro concorrido do pai, quando um orador fala em nome da Academia Brasileira de Letras e "um assistente do orador puxa aplausos que não vingam, porque os presentes não podem abrir mão dos guarda-chuvas que mal os protegem do temporal".

Referências à época em que se passa a história (em grande parte, durante a ditadura militar) ou ao espaço onde se dá a ação (uma São Paulo rara em nossa literatura), não fazem do romance mero memorial de uma geração. Tempo e espaço funcionam aqui como becos pelos quais corre a obsessão de uma busca, um depoimento pessoal sobre o que nos interessa na vida, para que ela serve.

Sei que Chico não deve ter pensado nisso, mas não posso deixar de observar que, na língua popular do Rio de Janeiro, o "alemão" é o inimigo, aquele que devemos combater. No fundo, o alemão que tortura a vida de Ciccio é muito mais interno do que ele pode imaginar ou perceber.

A qualidade literária de *O irmão alemão* é original e preciosa. Quando Ciccio visita seus vizinhos, por exemplo, a descrição da casa dos Beauregard e do que se passa lá dentro é um modelo de invenção e concentração narrativas, a fazer de tijolos, móveis e objetos personagens, uma plateia inspiradora da música que ecoa do piano na sala.

Alguns "versos" perdidos em meio à prosa lembram a música popular de Chico, como em "pagou por seus pecados na navalha do marido napolitano", ou em "mulheres com perfume muito doce não dão bom casamento". Assim como outros nos remetem a belas aliterações e rimas interiores, como em "fluindo meus floreios como se fossem seus", ou em "o vulto noturno que entrevi em trânsito". Lá pelas tantas, me faz gosto singular o uso solitário de uma expressão lusitana que não vingou muito entre nós: "se calhar".

Se calhar, esse é o melhor livro de Chico Buarque e um dos melhores da literatura brasileira de hoje em dia.

CONTEMPLANDO O ROSTO DO OUTRO
—
21 de junho de 2015

Está nas livrarias o álbum de fotos de Vivian Maier, editado pela Autêntica sob o título de *Vivian Maier, uma fotógrafa de rua*. Paisagens urbanas, pessoas e costumes americanos, registrados entre as décadas de 1950 e 1990, essas fotos foram descobertas pelo historiador John Maloof, que, em 2007, arrematou em leilão a caixa que guardava os negativos (a fotógrafa perdera o direito de acesso à caixa por não ter dinheiro para resgatá-la do guarda-volumes em que a mantivera).

Vivian Maier era governanta de família rica de Chicago que depois se transferiu para Nova York. Sozinha pelas ruas da cidade, fotografava, com sua Rolleiflex, o que a interessava e que nunca mostrou a ninguém. Ela montou, assim, um mapa antropológico da América do pós-guerra, um mundo de classe média afluente, de miseráveis nas esquinas, de crianças sujas e mulheres de casacos de pele, de pilhas de caixotes abandonados e estações de metrô cheias de gente. Inspirada, Vivian Maier fotografou a si mesma, usando vitrines e espelhos de lojas, bem como a própria sombra na calçada.

Ignorante do resto do mundo, Vivian Maier certamente nunca conheceu o trabalho de Cartier-Bresson, Robert Doisneau ou dos próprios Luis Carlos Barreto e José Medeiros (publicados, pela mesma época, na revista *O Cruzeiro*). O primeiro se interessava pelo momento excepcional, como o do passo no ar de um homem que foge da chuva; o segundo, poeta de beijos, pela atmosfera da vida urbana; os dois brasileiros, por uma cultura de nós mesmos que buscavam entender e amar. Vivian Maier era apenas intuitiva e curiosa, procurava na rua o que não via na casa de família em que trabalhava. O que não conhecia.

Um fotógrafo culto como Sebastião Salgado apoia seu assunto (os deserdados) em composições de espaço e de coisas, nuvens, florestas e montanhas que são alvos simultâneos de sua obra. A superfície artística do objeto de seu foco. Franceses como Pierre Verger e Raymond Depardon, que se dedicaram a registrar a África e os africanos, o fizeram por amor ao que fotografavam, mais que por fidelidade ideológica ou dever de ofício. Há alguns anos, em uma de suas crônicas, Arnaldo Jabor interpretou para nós a célebre, simples e única foto do poeta Arthur Rimbaud, já dedicado ao tráfico de armas depois de ter abandonado a Europa e a poesia. Jabor não precisou de mais do que o que estava naquela foto para nos fazer entender Rimbaud e sua nova vida, nos fazer conhecer o indecifrável que está diante de nossos olhos.

É assim que Vivian Maier procura oferecer a ela mesma (posto que não contava com espectadores) o entendimento do outro. Como diz Geoff Dyer, no prefácio do álbum, "Vivian Maier representa um caso extremo de descoberta póstuma, de alguém que existe unicamente nas coisas que viu".

Quando a câmera fotográfica foi inventada, em 1839, seu objeto prioritário era esse mesmo. Como estamos em meados do século XIX, o rosto do outro preferencial era, em geral, o de um herói público, de uma estrela do teatro, de uma família nobre (d. Pedro II, um entusiasta da novidade tecnológica, se deixou fotografar perplexo diante das pirâmides do Egito, em sua viagem particular ao Oriente Médio).

A morte democratizou o rosto que a câmera devia procurar. O húngaro Robert Capa, cobrindo guerras na primeira metade do século XX, inaugurou esse viés com seu célebre registro do momento da morte de um anônimo republicano espanhol, atingido por uma bala franquista. Essa foto ilustrou reportagem da revista *Life*, no ano de 1937, excitando o mundo inteiro com o glamour da miséria humana. Capa e parceiros inauguravam um novo jeito de fotografar o homem e o mundo. Ou o homem no mundo. Com dor.

Foi só por aí que a fotografia começou a ser reconhecida como arte, mesmo que saibamos do valor das fotos históricas anteriores a esse tempo, uma descoberta de nós mesmos no passado. Como nas de Marc Ferrez ou Augusto Malta, registros do Rio de Janeiro do final do século XIX. Ou como na foto de Antonio Luiz Ferreira de missa no Campo de São Cristóvão, em 17 de maio de 1888, na festa religiosa pela Abolição da Escravatura. Nessa última, pesquisadores do portal Brasiliana Fotográfica identificaram recentemente o rosto de Machado de Assis, no meio de uma multidão de 30 mil pessoas.

Em seu livro sobre fotografia, *Regarding the Pain of Others* (*Diante da dor dos outros*, como está na edição brasileira da Cia. das Letras), Susan Sontag escreve que "a fotografia é como uma citação, uma máxima, um provérbio", aludindo ao efeito de permanência das fotos, uma tradição nova da qual o homem não pode mais escapar. Nem tem razão para isso.

A fotografia de Dylann Roof está em todos os jornais do mundo. Ele é o rapaz bonito, louro, de olhos azuis, nascido no sul dos Estados Unidos, que entrou numa igreja de afro-americanos, na cidade de Charleston, Carolina do Sul, e matou nove negros que participavam de um estudo da Bíblia. Segundo testemunhas, a única coisa que disse antes de atirar foi: "Vim matar negros (*niggers*)." A loucura e o ódio também podem ter uma bela face.

A IMPERFEIÇÃO DO AFETO

25 de junho de 2016

Segundo Sérgio Buarque de Holanda, no Brasil nunca houve pensamento conservador, só pensamento atrasado. Esse atraso sempre distanciou do país nossos intelectuais e artistas, que rejeitavam essa condição com horror aristocrático. Foi só no Modernismo que o atraso, quando criação popular, se tornou identidade, e, retrabalhado pela inteligência culta, motivo de afeto. O cinema que vem sendo feito em Pernambuco, desde a retomada da produção no país, é também um desejo de recuperação desse afeto modernista, nada demagógico, por certos valores populares.

Não gosto da ordenação patronímica do cinema, ele só é "nacional" ou "regional" do ponto de vista de sua economia. Nem creio na unidade dos movimentos, eles nascem muito mais do encontro de sonhos e da amizade entre seus realizadores do que em algo comum aos filmes. Mas toda boa arte fala sempre do estado do mundo e de um estado de espírito diante dele. E desde *Baile perfumado*, de Paulo Caldas e Lírio Ferreira, lançado em 1996, algo de novo, a partir disso, começou a acontecer em Pernambuco. Três filmes recentes, vindos de lá, representam bem a riqueza complexa da novidade.

Como se a tradição barroca precisasse ser contida por um minimalismo oposto ao folclore nativista, *Boi neon*, de Gabriel Mascaro, é uma celebração do conflito. Nele, jovem vaqueiro almeja se tornar um estilista, dividindo seu tempo entre vaquejadas e um ateliê de moda. Sucesso na seleção oficial do último Festival de Cannes e premiado como melhor filme no de Sydney, *Aquarius*, de Kleber Mendonça, trata de um enfrentamento entre direitos pessoais e a voracidade do capitalismo selvagem. Se o primeiro é um filme sobre o desejo de mudança, o segundo é um filme sobre o direito à resistência.

Um terceiro filme, *Big Jato*, de Cláudio Assis, ainda em cartaz (vá ver logo, os filmes deixam depressa os cinemas em que passam), é sobre a imperfeição do afeto, a dor como estado natural, a necessidade do rompimento.

Embora não conheça o texto de Xico Sá em que *Big Jato* se inspira, admiro muito sua obra, seu bom humor contundente. Aqui, num lugarejo perdido do sertão, onde o mar já esteve há milhões de anos e lá deixou fósseis de peixes de pedra, um pai dedicado trabalha para criar seus filhos desentupindo fossas sanitárias. Seu irmão gêmeo (ambos interpretados pelo mesmo extraordinário Mateus Nachtergaele) se dedica a um programa de música na rádio local, a falar uma língua em que apenas a sonoridade se parece com o inglês e a insistir que foi uma banda da região, os Betos, quem inventou os Beatles.

Esse belo filme termina diante de um mar envolvente e luminoso, diferente do mar bárbaro do final de *Deus e o diabo na terra do sol* e do mar elegante do final de *Abril despedaçado*. Em *Big Jato*, trata-se de um mar que abraça o futuro de Chico, seu pequeno herói, na única imagem de lirismo romântico em toda a obra cinematográfica de Cláudio Assis. Não é que *Big Jato* odeie a fraqueza de amar; ali, o amor é um mandacaru espinhento no alto de um morro seco e pedregoso, como em Peixe de Pedra, onde se passa a história. Mas dando para o mar.

Nada é permanente em *Big Jato*, a não ser o atraso do qual não se pode escapar. O delegado cruel que prendeu o radialista com porrada se torna em breve seu amigo; assim como o sentido da vida muda no interior de uma mesma família imutável. Numa das mais belas cenas do cinema brasileiro contemporâneo, o pai bêbado espanca o filho mais novo por ser poeta, dando-lhe como exemplo o filho mais velho que estuda matemática. Como está em Platão, são os números que governam o mundo, e, contra o acaso da poesia, o pai impõe ao filho a matemática da vida.

Nossa distopia moderna é formada por ruínas da modernidade. Ela propõe um humanismo distante dos clássicos, no qual o homem estava sempre à espera de um fim triunfal (a imposição da razão, a sociedade sem classes, a harmonia com a natureza, o paraíso celeste). Esse neo-humanismo não triunfalista se alimenta de nossa imperfeição, do afeto na dor inexplicável, das lágrimas de uma esperança pouco provável produzida pelo rompimento. "O sertanejo forte é aquele que parte", diz um personagem de *Big Jato*.

O Cinema Novo falava da luta de classes de um ponto de vista abrangente, ideológico. Esse novo cinema brasileiro voltou ao assunto, mas através de personagens singulares, trazidos de uma microvisão da sociedade (*O som ao redor, Casa grande, Que horas ela volta?*, entre outros). No Cinema Novo, a questão se resolvia sempre politicamente. Agora, ela se resolve nas relações particulares, numa estratégia singular de comportamento. O que exige permanente atenção contra uma cultura da performance.

Em *Big Jato*, com seus planos fixos em que os nervos estão na tela e não nos equipamentos usados, está presente um salutar desprezo pela performance. Esse é um filme sobre o afeto com a consciência da imperfeição, uma compaixão pelo outro na miséria que amamos e com a qual é preciso romper.

A MORTE DE UM BRAVO
—

17 de julho de 2016

Hector Babenco viveu uma vida de bravura, no sentido mais nobre que essa palavra possa ter. Sua vida, como sua obra, sempre foi uma contenda, um altivo desafio ao lugar-comum, à platitude, ao bom-mocismo. Uma vida de generosidade guerreira.

Na véspera de sua morte, quarta-feira passada, ainda no hospital onde se recuperava de uma cirurgia, falei com ele ao telefone e lhe perguntei como estava. Com uma voz fraquinha que não era a dele, me respondeu que estava bem, que a cirurgia a que se submetera era muito simples. Eu lhe disse brincando: "Nada é muito simples com você, Hector." A cirurgia pode ter sido mais complicada do que ele imaginara, mas dificilmente se pode morrer de um modo mais simples, sem espanto, sem gritos, sem excessos. Como ele quis sempre viver e filmar.

A obra de Babenco é uma constante dúvida sobre a grandeza da vida, para o que ela serve e como encará-la no mundo real dos sofrimentos. De *Lucio Flavio* a *Ironweed*, de *Pixote* ao *Beijo da Mulher-Aranha*, de *Brincando nos campos do Senhor* a *Carandiru*, seus filmes tratam sempre de seres humanos deslocados que não têm mesmo para onde ir. São filmes que questionam com raiva a possibilidade de ser feliz num mundo que não é como gostaríamos que fosse, que não é como devia ser. Filmes que não se conformam, nem se consolam, com escassos momentos de prazer, quase sempre patéticos. E, no entanto, vale a pena viver para tentar entender por que vivemos.

Nada parece ser por acaso na vida e na obra de Hector Babenco. É como se ele tivesse programado cada surpresa, o acaso seria uma vitória da mistificação, a vitória de um deus no qual ele não parecia acreditar. Babenco não era um sonhador romântico, ele sabia que as coisas são assim mesmo e é assim mesmo que devemos encará-las. Um racionalista trágico, para quem a tragédia era parte inconsútil da natureza humana.

Seus filmes nos alertavam para essa dimensão trágica da vida, sem nos propor qualquer festiva esperança de mudança. Era como se desejasse nos impor seu próprio estoicismo disfarçado em fúria, ética rigorosa que foi muitas vezes responsável pelo pouco sucesso de público de alguns de seus filmes. Em *Ironweed*, por exemplo, um dos mais belos, ele ousou fazer dos dois maiores astros do momento em Hollywood, Meryl Streep e Jack Nicholson, dois bêbados, marginais vencidos, sem possibilidade alguma de redenção. Babenco se recusava a afagar o público, preferia conquistar sua eventual confiança através de um espelho cruel, de seu rigor em relação ao mundo.

É difícil chamá-lo de um "amigo querido", essa platitude com alguém que amamos e se vai. Não era isso que ele buscava junto às pessoas com quem convivia mais de perto. Assim como ele não se importava em afagar o público, também não desejava conquistar amigos po meio de palavras piedosas e gestos pusilânimes, ambos inúteis. Para Hector, o amor não podia ser pretexto para comiseração; o amor fazia parte da tragédia humana, não podia se tornar uma banalidade. Não me lembro de amigo mais fraterno, mais sincero e rigoroso do que ele.

Amado e consagrado em todo o mundo, o cineasta Hector Babenco vai se eternizar na história do cinema. E, mais particularmente, na história do cinema brasileiro. O homem do corpo cansado (vítima de males sucessivos que combateu com vigor desde o início dos anos 1990) e de mente fulgurante (acesa para tudo o que se passava à sua volta, das artes à política, do cinema à vida), vai fazer muita falta aos que, sentados no escuro, nos extasiamos com seus filmes e aos que, a seu lado, aprendíamos um pouco a viver.

A diferença entre o espetáculo cinematográfico e o teatral é que, mesmo num filme médio, pode sempre acontecer um belo plano que vai compensar o resto; no teatro, quando o espetáculo é ruim, não tem como nos surpreender, é muito mais doloroso acompanhá-lo até o fim. Em compensação, quando o teatro é bom, ele nos transporta a um êxtase incomparável, uma experiência inigualável de prazer físico e místico. Como se a força daqueles seres humanos no palco fosse uma experiência orgiástica que dificilmente encontramos em outra arte.

É o que acontece com esse extraordinário *BR-Trans*, espetáculo dirigido por Jezebel de Carli, com texto e atuação de Silvero Pereira, em cartaz no Rio, no Teatro Poeira. De um amontoado de histórias reais ou imaginárias, de canções surpreendentes e encenação misteriosamente brilhante (a luz, por exemplo, é comandada pelo próprio ator em cena), *BR-Trans* nos leva com graça e densidade a um mundo de travestis encontrados pelo autor Brasil afora, de surpresa em surpresa, de descoberta em descoberta. E Silvero Pereira é um jovem ator simplesmente genial.

Além de comover, aprende-se muito sobre o mundo em *BR-Trans*.

UM TRANSE QUE NÃO ACABA

16 de abril de 2017

Nesse mês de maio, celebramos os cinquenta anos de lançamento do filme *Terra em transe*, de Glauber Rocha. Um filme sobre a crise política num país da América Latina; e também sobre a crise pessoal de um intelectual no centro desse transe. Um transe que não é somente político, ideológico ou existencial.

Há em *Terra em transe* um desejo imenso de ver o mundo de um outro modo, diferente da racionalidade iluminista para a qual *fomos* todos treinados. Trata-se de encontrar outra forma de olhar para tudo e para nós mesmos; ainda que, como diz Sara, a namorada de Paulo, o herói do filme, "a poesia e a política sejam demais para um homem só".

Terra em transe é o filme mais importante na história do cinema latino-americano e uma das bases do que seria o cinema moderno mundial, a partir desse fim dos anos 1960. De Godard a Pasolini, de Scorsese a Coppola, de Oshima a Kiarostami, de onde você quiser a onde você pensar, o cinema nunca mais foi o mesmo depois de *Terra em transe*.

Apesar de seu sentido igualmente revolucionário, *Deus e o diabo na terra do sol*, o filme precedente de Glauber Rocha, ainda se inspirava numa dramaturgia clássica, em que o brilho da encenação originalíssima não perturbava a estrutura narrativa da obra. Se *Deus e o diabo...* era uma espécie de apogeu do Cinema Novo, *Terra em transe* era um rompimento em direção a um cinema menos retórico, um cinema de puro embate com o próprio cinema.

Glauber amava os atores, tinha prazer em dirigi-los e, não por acaso, sempre trabalhou com os mais consagrados deles, como Yoná Magalhães, Paulo Autran, Paulo Gracindo, Glauce Rocha, Tarcísio Meira. Mas, antes de chamar Jardel Filho para fazer o herói de *Terra em transe*, ele ofereceu o papel a não atores como o músico Tom Jobim, o jornalista Janio de Freitas e o advogado, então deputado, Raphael de Almeida Magalhães. Era como se ele estivesse desejando sacar da realidade brasileira o sofrimento de sua incompreensão, típico da elite intelectual a que pertencia seu personagem.

Além de representar uma virada decisiva no cinema brasileiro, *Terra em transe* inaugurava o Tropicalismo, movimento que seria batizado, consolidado e consagrado por músicos como Caetano Veloso e Gilberto Gil, poetas como José Carlos Capinam e Wally Salomão, teatrólogos como José Celso Martinez Correa, artistas plásticos como Hélio Oiticica e muitos jovens cineastas que começavam a contestar o Cinema Novo, como Julio Bressane e Rogério Sganzerla, autores de obras-primas como *O anjo nasceu* e *O bandido da luz vermelha*.

Na produção da própria geração de Glauber, *Terra em transe* e o Tropicalismo também estariam em filmes como *Fome de amor, Brasil, ano 2000, Os herdeiros, Pindorama, Macunaíma*. Mas, enquanto na música e no teatro, o Tropicalismo representava a exaltação de um caráter em formação, no cinema ele era um lamento por uma frustração, o reconhecimento de uma frustração.

Terra em transe levou esse lamento a um nível de tragédia sem limites. Sua visão política não é estrategicamente armada, como o faria qualquer analista acadêmico. Ela é a de um sonho (ou pesadelo) trágico, cujas regras narrativas não conhecemos antes do filme. Este anunciava a futura vitória do fascismo cotidiano sobre a inteligência iluminada, como vemos hoje.

A natureza do populismo contemporâneo, de esquerda ou de direita (como distinguir um do outro?), está admiravelmente pressentida em cenas antológicas, como a do comício do congressista interpretado por Modesto de Souza (uma homenagem ao teatro de revista e à chanchada) ou a da chegada da caravana do governador interpretado por José Lewgoy (outra estrela da chanchada), quando, aterrador e provocador, Paulo nos mostra *a cara do* povo que queremos que nos governe.

O Cinema Novo nascera de um desejo geracional de mudar o mundo. *Terra em transe* põe em dúvida, não só a nossa capacidade de mudar alguma coisa, como também a de compreender o que deve ser mudado. Ou mesmo e tão simplesmente compreender o que está acontecendo, através do cinema. *Deus e o diabo...* termina com uma convocação objetiva, quando Corisco conclama: "Mais fortes são os poderes do povo!" *Terra em transe* termina com Paulo respondendo a Sara por que se dispôs a morrer. "Em nome da beleza e da justiça", diz ele. Mesmo ainda sendo 1967, já eram outros tempos.

MAS SUA FILHA GOSTA
—

2 de julho de 2017

Chico Buarque de Hollanda está terminando um novo disco, para ser lançado mês que vem. Acho que ninguém ainda ouviu nada, nenhuma das novas canções gravadas. Mas elas serão certamente tão lindas quanto tudo o que ele já fez antes, agora com um peso que é o da leveza do tempo, o que experimentamos de menos conforme os anos passam. O mais de nossas vidas.

Fico pensando que, entre nós, esse é um momento que se assemelha a uma festa em nosso calendário. Um Natal, um ano-novo, um carnaval, um Dia da Independência. Um momento que a gente espera com a ansiedade de quem espera por um aniversário bissexto. Raro, porém fatal. Chico é daquelas pessoas de quem queremos e devemos aproveitar até a respiração.

Em meados dos anos 1960, eu já ouvira falar de Chico através do entusiasmo de Nara Leão por suas canções e de Hugo Carvana, que, tricolor como ele, já o conhecia de música e de Maracanã. Não me lembro de ter escutado nada de sua música nesse período. O que sabia de relevante sobre ele, era apenas que se tratava de um filho de Sergio Buarque de Holanda, um daqueles grandes intelectuais que redescobriram o Brasil na onda do modernismo paulistano.

Uma noite, fui jantar no Rond Point, pequeno restaurante numa esquina da avenida Nossa Senhora de Copacabana, onde se reuniam estrelas da boemia carioca, quando me apresentaram a um rapaz de olhos muito verdes que, recém-chegado de São Paulo, bebia no balcão da casa. Era ele.

Curioso, tentei inutilmente puxar conversa. O cara mal falava, simplesmente resmungava coisas quase sempre incompreensíveis, como se estivesse cumprindo uma obrigação social que o enfastiava. Só com o tempo compreendi que não se tratava de uma rejeição, com a finalidade de deprimir o interlocutor. Mas de uma timidez que, até hoje, não sei se também é estratégica.

Já tinha ouvido Nara cantarolar *a capella* uma marchinha de Chico, lendo numa folha de papel as palavras que ainda não havia decorado. Ela garantia que aquele seria o próximo sucesso da nova música popular brasileira, em plena ascensão com o apogeu da bossa nova, o novo disco de João Gilberto, a consagração internacional de Tom Jobim, os versos de Vinicius de Moraes e uma rapaziada que surgia naquele momento, como Carlos Lyra, Edu Lobo, Gilberto Gil, Caetano Veloso, Milton Nascimento, Marcos Valle, Francis Hime, tanta gente mais.

Não deu outra: no seguinte, Festival da Canção, "A banda" se tornaria a vencedora e sairia consagrada, tornando seu autor um herói nacional, amado por todas as gerações, regiões, classes, etnias, o que fosse. Pelo menos em meu tempo de vida, nunca conheci uma unanimidade artística semelhante à de "A banda".

É curioso como, nesse período entre o golpe militar de 1964 e o Ato Institucional nº 5, de 1968, a arte brasileira viveu um momento de imensa criatividade, como se os artistas estivessem adivinhando o que estava para acontecer e tivessem pressa em realizar a tempo o que tinham de melhor para oferecer. Da bossa nova ao Cinema Novo, do protesto ao experimental, do concretismo ao mimeógrafo, da MPB ao Tropicalismo, tenho a impressão de que poucas vezes, na história do Brasil, tivemos fase tão rica de imaginação e mudanças radicais, acompanhadas de permanentes e intensas discussões teóricas. E tudo isso a uma velocidade de quem tinha consciência de que era preciso antecipar-se à catástrofe.

Desde então, continuando a ser o compositor de sucessos populares que sempre foi, independente do regime em cartaz ("você não gosta de mim, mas sua filha gosta"), Chico seguiu sendo também um farol político e ético para todos nós. Não importa se nem sempre estávamos de acordo com o que ele dizia. Importa é o respeito que ele soube impor pela retidão de tudo o que disse e fez, pelo caráter de sua vida como artista e como cidadão.

Para mim, ele continua muito parecido com o rapaz que conheci no Rond Point. Mesmo na intimidade, Chico fala pouco e parece sempre duvidar do que ele mesmo diz, como se seu pensamento fosse uma permanente prova dos noves do que pode ser ou não ser. Suas convicções não são negociáveis. Mas ele nos dá a impressão de que elas podem sempre ser discutíveis, enquanto houver motivo para pô-las em questão. Chico jamais deixará de ouvir o outro, como quando o vi atravessar uma rua para ir tentar conversar com um grupo de jovens cafajestes que o xingavam de longe, por causa de suas posições políticas.

Chico Buarque de Hollanda é um grande artista brasileiro que nunca será esquecido por essas e outras gerações que ainda virão. Ele está acima do tempo. É uma graça do destino ser seu contemporâneo e esperar por seu próximo disco.

"Apesar de suas dificuldades, o Brasil é um país que se apropria muito rapidamente das novidades que surgem no resto do mundo, mesmo que às vezes não sejamos capazes de absorver corretamente o sentido mais profundo que elas trazem. Mas esse desprezo político pelo valor ontológico e estratégico da cultura não é uma moda mundial. Muito pelo contrário. Desde que, na década de 1930, Franklin Roosevelt criou a 'política dos três efes' (*flag follows film*, a bandeira acompanha o filme), o Estado norte-americano procura proteger a produção cultural do país. (...) Mas, na segunda metade do século XIX, uma nova linhagem de pensadores se cansou de querer entender o mundo, decidiu que o importante era mudá-lo. A prática desse pensamento gerou o pior do século seguinte, suas tragédias, genocídios, opressão em todas as cores políticas. Neste século XXI, através de outras formas de conhecimento, estamos retomando a ideia de tentar compreender o mundo e nossa presença nele, para melhor abordar a mudança. Não se trata mais de conhecer ou transformar, mas de mudar sabendo o porquê. Como fazer isso sem levar em consideração o imaginário humano, os sonhos e aspirações produzidos por ele? Como fazer isso sem a cultura, a manifestação por excelência do homem sobre o Universo?"

trecho de "A CULTURA DA POLÍTICA"
13 de agosto de 2010

9.
UM TREM PARA AS ESTRELAS

Nas pirambeiras da política, nos solavancos da estrada do Poder, colhemos muita desilusão, que insiste em reinar sobre os incautos. Contudo, a leitura crítica da realidade permitiu que um artista da luz (como todo cineasta o é) enxergasse uma instância de perseverança, vislumbrando ecos de futuro no presente, entre as frestas do assombro. Como o futuro sempre exige de nós a aeróbica da adequação aos novos tempos, aos novos modos de ser e estar, seguem aqui neste bloco exercícios de recusa da nostalgia do passado e da esperança barata, fazendo do presente um lugar mais sólido — e até poético.

R. F.

ISTO É REAL
—

3 de julho de 2010

Enquanto brasileiros e holandeses se preparavam para entrar em campo, no estádio Nelson Mandela, a câmera oficial da FIFA passeava pelo túnel de acesso ao gramado. A televisão flagrava, assim, a inevitável tensão que antecede uma partida decisiva de futebol, os rostos ansiosos, os abraços formais entre jogadores adversários, os cochichos táticos, as providências para organizar a cerimônia. Entusiasmado com essa novidade nas transmissões de Copa do Mundo, Galvão Bueno informava aos telespectadores que tudo aquilo estava acontecendo de fato. E repetia várias vezes a mesma frase: "Isto é real."

Quando o cinema nasceu, inaugurando a família do audiovisual que iria conquistar a humanidade do século XX, seu grito primal, o primeiro filme de seus inventores, os irmãos Louis e Auguste Lumière, pretendia exatamente a mesma coisa que o locutor esportivo. Isto é, nos confrontar com o real. Consta até que, no dia 28 de dezembro de 1895, quando foi realizada a primeira projeção pública desse filme, num café de Paris, os espectadores se levantaram assustados, derrubando mesas e cadeiras, quando o trem filmado pelos Lumière avançou para a câmera e, consequentemente, para eles próprios.

Mas o cinema e seus descendentes, da televisão ao game, não se conformaram em registrar apenas o real. Logo de cara, muito pouco tempo depois do sucesso das projeções dos inventores, já havia artistas e artesãos curiosos, como o também francês Méliès, usando a mesma tecnologia para alterar a realidade ou criar um outro real, um novo mistério através dela. E o mistério sempre atraiu a inteligência humana, sendo a matéria-prima da poesia em todas as suas dimensões de produção.

Hoje, a natureza da imagem que vemos em todas as telas, das salas de cinema aos aparelhos de TV, da internet aos games que constroem uma nova cultura, se multiplicou e se repartiu em diversos sentidos, formando-nos na confusão embaralhada de suas várias direções. A imagem criada originalmente pelo cinema perdeu sua integridade, seu significado único, e portanto não merece mais nossa confiança. Hoje, não há mais como reproduzir algo parecido com a experiência do trem dos Lumière no café parisiense. Não é à toa que, quando queremos dizer que alguém está fingindo, encenando uma falsa realidade, dizemos que essa pessoa está "fazendo cinema".

Não tomemos essa observação como uma crítica à manipulação da cultura de massa, uma crítica no velho estilo da Escola de Frankfurt, com seu moralismo elitista e às vezes ingênuo. O consumo é posterior à produção e é a essa que nos referimos, como uma necessidade humana de imprimir novos conteúdos às tecnologias novas, novos formatos para novas plataformas. A tradição será sempre a fonte da ruptura, esta sendo consequência da dissecação e desmaterialização daquela.

Um grande sucesso entre novos games chama-se *Red Dead Redemption*, uma operação revisionista da tradição dos westerns, os filmes de cowboy que fizeram parte da glória de Hollywood. Dando a seus jogadores uma grande liberdade de escolha e quase inesgotáveis alternativas de jogo em vastos espaços, o *Red Dead Redemption*, ao contrário de Hollywood, não visa contar a história do Oeste americano, mas alterá-la.

No nosso universo audiovisual de hoje, os fragmentos de todas as imagens do real e da imaginação caem sobre nós como uma chuva permanente de verão, uma infindável tempestade em que cada gota tem uma representação diferente e o significado que formos levados a lhe dar. Talvez nem precisemos mais ver essas imagens para conhecê-las bem, com algumas poucas pistas podemos adivinhá-las. Slavoj Žižek, filósofo e psicanalista da moda, confessou recentemente ter escrito um texto sobre *Avatar*, publicado pela renomada revista francesa *Cahiers du Cinéma*, sem nunca ter visto o filme.

Esse movimento de produção e reprodução inflacionárias de imagens, típico de nosso tempo, acaba por criar um mundo virtual que confundimos com o real, mais ou menos como no filme *Matrix*. Mas como temos consciência dessa confusão, duvidamos sempre da imagem, mesmo quando ela nos parece real. No início da semana, depois do jogo contra o Chile, um jornal importante publicou, por equívoco, o anúncio de um supermercado anunciando a desclassificação da seleção brasileira e desejando-lhe felicidades para 2014. Obviamente essas imagens já estavam prontas para a eventualidade, muito antes de a Copa começar. Agora, isso também é real.

MINISTÉRIO DAS INDÚSTRIAS CRIATIVAS
—

6 de novembro de 2010

Digamos, para simplificar, que cultura é toda aquela produção do imaginário humano. Ou tudo aquilo que não é produzido pela natureza ou dependente dela. Um mundo criado pelo homem, muitas vezes até em confronto com a própria natureza. Mas nem assim nossa definição estaria sendo precisa, livre de tergiversações e da contestação de autores respeitáveis.

Agora imaginem o papel de um Ministério da Cultura. Do que cabe a ele então tratar? Por hábito, pensamos logo na produção artística, na literatura, no teatro, na música, no cinema. Mas a ciência ou o esporte não são também produções exclusivas do homem, primas, portanto, das artes? E nessas também não caberiam novas formas de manifestação de nosso imaginário, impensáveis até algumas poucas décadas atrás?

O que fazer da explosão permanente de novos produtos de nossa imaginação, provocados pela multiplicação de novas plataformas de produção e lançamento dessas criações? No mundo do audiovisual, por exemplo, o cinema é apenas um velho e secular patriarca, o avozinho (ainda em forma!) de uma família que vai da televisão à internet, passando por todas as nuances permitidas pelas novas tecnologias digitais, muitas delas ainda sem uma definição muito precisa do que se trata e para que servem, como games, videocelular ou holografia.

Como e onde deve o Estado lidar com tudo isso? Muitos países já estão se ocupando dessa novidade, tentando encontrar respostas convenientes. Na França, país pioneiro na ideia de uma política cultural de Estado, assim como na Coreia do Sul, experiência nacional recente e muito bem-sucedida na área, os mecanismos de governo para administração da cultura já estão sendo renovados há algum tempo, adaptando-se ao mundo vertiginoso das tecnologias do século XXI. Ali, como em outras nações, a cultura se desdobrou na forma de indústrias criativas.

No Brasil, a criação de um Ministério da Cultura é muito recente e serviu, quase sempre, para abrigar acadêmicos de prestígio (alguns competentes, outros menos), como se a casa estivesse destinada a tertúlias e saraus mais ou menos eruditos, flores ornamentais no salão de sumidades universitárias. Hoje, nem mais o chá da Academia Brasileira de Letras é tão inocente, nossos imortais já dividem seus canapés com sambistas e estrelas da televisão, em flagrante desejo de reverter o verso de Drummond, sendo eterno e moderno ao mesmo tempo.

Às vezes, responsáveis pelo Ministério da Cultura julgam ser de seu ofício dizer o que é a cultura nacional, decretar seu perfil mais justo e definitivo, elaborar um conceito oficial, como aconteceu na década de 1980 com o famoso caso da broa de milho. (E talvez esteja se repetindo agora, fora do MinC, nessa patética proibição de Monteiro Lobato nas escolas.) Não cabe ao Estado dizer o que deve ser criado ou produzir cultura, mas, sim, criar as melhores condições para que a sociedade a produza. O contrário só acontece em regimes autoritários, como os que geraram Zhdanov, Goebbels e aquela mulher de Mao.

À diversidade natural da cultura brasileira, fruto de nossas tantas etnias, geografias e costumes, soma-se agora a rápida fragmentação da produção cultural universal, fruto de um mundo que se transforma e se comunica a uma velocidade que elimina qualquer abrangência e uniformização. É em torno dessa diversidade e dessa fragmentação que as indústrias criativas tendem a se organizar entre nós, fora de uma linha de montagem fordiana (de Henry, não de John), num sistema em que cada produto é um protótipo, único e insubstituível.

Apesar de eventuais equívocos, a administração de Gilberto Gil, à frente do MinC, não só deu um *upgrade* ao ministério tão desprezado pelos políticos (é um dos orçamentos mais baixos da República), como também aproximou-o dessas questões contemporâneas. Gil e Juca Ferreira, seu secretário executivo e depois sucessor, deram ao MinC, por assim dizer, a juventude pela qual lhe faltava passar.

Hoje, o Ministério da Cultura tem que ser também um Ministério das Indústrias Criativas, uma economia nova que tem servido ao enriquecimento, empoderamento e à própria vida de populações de várias nações, em todos os continentes. Indústrias criativas que não só contribuem com o PIB de seus países e com um diálogo interno de muitas vozes, como também exportam seus produtos e seus modos de vida.

Tudo vai ao mercado. Mas não existe apenas um mercado — o que é vendido num supermercado não é o mesmo que é vendido numa butique. E cabe a cada criador escolher a prateleira em que seu produto vai ser exposto. As indústrias criativas, nascidas no cadinho dessa complexidade contemporânea da cultura, dão conta disso tudo sem maniqueísmo. Precisamos aprender a lidar com o que, sem nenhuma teorização, já está mesmo presente nas novas manifestações culturais já praticadas por nossos filhos e netos, inevitavelmente inscritas no futuro dos filhos e netos deles.

OS PÁSSAROS DE PLUMAGEM COLORIDA
—

26 de março de 2011

Fiquei com certa pena de Barack Obama em sua estada no Brasil. Quando ele saltou daquele aviãozão, encenando relaxamento e sorriso, acompanhado de Michelle de verde e amarelo, das filhas magrinhas de olhos saltitantes (mas contidas por fora, como convém às princesas), da sogra e da madrinha de uma das meninas (ah, se fosse um senador brasileiro!), compreendi logo que tentava aproveitar o compromisso oficial para dar uma respirada. Entre uma notícia de radiação atômica em Fukushima e de mais um bombardeio sobre Benghazi, Barack vinha tomar fôlego na terra tropical que conheceu quando, ainda jovem, viu *Orfeu negro* num cinema de Nova York, levado pela mãe suspirante.

Em seu livro *A origem de meus sonhos* (*Dreams from My Father*, no original), Obama diz que a mãe insistira em levá-lo, e a irmã, àquele filme onde "brasileiros negros e mulatos cantavam, dançavam e tocavam violão, como pássaros despreocupados de plumagem colorida". Bem, é verdade que ele diz também que, no meio da sessão, achou que já tinha visto o bastante e sugeriu à mãe que fossem embora do cinema. A mãe se recusou, mas o jovem Barack teve o apoio da irmã Maya, que comentou: "Um tanto antiquado, não é?"

Obama veio ao Brasil para firmar acordos comerciais e técnicos, uma agenda pra lá de séria. No plano político, veio conversar com Dilma sobre o Irã (no que, vimos ontem, foi muito bem-sucedido) e sobre o

Conselho de Segurança da ONU (no que, já sabemos, ela ainda não foi bem-sucedida). Mas veio também na esperança de virar, por uns poucos dias, um daqueles pássaros despreocupados de plumagem colorida. Não conseguiu. Eles mudaram a vida de sua mãe, mas essas coisas míticas não acontecem com todo mundo, em qualquer situação. Nem sempre.

Bem que ele tentou, escolhendo programas que alguém deve ter lhe assinalado como obrigatórios para turista de boas intenções. Mas acabou subindo ao Cristo Redentor à noite, perdendo o deslumbre de cores, formas e ritmo de espaços que a rica geografia da cidade oferece ao sol, vista do Corcovado. Como também não o deixaram sair do automóvel quando foi à Cidade de Deus, uma favela horizontal de construções convencionais, tão diferente dos "cênicos morros verdes" das favelas verticais que conheceu no filme de Marcel Camus.

Na CDD, os moradores o esperavam ansiosos, com faixas e painéis que haviam desenhado para ele e que ele não chegou a ver (uma delas dizia lindamente: "*Welcome to God City*"). Meus amigos da Cufa (Central Única das Favelas), baseada na CDD, me contaram que fizeram tudo para tirar o homem e sua família de dentro do automóvel blindado, levá-los a passear pelas ruas do bairro e conhecer o líder local, Celso Athayde, o hip-hop de MV Bill, o teatro de Anderson Quak, o cineclube de Rodrigo Felha, a UPP do capitão Medeiros, as diferentes virtudes e especialidades de moradores do local. Como o FBI não deixou, os visitantes tiveram que se contentar com uma sessãozinha de capoeira de crianças e um bate-bola sem graça num beco sem saída.

Adorei o discurso de Obama no Theatro Municipal. Foi um discurso de galanteador, de quem quer conquistar o interlocutor, uma homenagem ao Outro. Gostei da alegria sem gravata com que ele entrou no palco, o sorriso de quem já esperava a recepção da casa e da família que o recebia, e ainda queria mais. Gostei até das citações meio mal citadas, dos elogios a Lula e Dilma, da lembrança do samba de Jorge Ben Jor e até do trecho de Paulo Coelho que, confesso, não entendi muito bem. E sobretudo vi em seus olhos gosto pelo que dizia, a se derramar em ondas sucessivas de simpatia sobre a praia macia dos cariocas presentes.

Nossos jornais disseram que foi tudo muito superficial e protocolar. O jornalista Janio de Freitas chamou-o de "discurso de churrascaria" e o nosso Merval Pereira anotou, decepcionado, que se havia perdido uma oportunidade política de não sei o quê. Eles têm provavelmente toda a razão do ponto de vista dos interesses nacionais. Mas será que, no fundo, foi para isso mesmo que Barack Obama e sua família vieram ao Brasil?

Ainda entre nós, o presidente norte-americano foi obrigado a esquecer seus devaneios e cair na dura realidade da vida que escolheu: em vez de dançar, cantar e tocar violão, como viu fazermos no filme de Camus, ele ordenou, daqui mesmo, que se bombardeasse a Líbia, que se acabasse de uma vez com o ditador de lá e seus parceiros. Por seu lugar no mundo, Barack teve que voltar ao mundo real e o mito se tornou uma névoa do passado, propriedade exclusiva de sua mãe e de sua lembrança dela.

Foi um pouco o que aquele filme mítico fez conosco, com a minha geração, contemporânea à dele. Todos nós havíamos adorado a peça de Vinicius de Moraes, *Orfeu da Conceição*, e quando *Orfeu negro*, supostamente baseado nela, apareceu, ficamos revoltados com a traição ao texto do poeta e à realidade de nossas favelas. Cadê a perfeição do "Soneto do Corifeu", o desbunde sensual e delirante do "Monólogo de Orfeu", o carnaval caótico de uma gafieira, a tragédia exuberante do morro carioca, as cruéis relações sociais entre nós, a revolução cultural que nós fazíamos naquele momento no Brasil, para sermos nós mesmos?

Em vez disso, passeava pela tela uma ilusão de felicidade ingênua em que só a morte era capaz de interromper o bem-estar, uma recusa de olhar para aquilo que chamávamos então de realidade. Nós ainda não sabíamos que o visível é apenas a parte menos interessante do real.

Sempre pensei que o sucesso internacional de *Orfeu negro* só foi possível graças àquele momento, o auge da Guerra Fria, quando os cidadãos americanos corriam a construir abrigos nucleares domésticos e a bomba atômica podia cair sobre nossas cabeças a qualquer instante. No meio desse delírio distópico, aparecia um filme gentil que dizia que, num lugar de sol permanente, no alto de uma colina verde que dava para o mais belo mar do mundo, havia uma raça de artistas que não tinha a mesma cor dos brancos e louros que ameaçavam se dilacerar. E esses pássaros de plumagem colorida só pensavam em fazer amor, cantar, dançar e tocar violão.

    Como nós vivíamos aqui e sabíamos que não era bem assim, decretamos que aquele filme era uma farsa. Mas a mãe de Barack acreditou nele e isso mudou sua vida. E gerou Barack Obama, que, por um instante, deve ter se perguntado e à sua família se isso não poderia também acontecer com ele.

HOJE É A IDADE DE OURO

17 de dezembro de 2011

Há algumas décadas, muito antes de Woody Allen ter tocado no assunto em *Meia-noite em Paris*, o antropólogo Lévi-Strauss já nos tinha advertido sobre a ilusão das idades de ouro. Talvez por culpa dos sofrimentos inevitáveis ao longo de nossas vidas, imaginamos sempre que, em algum outro tempo, houve ou haverá dias melhores sem as frustrações e as dores do presente.

Para os conservadores, essa idade de ouro está sempre no passado que não volta mais, só nos resta lamentá-la e indispor-nos com a decadência do presente. Para os progressistas, ela está no futuro e, para merecê-la, é preciso que sacrifiquemos a insuficiência do presente. E, no entanto, a idade de ouro é o tempo que nos foi dado viver.

Na cultura, esse mito da idade de ouro é sempre objeto de polêmica. O poeta Ezra Pound foi quem melhor conseguiu articular essas ideias controversas, quando dividiu os artistas em mestres, inventores e diluidores. A obra dos mestres é clássica, os inventores criam a produção de seu tempo e os diluidores usam os resultados de ambos para consolidar uma tendência.

O desejo de que as coisas deem eternamente certo perturba a observação delas. Mas sendo a cultura uma criação humana, ela é necessariamente dinâmica, em crise permanente, condenada a um processo de surgimento, apogeu e decadência, como nós mesmos, sem precisar um dia desaparecer da face da Terra.

O formato da ópera nasceu no século XVIII, com *Orfeu e Eurídice*, de Gluck, até hoje encenada e gravada. Mas dificilmente surgirão no futuro novos Verdi e Puccini, as grandes estrelas da ópera no século XIX, o apogeu desse formato cultural. Da mesma forma, a humanidade vai sempre cultivar a ideia de moda, mas a alta-costura de gênios como Chanel ou Dior nunca mais terá o mesmo valor nesse mundo de *prêt-à--porter*. E não há nada de errado nisso.

Pergunte a qualquer melômano contemporâneo sobre suas esperanças em achar um novo Beethoven por aí. De Bach e Vivaldi a Mozart e Wagner, o formato do que chamamos música erudita alcançou sua perfeição com Beethoven usando todos os equipamentos e alternativas possíveis à sua manifestação. De tal modo que os gênios posteriores de Debussy e Ravel ou de Stravinski e Boulez acabam expressando a melancolia inventiva desse esgotamento, do que não se repete nunca mais. Um pouco como foram as artes plásticas do século XX, do *Olympia* de Manet à tela em branco de Mondrian, uma reinvenção, em novo formato, da pintura esgotada pelo renascimento e diluída pelo neoclássico do século XIX. Ninguém melhor do que Marcel Duchamp compreendeu e deu um basta nisso.

Também jogaremos bola pelo resto da vida e voltaremos ao Maracanã sempre que houver uma partida de nosso time. Nada nos fará desprezar o futebol. Mas o apogeu do jogo ficou para trás, com o esgotamento de suas estratégias, das seleções húngara de 1954 à holandesa de 1978, com dois picos sublimes: as seleções brasileiras de 1958 e de 1970. Amanhã torceremos por Neymar como já torcemos por Pelé, mas as alternativas em campo são nossas conhecidas, o Barça de Messi nos encanta, mas já vimos aquele jeito de jogar, do Ajax de Cruyff ao Flamengo de Zico.

Nada disso significa que a música, a pintura, o futebol e todos os formatos culturais do passado tenham morrido e vão desaparecer para sempre. Continuaremos a ouvir encantados Cole Porter, George Gershwin e Irving Berlin (até roqueiros os gravam!), mas conscientes da intuição de Chico Buarque de que a canção se esgotou, que novos formatos como o rap ganham o espaço desse esgotamento, como Caetano Veloso anda a experimentar há algum tempo, acho que desde o disco *Noites do Norte*.

Como diz o poeta e filósofo Antonio Cícero, as vanguardas do século XX serviram sobretudo para nos mostrar que as artes não têm limites, não há fronteiras que impeçam o artista de ir adiante. Nas galerias do Chelsea ou em parques como o Dia:Beacon de Nova York e o Inhotim de Belo Horizonte, todas as formas se dissolvem sem rumo certo, como se isso fosse necessário para se reencontrar o reinício de alguma coisa, nessa aurora do século XXI.

No mundo pós-industrial, à porta do qual nos encontramos, novos formatos culturais estão surgindo, novas artes e novos jogos que a humanidade não vai parar nunca de inventar. Assim como o teatro não acabou com a invenção do cinema, nem o cinema com a da televisão, nem a televisão com a da internet, as economias criativas da era industrial continuarão vivas como fornecedoras de ideias à criação pós-industrial. Assim como o Wikileaks precisou da imprensa de papel para virar escândalo produtor de progresso, os fascinantes games eletrônicos não acabarão com o futebol.

A cada instante, seremos surpreendidos e encantados por novos formatos de novas eras, que nos revelarão mais do espírito humano e do estado do mundo. E nem por isso deixaremos de ouvir Beethoven.

CAMPO DE JOGO
—

26 de julho de 2015

Ano passado, enquanto rolava a Copa do Mundo, num campinho de terra de Sampaio, bairro carioca vizinho do Maracanã, jogavam Juventude e Geração, os dois times finalistas da disputa anual da Copa das Favelas do Rio de Janeiro. Jovens, alguns ainda adolescentes, corriam atrás da bola como se ela fosse um prato de comida, condição para o jogador se tornar um craque, conforme pregava Neném Prancha, mulato pensador e treinador no futebol carioca de praia e de campo, em meados do século passado.

Digamos que é esse o tema de *Campo de jogo*, filme que acaba de entrar em cartaz, dirigido por Eryk Rocha, realizador de outros bons documentários, além da original e envolvente obra de ficção *Transeunte*. Mas não podemos dizer que *Campo de jogo* é simplesmente um filme sobre futebol. Para além dessa narrativa, ele é também um filme sobre pessoas (jogadores e torcedores), sobre a paixão humana, sobre uma certa cultura, sobre a luz entre dois corpos. Sobre o cinema, enfim, visto pelos olhos iluminados de seu autor.

Quando vemos uma tela do inglês William Turner (1775-1851), precursor da pintura moderna, não vemos apenas barcos que enfrentam ondas no mar e rochedos ameaçadores. Nos quadros de Turner, como depois na pintura seminal da virada do século XIX para o XX (Van Gogh, Manet, Monet, Renoir, essa turma), vemos, além de uma dramaturgia, elementos sem forma que participam da narração e também contam sua história. A luz é o tema principal desses quadros, sua representação no ar que passa entre os objetos.

Eryk Rocha e seu fotógrafo, Leo Bittencourt, filmam como se estivessem a pintar, em busca do ritmo de luz e energia em pés, traves, poeira, bolas, rostos suados, tudo que envolve uma pelada para valer. Documentário sem uma só entrevista, recurso literário de um cinema que já foi substituído pela televisão e pela internet, ouvimos nele apenas ruídos e falas aleatórias que acompanham a ação e o movimento das formas em cena.

E, no entanto, lá está diante de nós a fábula do futebol brasileiro, um jogo mestiço com balanço próprio, cultura que outros meninos como aqueles um dia inventaram e que foi chamada de arte, outra maneira de ver o mundo. Embora estejamos assistindo à final da Copa das Favelas de 2014, não é pelo Geração ou pelo Juventude que estamos de repente a torcer, mas por uma determinada forma de viver, de estar no mundo, cercados por prédios desbotados e favelas do bairro, cenários de uma epopeia barroca fabricada por Eryk Rocha.

Campo de jogo nos fala com veemência sobre algo que não está na tela, mas o que vemos nos induz a pensá-lo. O futebol brasileiro é hoje um exportador de *commodities,* "craques que são tratados como mercadorias na prestação de contas das vendas ao exterior", como escreveu Flávia Oliveira, em sua coluna n'*O Globo* da última quarta-feira. O prazer de jogar um jogo que nos embala está sendo substituído, no seio da população que forma a base da nossa pirâmide, por uma oportunidade de ganhar a vida fora do país, "o bilhete premiado da mobilidade social", segundo a jornalista.

Ninguém tem o direito de impedir ninguém de viver melhor, seria um absurdo restringir de algum modo essa exportação esportiva. Ela é uma consequência do país que nós mesmos construímos, um país que não tem como remunerar seus melhores cidadãos com aquilo que eles merecem e lhes é oferecido alhures. Nenhum jovem e promissor boleiro, como aqueles que vemos em *Campo de jogo*, fica mais entre nós desde cedo. Aqui jogam apenas os craques veteranos que voltam cansados ou os que nem foram por falta de comprador. Com isso, o futebol europeu está cada vez mais perto do que fomos um dia, enquanto nós imitamos o que eles não são mais.

No fundo, *Campo de jogo* é um filme otimista sobre o prazer que antecede essa decadência, o prazer que reinventa uma arte que não deve ser esquecida, o prazer do qual guardamos a esperança de que não se acabe nunca. Como me disse nosso cineasta Walter Salles, *Campo de jogo* pega na "jugular da brasilidade", como lhe afirmou certa vez o psicanalista Hélio Pellegrino, a propósito de *Deus e o diabo na terra do sol*, de Glauber Rocha.

Eryk Rocha, 36 anos, faz parte de uma nova geração de cineastas brasileiros independentes, fazedores de filmes que só eles poderiam mesmo fazer, como Felipe Bragança, Felipe Barbosa, Fernando Coimbra, Daniel Ribeiro e muitos outros do Rio, de São Paulo, de Pernambuco, do Rio Grande do Sul, do Ceará, pelo Brasil afora, sem ter necessariamente nada a ver um com o outro. Felizmente.

Transcrevo trecho de mensagem do leitor Manoel Paixão:

"Qual seria a reação do povo brasileiro se, em 2018, tivéssemos como candidatos à Presidência Joaquim Barbosa x Sergio Moro? Tenho a impressão que seria um embate tão honesto na escolha dos partidos, dos homens de marketing, das doações, enfim, de tanta ausência de falcatruas, que seria um deleite para o povo brasileiro que, acho, escolheria então o mais simpático."

Já pensou?

NÃO É NADA DISSO
—

31 de janeiro de 2016

Há coisas que, para entendermos, basta um pouco de lógica formal. Se o mundo se recupera, se até a Argentina volta a crescer e, além de nós, a Venezuela é o único país sul-americano a perigo, como a economia internacional pode ser considerada a exclusiva culpada pela nossa crise? E se a China é a vilã responsável pela nossa desgraça, por que permitimos que nossa economia, ao longo dos últimos anos, se tornasse tão dependente do que acontece por lá?

Em Lisboa, num certo fim de noite de algum vinho, um amigo meu, professor em universidade local, desabafou irritado me dizendo que não entendia por que os brasileiros viviam pondo a culpa nos portugueses pelo atraso do Brasil, quando nós somos independentes desde 1822. Fingi não ter ouvido, meu amigo estava até sendo gentil pois, na verdade, somos uma nação desde 1808, há mais de dois séculos.

Entre nós, o estrangeiro é sempre o culpado de tudo. Talvez porque precisamos vencer o trauma da incompetência, justificar nossa impotência, explicar sem culpa o nosso atraso. Primeiro foi o colonialismo português, depois as grandes nações europeias, finalmente o imperialismo americano. A estratégia não é original. Joseph Goebbels, o marqueteiro de Hitler, já havia ensinado que, para unir um povo com agressividade em torno de uma mesma causa, nada como nomear um inimigo externo que seria o responsável por nossos males. Quando o nazismo botou a ideia em prática, ela gerou o Holocausto.

Essa semana, mandei para aquele professor lisboeta o número de janeiro da revista *piauí*, recomendando a leitura de reportagem sobre um certo brasilianista americano que eu não conhecia. Tendo sido professor na Business School da Universidade de Nova York, o economista Nathaniel Leff dedicou parte de sua vida a estudar a história econômica do Brasil, tentando entender o mistério de nosso atraso crônico. Ele publicou o livro *Subdesenvolvimento e desenvolvimento no Brasil*, editado em 1982, com ensaios produzidos entre o final dos anos 1960 e o início dos 70.

Na primeira metade do século XIX, o Brasil tinha um PIB próximo ao dos Estados Unidos, mas concentrado nas poucas mãos de fazendeiros extremamente conservadores. Segundo Leff, o país se tornou uma máquina de produzir gente "barata", uma abundância de trabalhadores não qualificados que custavam pouco e consumiam nada. "Uma industrialização baseada no mercado interno", diz ele com ironia, "precisa, como condição prévia, de um mercado interno".

Desde 1862, com a aprovação do *Homestead Act* pelo Congresso americano, quem ocupasse terras sem dono por mais de cinco anos, se tornava seu proprietário, fosse nascido nos Estados Unidos ou não (levas de imigrantes começavam a chegar ao país). No Brasil, no Império e na República, as terras sempre pertenceram ao Estado, que cobrava caro por elas, além de exigir pagamento à vista. Não tendo como comprá-las, os trabalhadores corriam ao fazendeiro mais próximo e vendiam por nada sua força de trabalho. "No caso brasileiro", escreve Leff, "interesses de classe eram tão obviamente distintos que é razoável questionar a validade de se usar a '*nação*' como unidade de análise".

Leff aponta a passagem do século XIX para o XX, quando, havia algum tempo, o Brasil não era mais uma colônia, como o momento em que o país organiza, por sua conta própria, a síndrome de seu atraso. Ali, quando finalmente o país começa a fazer crescer sua malha de transporte (um dos principais motivos de nosso subdesenvolvimento era a falta de integração econômica, ocasionada pelos altos custos do transporte, num país imenso sem estradas ou ferrovias), ela é implementada para atender às necessidades exclusivas dos grandes proprietários de terra da época, os trogloditas do café.

Apesar de os números serem outros, não sei se Leff consideraria a situação de hoje muito diferente daquela. Os culpados pelo "desenvolvimento do atraso brasileiro" somos nós mesmos, submetidos ao poder dos poucos que disputam o resultado do butim nacional. Ninguém tem nada a ver com isso, somos nós os desinteressados pelo país.

Debret, o pintor da Missão Francesa do século XIX, registrou a metáfora desse desinteresse em célebre gravura saudada como singela ilustração da verve brasileira. Nela, um aristocrata nacional, protegido do sol pela sombrinha de um escravo, faz xixi na via pública contra um muro de rua, uma metáfora histórica de como os grandes tratavam o país. Hoje, segundo a Confederação Nacional da Indústria (CNI), sabemos que o Brasil só universalizará a coleta de esgoto em 2053. Se fosse vivo, Debret ainda poderia pintar muito xixi de poderosos.

Salve, salve, Wendell Lira e Alê Abreu, nossos heróis brasileiros nesse início de ano. O primeiro ganhou o Prêmio Puskás da FIFA pelo mais belo gol do ano, jogando pelo Goianésia. O segundo, pela indicação ao Oscar de animação, o suprassumo do *state of the art* do cinema. Podemos não ser fãs da FIFA e do Oscar, mas gostamos muito de Wendell e Alê.

UMA NOVA ERA

13 de março de 2016

Vira e mexe aparece alguém de respeito para falar mal da internet, satanizar as redes sociais ou a comunicação por WhatsApp. Em geral, a acusação é a de que esses maus elementos tecnológicos geram alienação e imbecilização de seus usuários, principalmente quando eles ainda são jovens. Não acho que seja assim e vejo cada vez mais cientistas e educadores discordarem dessa maldição contemporânea. Quando Umberto Eco, por exemplo, diz que a internet deu voz aos imbecis, ele está praticando um elitismo intelectual, impaciente e injustificável.

Sempre que surge um novo instrumento do pensamento, cuja tecnologia ainda não dominamos completamente e já a tememos, essa reação meio obscurantista vem junto. Quando a televisão se instalou no Brasil, foi chamada por cronistas inteligentes de "máquina de fazer doido". O cinema, no início do século XX, foi tratado como uma criação do diabo, que veio para idiotizar o público. O filósofo Henri Bergson, ao ver entediado seu primeiro filme, declarou com desprezo que o cinema só servia mesmo para mostrar às pessoas do futuro como se moviam as pessoas do passado. A queima sistemática de livros revela a reação assustada dos conservadores da época à invenção da imprensa e o que ela podia ajudar a gerar.

Ninguém é capaz de dizer com segurança para onde vai a internet e quais as reais consequências de seu reinado na vida dos homens. Só sabemos que ela inaugura uma nova era do conhecimento e que, depois dela, nada mais será como antes. Então é muito mais próprio participar de seu desenvolvimento, e tentar influenciá-lo, do que se deixar levar por ela. Que me desculpe o grande Zeca Pagodinho, mas ninguém vai me fazer deixar a vida me levar.

Claro que, às vezes, acho estranho esse bando de meninas e meninos andando pelas ruas concentrados na operação de seus smartphones. Mas será que eles estão mesmo sozinhos, perdidos num mundo em que só eles existem? Ou, ao contrário, estão estendendo suas relações com os outros através de novas formas de comunicação inusitadas que dispensam a pólis? Como será que a tribo reagiu ao índio que primeiro bolou enviar mensagens batendo tambor?

A comunicação por internet não tem preconceitos ou restrições de classe, todos podem ter acesso a ela e compartilhá-la com todos. A diferença de acesso, gosto e classe em eventos de seu universo se dá a partir da educação de seus usuários, não é fruto de hábitos específicos adquiridos na internet. A imprensa, mais uma vez, não é responsável pela elitização de seus leitores; é a educação que os leva a preferir essa ou aquela leitura, esse ou aquele autor. A educação, no lar e na escola, é que é a base do comportamento humano; e ela pode ser civilizatória e democrática... ou não.

É verdade que esses novos meios de difusão e relacionamento podem expor mais a vida privada de cada um. Mas para cada "pen drive espião" desses que se anunciam na rede, há um desejo visceral de refletir sobre os outros. Para um homem público, a vida privada tem sido cada vez mais vivida publicamente através da internet. Mesmo para um homem que só tem vida privada, tudo que faz se torna público se alguém se interessa por ele. Isso nos atira num mundo em que a privacidade vai se tornando um luxo, um mundo em que não há mais paredes entre vizinhos. De certo modo, perdemos o direito à solidão.

Em compensação, esse mundo exige muito mais de nós do ponto de vista ético, nossas vidas privadas terão sempre consequências públicas. E daí? Só procuramos esconder aquilo que não presta, o que nos provoca algum sentimento de culpa. A internet pode estar nos ajudando a impor, entre seus usuários, um novo rigor moral até aqui desconhecido, reservado à solidão dos confessionários. Claro, isso não justifica o vandalismo informático de *hackers*, a multiplicação da irresponsabilidade de *haters*, a má informação roubada da vida de cada um. Mais uma vez, o ódio está no mundo, não é uma invenção da internet. Mas o progresso não pode nunca se sobrepor à civilização.

———

Para não esquecermos a crise. No meio da insensatez generalizada, brota uma flor da razão no artigo de Tarso Genro publicado nessa quinta-feira, aqui n'*O Globo*. Nele, o político gaúcho comenta texto recente e não menos sensato de Fernando Henrique Cardoso, propondo discutir as sugestões do ex-presidente em torno de uma "concertação". Escreve Tarso Genro:

"No contexto atual, a diferença entre uma 'conciliação' sem princípios e um processo de 'concertação' é que, na primeira, as partes ajustam cláusulas que resguardam os contratantes diretos, sem levar em consideração os efeitos do acordo na base social que representam. Na 'concertação', ficam ajustadas vantagens e renúncias, mas a agenda inteira — de cada parte — pode ser retomada pela via democrática, restabelecida na sua plenitude."

Ah, se o Brasil fosse um país razoável!

"A arte é sempre individual, mas a cultura é coletiva. Num ensaio do qual tomei conhecimento graças ao economista Paulo Arêas, meu amigo, o pensador Leonard Read observa que ninguém no planeta sabe como fazer um lápis. O conhecimento está disperso entre os muitos milhares de mineiros de grafite, lenhadores, trabalhadores de linha de montagem, designers de ponteira, vendedores, e assim por diante.

Quem não participar dessa linha de conhecimento coletivo estará fora do mundo."

trecho de "A FABRICAÇÃO DO LÁPIS"
7 de março de 2014

10.

DIAS MELHORES VIRÃO

Como será o amanhã, nem o samba é capaz de responder. Toda futurologia pode ser banal, mas ela tem seu canteiro de esperança, palavra soberana deste bloco, no qual renovamos nossos sonhos, sem proselitismos ingênuos. Se tudo o que vier daqui para a frente será uma folha em branco, nada mais lúcido do que separarmos tintas dos mais variados tons para colorir nosso caminho melhor. Aqui, Cacá usa a paleta do "crer" e do "resistir" para pintar hipóteses de melhoras — no plural — para todos nós.

R. F.

UMA LUZ ACESA

28 de agosto de 2010

Na véspera de Natal, o morro está sem luz e, para não passar a festa no escuro, seus moradores precisam da solidariedade de um funcionário da companhia de energia elétrica que não mora na comunidade, nem conhece ninguém de lá. Esta é uma sinopse muito abreviada de *Acende a luz*, último dos cinco episódios de *5x favela — Agora por nós mesmos*, um longa-metragem total e exclusivamente concebido, escrito e realizado por jovens cineastas moradores de favelas cariocas.

Não sei se foi essa a intenção da diretora daquele episódio, a cineasta Luciana Bezerra, moradora na favela do Vidigal e membro do grupo cultural local Nós do Morro, mas a última imagem de *Acende a luz* (e, por consequência, a última imagem de todo o filme) reproduz, como perfeita metáfora, o próprio sentido dessa bela aventura cinematográfica — mesmo que em volta ainda esteja tudo escuro, há uma pequena luz acesa no alto do morro e ela pode muito bem se alastrar. Se nós quisermos, quem sabe ela possa iluminar toda a cidade.

5x favela — Agora por nós mesmos foi uma ideia que nos surgiu do encontro, ao longo de muitos anos, com jovens cinéfilos favelados dispostos a se tornarem cineastas. Entre projeções, cursos e palestras, vimos nascer e acompanhamos de perto o crescimento de uma primeira geração desses rapazes e moças interessados por cinema e fazendo, graças ao acesso às novas tecnologias digitais, seus pequenos filmes, como antigas gerações faziam redondilhas e sonetos.

Antes de carnaval e futebol se tornarem programas de espetáculo para a televisão, essas manifestações coletivas já foram produções culturais que, inventadas e/ou aperfeiçoadas por essa população do país socialmente desprezada, sempre representaram a cultura nacional para nós mesmos e pelo mundo afora. Sempre me perguntei como era possível que um segmento da sociedade brasileira tão subestimado e tão humilhado produzisse uma cultura tão poderosamente vitoriosa, a ponto de ser tratada como a própria "cultura nacional".

Apesar de seu extraordinário lirismo, pertinência e originalidade, essa produção cultural das favelas era muitas vezes ingênua e autopiedosa, como se se desculpasse por um estado do mundo que nunca foi de sua responsabilidade. Hoje, não é mais assim que ela é produzida, através das organizações culturais locais que estimulam sua produção, desde a virada da década de 1980 para a de 1990. O Nós do Morro, no Vidigal, a Cufa (Central Única de Favelas), na Cidade de Deus, o AfroReggae, em Vigário Geral, o Observatório de Favelas, na Maré, são algumas dessas organizações, de onde veio a maior parte dos que fizeram *5x favela— Agora por nós mesmos*. Sem elas, esse filme não existiria, pois ele é o resultado do sonho que essas organizações fizeram esses jovens sonhar.

A matriz desse sonho começou a se formar há algum tempo, já tem uma certa idade. Nasceu nos anos 1960, com o Cinema Novo e sua ideia modernista de nação e povo, progresso e mudanças. É claro que não se trata mais desse mesmo discurso, passaram-se mais de cinquenta anos desde que Nelson Pereira dos Santos filmou *Rio, 40 graus*, o Brasil e o mundo não são mais os mesmos, o próprio cinema é outro, nossas cabeças necessariamente mudaram. Entre um e outro momento, ergue-se, com *5x favela — Agora por nós mesmos*, uma ponte geracional que não foi construída para repetir nada nem para fechar ciclo algum, mas simplesmente para manter vigente a permanência do cinema brasileiro e sua trajetória sem fim, na direção que ele, pelas mãos desses jovens, tomar. Uma ponte celebrando a diferença no tempo, que consagra a vontade de filmar a cara do Brasil, como ele é de fato (nosso dever), mas também como gostaríamos que ele fosse (nosso direito).

Nós todos vivemos nos lamentando tanto e reclamando de tanta coisa, que na maior parte das vezes esquecemos de dizer como gostaríamos que as coisas fossem de fato. Não vou ensinar a meus filhos que o Brasil não tem solução, prefiro lhes dizer que o mundo poderia ser melhor. É isso o que os jovens cineastas de *5x favela — Agora por nós mesmos* nos ensinam a todos — que o mundo pode ser melhor.

O PRIMEIRO SÁBADO

—

1º de dezembro de 2010

Neste primeiro sábado* de 2011, não estamos vivendo, com a posse de Dilma Rousseff em Brasília, apenas mais uma sucessão presidencial. Se pensarmos bem sobre nossa história recente, podemos concluir que também estamos assistindo ao encerramento de uma etapa na vida de nossa jovem democracia republicana. E, portanto, à possível passagem a um novo período de seu desenvolvimento.

Por mais que eventualmente concordemos com suas ideias e que devamos muito justamente respeitar seu sacrifício (a morte é um argumento muito forte), não foram os militantes da luta armada que derrubaram a ditadura militar que nos governou por mais de vinte anos, não foram eles que provocaram a democratização do país. Quem o fez foi a articulação, nem sempre explícita (notem que não usei a palavra aliança), entre democratas conservadores, como Ulysses Guimarães, Tancredo Neves, Franco Montoro e Teotônio Vilela, e a vanguarda sindicalista do ABC de São Paulo, liderada, em sua luta estritamente legalista, por Lula.

No momento final da democratização, a partir da campanha das Diretas Já, foi se juntando a esses um terceiro elemento decisivo, for-

---

* Até setembro de 2014, os artigos de Cacá Diegues eram publicados quinzenalmente aos sábados.

mado por lideranças militares e civis do regime moribundo que, mais moderadas, perceberam a inevitabilidade da passagem à democracia formal e garantiram seu caráter pacífico.

Tudo isso teve um preço de conveniências que foi pago nessa primeira etapa de consolidação democrática que se encerra hoje, quando praticamente todas as forças envolvidas naquela articulação tiveram, de um modo ou de outro, participação nos governos sucessivos de Sarney, Collor, Itamar, Fernando Henrique e do próprio Lula. Reparem bem onde estava cada um desses nomes e seus aliados no processo político de distensão que vai, mais ou menos, de 1974 a 1985.

Dilma Rousseff é a primeira presidente do Brasil moderno que não tem nada a ver com isso. É verdade que ela participou da luta armada, no início dos anos 1970, com pouco mais de vinte anos de idade, uma jovem universitária sem ligações com o mundo político profissional. Mas sua formação pública, suas relações com o poder, sua aproximação com o Estado e sua administração, seu conhecimento da pólis, só se dá depois do fim da ditadura, já no novo regime democrático. Dilma é, portanto, uma tecnocrata formada na jovem democracia brasileira, que não tem a memória e os compromissos do passado histórico a lhe pesar sobre os ombros. Algo de novo, no estilo e no caráter da Presidência, pode surgir dessa novidade.

Paradoxalmente, também não creio que esteja se encerrando hoje a "Era Lula". Seu triunfo nos oito anos de governo, a popularidade com que deixa o cargo, a dependência que seu partido tem dele, seu próprio encanto pela vida pública, nada disso permitirá que ele seja esquecido ou que se afaste do palco político. Mesmo porque tenho até a impressão de que, quando esfriarem as paixões, vamos todos, governistas ou oposicionistas, sentir certa falta dele, alguma saudade do que representa, seja qual for o desempenho de sua sucessora.

Antes de Lula, só Getúlio Vargas lançou sua sombra com tal intensidade sobre tão longo período político. Os outros dois presidentes igualmente bem-sucedidos em nossa história republicana recente, Juscelino Kubitschek e Fernando Henrique Cardoso, não tiveram a mesma oportunidade. O primeiro porque foi sucedido por um demagogo irresponsável que nos levou, logo depois, à ditadura militar que a tudo silenciou. O segundo, por sua ausência de vocação para a devoção popular e por um total, incompreensível e covarde abandono de seu próprio partido.

É impossível prever de que modo a "Era Lula" vai seguir em frente, isso vai depender do comportamento de seu titular e do sucesso de sua sucessora. Tomara que o agora ex-presidente se conscientize de sua importância simbólica (FHC ainda não entendeu direito esse seu papel, por causa de sua justa angústia de reconhecimento, pela qual seu partido é o principal responsável), torço para que Lula não ceda à volúpia da eminência parda, atuando implícita ou explicitamente em cada decisão. Napoleão Bonaparte dizia que, na guerra, um general ruim é melhor do que dois bons.

Estamos começando a entrar num período em que nossa democracia não vai mais depender dos compromissos do passado, garantidos pelas forças políticas de "antigamente". A partir de hoje, estamos prontos para depender apenas do presente e entender esse momento como uma passagem à maturidade, o fim da adolescência de nossa democracia. Uma passagem que pode ser ilustrada pelo texto de santo Agostinho: "A verdadeira liberdade não consiste em fazer o que se tem vontade, mas fazer o que se deve porque se tem vontade."

FESTA NA FAVELA
—

18 de maio de 2013

Recentemente, revendo meu filme *Quilombo*, de 1984, Renata, minha mulher, provocou-me chamando-o de "uma fábula comunista louca para ser vista como musical da Metro". O lado "musical da Metro" vinha certamente de meu desejo de filmar a alegria dos justos. E tinha, como apoio a essa ideia, exemplos históricos e antropológicos a que de fato recorri. Posso até conceder que talvez tenha recorrido a eles de um modo meio ingênuo, mas nunca malicioso ou artificial. Mesmo sendo uma ingenuidade, era generoso e criativo tentar transformar, naquele momento, valores da cultura brasileira em manifestação pop.

Por piedosa tradição judaico-cristã, temos sempre tendência a vitimizar a vítima, como João Cabral falava de "perfumar a flor" e "poetizar o poema", uma forma de exercer sobre ela (a vítima) o poder de nossa generosidade. Não se trata de compaixão no sentido bíblico do termo, uma solidariedade na trajetória do outro, a comunhão com a dor alheia, mas sim de uma exibição hipócrita de nossa superioridade sobre o outro. A constatação da injusta fragilidade da vítima de nada serve à reversão de seu estado, tal piedade não passa do exercício de uma virtude conservadora que serve apenas ao sujeito dela.

Estranhamos ou tomamos por "folclórico" (num sentido pejorativo) quando as vítimas nos aparecem belas e fortes, potentes e eventualmente vitoriosas, capazes de sorrir e dançar, de viver com gosto o pouco que lhes foi dado viver, mesmo que num ambiente de extrema injustiça. Diante de nossas favelas, é quase insuportável, para a boa consciência, ver sua imagem solar da luta contra a miséria, um certificado cívico de tanto sofrimento transformado em elogio a uma arte de viver. A lamentação é quase sempre impotente, enquanto todo projeto utópico é sempre uma celebração.

Sei bem que não é possível simplificar o continente africano reduzindo-o a uma coisa só. Ele é formado por múltiplas e distintas etnias que já existiam muito antes de suas modernas nações serem fundadas, produzindo comportamentos que nem sempre se assemelham e conflitos que se desdobram até hoje. Mas é evidente que o que nos chegou de lá, para formar nossa nação afro-latino-tupiniquim, foi uma cultura do ornamento e do excesso, do gosto pela dança e pelo corpo, cultivando êxtase e elevação como valores fundamentais para seu padrão de comportamento.

As festivas comemorações da primeira posse de Barack Obama não foram em nada parecidas com as de qualquer presidente americano precedente. A de Jacob Zuma, na África do Sul, foi celebrada com canto e dança de multidões coloridas, como nos comícios que sucederam à libertação de Nelson Mandela e sua ascensão ao poder. O mundo inteiro viu pela televisão que, num campo de futebol, Mandela cantava e dançava durante a manifestação política para um público de dezenas de milhares de negros sul-africanos que cantavam e dançavam com ele, ao som de tambores e cornetas.

Ainda no continente africano, quando o papa Bento XVI visitou Camarões, em 2009, todos os jornais do mundo publicaram a foto da primeira-dama do país, Chantal Biya, ao lado de seu marido, o presidente Paul Biya, recebendo Sua Santidade com um vestido colorido e um vasto chapéu temáticos, onde se reproduziam símbolos do Vaticano e do catolicismo, a começar por expressivas cruzes gamadas no alto da cabeça. Guardo essa foto comigo, como testemunha da liberdade de imaginação e de generosa noção de elegância, que não esconde emoções e desejos em nome de covarde discrição. Em vez disso, a senhora do presidente de Camarões expunha, com exuberância e sem disfarces, aquilo que pretendia afirmar naquele momento.

Oswald de Andrade dizia, no "Manifesto da poesia pau-brasil", que "o carnaval carioca é o acontecimento religioso da raça". Só mesmo o entranhado cultivo cristão-ocidental da culpa pode achar a festa irresponsável. Como no candomblé, uma religião que usa o corpo numa liturgia de danças dramáticas, balés narrativos cujos personagens estão sempre contando uma história em que se busca a felicidade. Um animismo humanista que ajudou a suavizar com dengo a aspereza da Contrarreforma ibérica de nosso catolicismo. Tanto no passado quanto em nossa época de tanta violência religiosa, não se tem notícia de nenhuma guerra deflagrada em nome de algum orixá.

É esse prazer e essa celebração que os jovens de classe média têm procurado nas favelas cariocas, desde a instalação das UPPs nessas comunidades. É isso que vão consumir em noites de festas e de shows, de albergues e restaurantes, de lajes e salões, de uma população que, desde sempre condenada ao subconsumo capitalista, faz sua revolução pacífica incorporando-se ao mundo da produção.

Não tenho nada contra João Saldanha, jornalista honesto e corajoso que merece todo o nosso respeito. Mas vamos fazer justiça. O novo nome do Engenhão não pode deixar de ser Nilton Santos. Nilton jogou sua carreira toda no Botafogo e foi bicampeão mundial com a seleção brasileira, sempre chamado de "a enciclopédia do futebol". Ele deu mais ao futebol e ao Brasil do que o Brasil e o futebol deram a ele. Se quem decide o novo nome do Engenhão gosta de craque com caráter, tem que escolher o de Estádio Nilton Santos, a Enciclopédia.

BRAVO MUNDO NOVO
—
13 de julho de 2013

No dia 29 de setembro de 2010, o jornal francês *Libération*, fundado por Jean-Paul Sartre, publicava denúncia que se tornaria um grande escândalo em toda a imprensa europeia. Em sua primeira página, o *"Libé"* dizia que misterioso vírus invadira o programa atômico do Irã e o presidente Ahmadinejad responsabilizava os serviços secretos israelense e norte-americano pelo caos instalado em centrífugas nucleares e computadores que controlavam a infraestrutura do país. O vírus era imune a qualquer programa para eliminá-lo e nunca se conseguiu determinar de onde ele de fato viera.

Embora alvo de justa indignação, a espionagem internacional através de sofisticados processos cibernéticos já deixou, há muito tempo, de ser novidade no chamado concerto das nações. Ela é apenas um avanço tecnológico no sistema de escuta que nações exercem sobre outras, desde sempre. Sobretudo quando as que espionam são mais poderosas e têm mais interesses fora de seu território do que as que são espionadas. Cada vez que surge um escândalo desses, nada muda no mundo, a não ser a venda de *1984*, de George Orwell, com seu Grande Irmão que tudo vê.

O que é novo e digno de atenção é que não se trata mais apenas de espionagem militar, política ou econômica, mas do escancaramento de um mundo em que a privacidade deixou de existir, desde que Tim Bernes-Lee inventou a internet, um sistema digital de relacionamento que pudesse sobreviver ao apocalipse atômico, previsto como inevitável durante a Guerra Fria. O que quer que acontecesse, todos permaneceriam conectados para sempre, através da rede impossível de ser desfeita. Como acabou acontecendo.

Quando você fala em seu iPhone, alguém que não está em contato com você poderá saber onde se encontra, em que língua está falando, quem é seu interlocutor. Nenhum de seus e-mails ou posts em rede social está isento de publicidade. Eles se acumulam, junto com nossos dados pessoais, na infinita memória das grandes empresas do ramo, como Google, Gmail, Firefox, Facebook, Apple, Microsoft, todos esses nomes que incentivaram involuntariamente uma nova forma de pensar e que nos deram, junto com o fim de nossa privacidade, nova oportunidade de desenvolver o conhecimento e praticar as relações humanas de um modo diferente.

Hoje, um fabuloso satélite como o Hubble 3D nos revela a existência de um planeta azul como a Terra, o HD189733, numa galáxia muito distante do Sistema Solar. No macro ou no micro, estamos condenados ao fim de todos os disfarces e mistérios.

Tudo isso nos leva a um mundo pós-industrial, onde os valores não são mais medidos pelos objetos que fabricamos, mas por algo que está se organizando através de novos modos de conhecer, pensar e agir. É sobre isso que devemos refletir, em vez de simplesmente estigmatizar, com justa ira, o olhar de Tio Sam sobre nossas jabuticabas. Assim como a invenção da indústria não eliminou a agricultura ou o artesanato, a teia pós-industrial não vai eliminar nada do que lhe veio antes. Vamos sempre acumular a experiência do que vivemos e fabricamos com a do que passamos a fabricar e viver.

Mesmo sendo um espaço desprotegido da irresponsabilidade, a internet é a celebração da liberdade individual e uma progressiva forma de relacionamento e confraternização. Não é desejável que ela sofra restrições, seja mantida sob controle de Estados autoritários ou não, desapareça (o que já é impossível). Para isso, talvez estejamos pagando o preço do risco de exposição de nossas comunidades e de nossas vidas privadas. E é difícil encontrar um meio de evitar essa angústia, talvez tenhamos que aprender, não sei como, a conviver com ela.

Em vez de reclamar do poder dos outros, construamos nossa própria força. Tornemos a submissão de nossa identidade às grandes empresas capitalistas do ramo uma garantia da liberdade conquistada através da internet. No Brasil, ainda estamos na infância cibernética, naquela idade em que mal aprendemos a ler. Mas não nos basta a alfabetização — precisamos ensinar nossos filhos a entrar no YouTube, mas também e sobretudo a criar seu próprio YouTube. Só podemos viver esse mundo novo através daquilo que ainda não sabemos.

Recentemente, meu neto de seis anos de idade perguntou de supetão à mãe se era preciso casar para ter filhos. Apanhada de surpresa e desconcertada, minha nora balbuciou que não sabia. Ao que o menino retrucou firme: "Então vê aí no Google, mãe." Segundo o grande neurocientista Antonio Damásio, "nossa vida política faz parte da evolução biológica". Se não conseguirmos compreender isso e construir nossa democracia em cima disso, o sacrifício pessoal de Edward Snowden terá sido em vão.

Marc Beauchamps sempre foi um homem doce, gentil e generoso. Como produtor e distribuidor de filmes, ele foi fundamental na retomada da produção de cinema no Brasil, a partir dos anos 1990. A partir de certo momento, Marc sucumbiu às drogas pesadas, abandonou o trabalho e perdeu tudo. Desde 2010, passou a lutar contra a dependência química e já está limpo há mais de dois anos. Pois exatamente agora a polícia resolve prender Marc e atirá-lo no cárcere, ignorando seu tratamento e sua recuperação. Confundir uma pessoa doente com bandido é injusto, desumano e primitivo.

A DOIS PASSOS DO PARAÍSO
—

23 de agosto de 2014

Em 2010, no seu discurso de posse, a presidente Dilma Rousseff disse o seguinte:

"O caminho para uma nação desenvolvida não está somente no campo econômico ou no campo do desenvolvimento econômico pura e simplesmente, (ele) pressupõe o avanço social e a valorização da nossa imensa diversidade cultural. A cultura é a alma de um povo, essência de sua identidade. (...) Temos que combater a miséria, que é a forma mais trágica de atraso, e, ao mesmo tempo, avançar, investindo fortemente nas áreas mais modernas e sofisticadas da invenção tecnológica, da criação intelectual e da produção artística e cultural."

Acho que ela quis dizer que "nem tudo é a economia, estúpido", e, se não nos dermos conta disso, estaremos construindo um país sem espinha e sem espírito, que vai estar sempre consultando o guichê dos bancos e das bolsas, guiando seus passos por números que julgamos ser a verdade, mas que nada significam para a população e seus sonhos. Essa semana, não vi nenhum candidato na televisão se manifestar sobre o assunto, incluindo aí a presidente-candidata que produziu o pensamento acima.

A verdade absoluta é uma categoria metafísica do pensamento, inventada pela filosofia ocidental. Hoje, graças à Teoria da Relatividade, à Física Quântica, à Teoria do Caos e afins, sabemos que o visível é apenas a parte menos interessante do real, que a verdade é um cristal de muitas faces. O real se espatifou. Procurá-lo exclusivamente na superfície dos números é uma maneira de enganar o valor de nosso comportamento frente aos outros, ignorando, por exemplo, a ética.

De nada vale a verdade se ela não estiver submetida à ética, o bem-estar do outro. Se não tivessem contado a Édipo que Jocasta era sua mãe, o casal estaria vivendo feliz até hoje, com seus quatro lindos filhinhos. É na ética que reside o valor fundador da cultura.

A ética não está na natureza, ela é uma invenção do homem, um conjunto de regras que permite a convivência entre os seres humanos naturalmente selvagens. Ela é a nossa maior criação, tem que ser preservada e difundida para que a espécie possa sobreviver. O compromisso com a verdade nem sempre é indispensável, mas sem ética não podemos sobreviver em paz.

Só Deus não precisa de ética, Ele pode fazer e desfazer as coisas sem consultar os interesses de ninguém. Mas, por falta dela, Deus às vezes se atrapalha. Por exemplo, o masoquista sem pecado, quando morre, deve ir para o céu que ele merece ou para o inferno que lhe dá prazer? Algumas fantasias nos levam à desgraça; mas se você cultiva uma que lhe ajuda a viver melhor e não faz mal a ninguém, por que descartá-la em nome da verdade, de uma racionalidade que não lhe faz feliz?

Pois é nesse mundo da ética que a cultura reina. Já contei aqui, nessa coluna, que em suas *Notas para uma definição de cultura*, o poeta inglês T.S. Eliot diz que ela não tem nada a ver com o conhecimento. Cultura e conhecimento não são a mesma coisa, aquela antecede a este. O conhecimento é uma forma superior nas relações dos homens com a natureza, enquanto a cultura é indispensável à própria vida do homem sobre a Terra, é ela que estabelece as condições da diferença na sobrevivência. O antropólogo francês Bruno Latour diz isso de outro modo, em seu livro *Nous n'avons jamais été modernes* [Jamais fomos modernos]: "A própria noção de cultura é um artefato que usamos para pôr a natureza entre parênteses."

Outro dia, fui ver o show de Evandro Mesquita e da Blitz na série *Inusitado*, produzida por André Midani e Emílio Kalil, na Cidade das

Artes. Não apenas ouvi de novo canções que não ouvia há tanto tempo, como de repente descobri que nossos costumes, naqueles anos 1980, começando a sair da ditadura, eram muito menos tensos e reprimidos do que são hoje. Não sou nostálgico, não acho que o passado seja sempre melhor do que o presente; muito pelo contrário, tenho certeza de que o mundo sempre avança.

Mas, naquele caso, estávamos diante de uma cultura de gosto pela vida e liberdade pessoal para vivê-la, uma cultura de esperança, de uma alegria que parecia antecipar um futuro que não viria, mesmo depois do fim da ditadura. Parecia que estávamos sempre a dois passos do paraíso. Talvez não fosse verdade, mas nos ajudava a viver nossas vidas. Prefiro essa ética da felicidade, que só a cultura pode produzir, em vez da ameaça de um inferno real que aperta o cerco em torno de nós.

Para o estúpido que ainda pensa que é só a economia que muda as coisas, pergunto pelo que mobilizou, em meados do ano passado, 3 milhões de pessoas na Jornada Mundial da Juventude ou outros milhões de jovens que foram às ruas em junho.

Até que o bóson de Higgs nos prove o contrário, o homem é feito de estômago, coração e mente, mais ou menos nessa ordem de prioridades. Mas as mentes também podem mudar o mundo. Não pela vontade de uma só mente genial, mas pela conexão cada vez maior entre elas, se pensarmos nessa conexão em benefício de todos e de cada um, num mundo cada vez mais sem paredes entre vizinhos.

O SEU SANTO NOME

2 de novembro de 2014

Regra alguma é capaz de explicar tudo. O "todo" não existe, ele é uma ilusão que criamos para não enlouquecer cada vez que deparamos com uma "parte" e nos esforçamos para entendê-la. A vida é mais complicada do que isso e pode ser mais fascinante do que isso. Como está no poema de Carlos Drummond de Andrade: "Se procurar bem, você acaba encontrando/ Não a explicação (duvidosa) da vida/ Mas a poesia (inexplicável) da vida."

Como não há uma forma única de compreender o mundo, o papa Francisco, mais uma vez, nos surpreendeu positivamente ao declarar que "Deus não agiu como um mágico, a usar sua varinha de condão para fazer tudo". Ele admitiu a teoria do Big Bang e a da evolução das espécies, enterrando de vez a simplificação do criacionismo e sua "todificação", reabilitando tanta gente que foi mandada para a fogueira, em tempos menos tolerantes vividos pela Igreja. Os católicos ficam assim liberados para aceitar que o mundo e a vida são o resultado de um movimento nem sempre controlável dos seres e da natureza que, modificados em suas partes pelo inesperado, estão em constante conflito com o desejo humano de repousar no conforto da totalidade.

A ideia imperial que pretende tudo explicar, não é apenas da tradição religiosa; ela floresceu também em muitos pensadores de séculos recentes, os herdeiros do Iluminismo de esquerda ou de direita. Desde que terminaram as guerras genocidas do século XX e a posterior Guerra Fria, temos dificuldade em nos livrar do dualismo ideológico, como se ainda precisássemos nos agarrar a um dos dois colos políticos do período, a justificar nossas vidas com a adesão a um deles. Nosso comportamento cotidiano ainda é prisioneiro da busca por essa tola razão que a tudo deve iluminar.

Suzane von Richthofen, hoje com 31 anos de idade, matou seus pais com a ajuda do namorado e foi condenada, em 2002, a 38 anos e seis meses de prisão. Agora, ela está anunciando seu casamento com outra prisioneira, Sandra Regina Gomes, que, em outubro de 2003, participou do sequestro de um adolescente que ela mesma matou com um tiro na cabeça, antes de receber o resgate pedido e pago. Para casar-se com Sandra, Suzane abriu mão do regime semiaberto a que tinha direito, preferindo permanecer próxima de sua parceira. Para casar-se com Suzane, Sandra abandonou sua esposa anterior, Elize Matsunaga, de 32 anos, presa por ter matado e esquartejado o marido, Marcos Kitano Matsunaga, em 2012.

Para casar e viver numa mesma cela, Suzane e Sandra tiveram que assinar um documento oficial de "relacionamento afetivo voluntário", como é exigido pela penitenciária de Tremembé, em São Paulo, onde se encontram. Segundo esse documento, as duas se comprometem a seguir as regras da penitenciária para tais casos, entre as quais se destaca a de que "não pode haver brigas nem traições entre os casais".

Retire dessa história o passado criminoso das moças — o horror se transforma imediatamente em elogio do amor. Queremos saber melhor sobre os sentimentos em condições tão adversas, muito mais próprias a rancores e vinganças do que ao exercício de uma paixão. E, no entanto, foi sem dúvida a paixão que as uniu. O que nos parecia monstruoso se torna, a nossos olhos, uma história de amor contra a dor da solidão, mais ou menos como as que nos contam os românticos. Humano, demasiado humano.

Suzane e Sandra se amam de verdade? Não as conheço, nunca as vi juntas ou separadas, mas acho que sim. O amor é um desses eventos inesperados a que me refiro acima, um evento que não controlamos, que nem mesmo é decidido por nós, mas que é capaz de mudar nossas vidas e nosso jeito de estar no mundo. De Aristóteles a Spinoza, desaguando na neurociência contemporânea, descobrimos que algumas emoções, em circunstâncias apropriadas, podem ser perfeitamente racionais. Dizendo de um modo mais romântico, somos nós mesmos, os homens enquanto observadores do mundo, que decidimos ser belo o canto dos pássaros.

E já que começamos com Drummond, terminemos com ele e sua sabedoria lírica, no poema "O seu santo nome": "Não facilite com a palavra amor./ Não a jogue no espaço, bolha de sabão./ (...)/ Não brinque, não experimente, não cometa a loucura sem remissão/ de espalhar aos quatro ventos do mundo essa palavra/ que é toda sigilo e nudez, perfeição e exílio na Terra./ Não a pronuncie."

Os jornais anunciam que José Mariano Beltrame aceitou o convite do governador eleito para continuar à frente da Secretaria de Segurança do Estado. Podemos respirar aliviados e confiantes.

AINDA O AMOR
—

9 de novembro de 2014

Domingo passado, aqui nesta coluna, escrevi sobre o caso que envolve Suzane von Richthofen, que participou do assassinato de seus pais, e Sandra Regina Gomes, que deu um tiro na cabeça do adolescente que sequestrara. As duas assassinas, recolhidas à penitenciária de Tremembé, São Paulo, se apaixonaram uma pela outra, resolveram juntar seus trapos na prisão e estão anunciando o casamento entre elas. Como recebi mensagens criticando severamente meu texto, algumas cheias de equívocos a propósito do que escrevi, volto ao assunto, me apresso em esclarecer os enganos e reiterar o que penso.

Em momento algum escrevi que as moças mereciam ser absolvidas ou ter suas penas comutadas porque se amam. Os crimes que cometeram são monstruosos, elas têm que cumprir as penas para as quais foram condenadas.

Mas assim como o amor não justifica crimes, não redime pecados, não pode ser álibi para o perdão apressado, ele também não é um espaço exclusivo dos virtuosos. Mesmo no monstro existe uma complexa natureza humana da qual faz parte a possibilidade do amor, ainda que ele não chegue a se constituir de verdade. Se não entendermos isso com a radicalidade necessária, jamais aprenderemos de fato a conviver uns com os outros.

Meu texto não fazia o elogio de Suzane e Sandra; ele fazia o elogio do amor, do estado em que as duas se encontram hoje no mundo. Tampouco preguei a sublimação do amor acima de todas as coisas, apenas tento estimulá-lo para que todos possamos ter uma chance de viver melhor. No limite, mesmo que se revele uma ilusão, trata-se de uma atitude pragmática, num mundo conturbado como o nosso.

Em 2001, depois da queda das Torres Gêmeas que matou 3 mil pessoas em Nova York, Susan Sontag declarou que era possível dizer tudo dos terroristas, menos que eram covardes, como a imprensa passara a tratá-los. Como podiam ser covardes homens que davam suas vidas por uma causa e uma fé? A grande pensadora americana queria dizer que os crimes dos terroristas, indefensáveis embora cometidos com coragem, demonstravam que a ousadia não é uma virtude absoluta, que ela só é uma virtude quando está a serviço de uma boa causa. Assim como o amor, nenhuma virtude é uma virtude em si.

Existem muitas formas de amar. Em *O grande Gatsby*, um dos personagens de Scott Fitzgerald diz que *"there are all kinds of love in this world, but never the same love twice"* (numa tradução livre e apressada, "existe todo tipo de amor neste mundo, mas nunca o mesmo amor duas vezes"). Essa singularidade do amor deve ser respeitada, não temos o direito de medir amores, como se uns fossem superiores ou inferiores a outros. O de Suzane e Sandra é o amor que lhes foi possível cultivar na situação em que se encontram, um milagre brotado em pessoas com um passado como o delas.

Alguns daqueles missivistas revelavam certa desconfiança no amor entre pessoas do mesmo sexo, como é o das moças de nossa história. A sociedade contemporânea está dando passos largos para o fim desse preconceito; mas já tivemos, desde sempre, exemplos contundentes desse tipo de amor. Alexandre, o rei macedônio que espalhou a cultura grega clássica pelo mundo, uma das raízes de nossa civilização, "era galante para com as senhoras, mas preferia generais e rapazes", e quase enlouqueceu com a morte de Heféstion, seu favorito, na batalha de Ecbátana (em *Breve história da civilização*, de Will Durant). E assim por diante, através dos séculos, mesmo nos tempos mais intolerantes.

Não estou me referindo à paixão. A paixão é um projeto de dominação e controle do outro, uma euforia que dói, uma perda de consciência por droga pesada. Uma festa no inferno. A paixão é um desejo de devorar o outro e, ainda assim, não ficar satisfeito, precisar sofrer sua ausência. Acho que foi pensando na paixão que Oscar Wilde escreveu que desejamos sempre matar o objeto de nosso amor, para que ele só possa sobreviver na eternidade.

O amor, não, o amor é humaníssimo. Ele pode, às vezes, ser solitário, de mão única; mas é sempre uma proposta de solidariedade, de entendimento entre seres humanos. O amor é um caminho de árvores frondosas, em direção a um bosque de sombras, onde um sol interior o ilumina por dentro. Um sonho real que nos ajuda a enfrentar o horror da realidade. O amor é uma felicidade serena, um êxtase sem histeria, uma conciliação com o Universo.

Quanto a mim, já disse, vou estar sempre onde houver amor.

DEPOIS DO CARNAVAL

22 de fevereiro de 2015

Depois do carnaval pode ser o melhor período do ano para qualquer um de nós. Não me refiro aos mal-humorados que não gostam da festa, aqueles para quem o carnaval é uma alienação irresponsável e é por isso que o Brasil não vai pra frente. Sempre gostei e frequentei o carnaval, embora eu e ele estejamos um pouco cansados demais para novas celebrações.

A ressaca depois do carnaval pode ser um alívio para que nos lembremos de que, quando nos deram a oportunidade de fazê-lo, rimos e gozamos intensamente o direito de viver, mesmo que com data marcada e posteriores enjoos e dores de cabeça.

Lembro-me de um mote dos anos 1960 ou 1970, não sei bem: quem dançou, dançou; quem não dançou, dançou. O jogo de palavras servia para explicarmos que o importante era dançar os ritmos que o mundo tocava, senão "dançávamos" — o que queria dizer, na gíria da época (e acho que na de hoje também), que perderíamos o bonde da vida.

A ressaca depois do carnaval pode ser também uma forma de nosso corpo anunciar que não está feliz em ter que voltar a pensar nas desgraças do Brasil e, se costumamos assistir ao *Jornal Nacional*, nas desgraças do mundo. Como diz o filósofo português contemporâneo José Gil, depois do jornal da televisão podemos suspirar e dizer "é a vida" e irmos dormir em paz. Porque essa "vida" a que estamos nos referindo não se passa em nosso espaço no mundo, não pertencemos a ela, não temos nada a ver com ela. A não ser que a notícia seja a do aumento do preço do transporte urbano e nós sejamos operários em construção.

Durante o carnaval, a vida (essa que está em torno de nós) parece não ter fim e rezamos para que tão cedo não chegue a quarta-feira que nos entregará nas mãos os deveres que adiamos, os compromissos que deixamos para depois do carnaval. Mas também sabemos que aquela quarta-feira nos entregará de volta a outra vida (a que está fora de nós) e, quem sabe, ainda tenhamos alguma esperança de vivê-la melhor.

Se dermos alguma sorte, depois do carnaval, evitar a recessão financeira que nos deixará sem emprego e a falência da Petrobras assaltada pelos políticos pode não ser mais um sonho impossível, mas milagres tangíveis, tornados viáveis pela consciência de que podemos ser mais felizes. Como fomos na semana passada.

Francamente, não sei mesmo como anda o carnaval carioca. Me enjoa um pouco aquele programa de televisão disfarçado em desfile de escolas de samba, que mais parecem evoluir num palco em Las Vegas. Não costumo mais acompanhá-lo. Não acho que o carnaval tenha sido inventado para ser assistido na imobilidade de camarotes e arquibancadas com divisão de classes, nunca foi assim. Abro mão de vê-lo, sobretudo quando o campeão do desfile é financiado por um ditador africano para elogiar seus malfeitos. Las Vegas e Obiang Nguema que se mereçam.

Por isso, me interesso mais pelo crescimento dos blocos, uma velha novidade que se renova (parece!) em cada bairro e, com mais adesões, no centro da cidade. O bloco é um modo de você escolher sua turma, de preferência entre vizinhos de bairro, um modo de selecionar a partição de sua felicidade, um voto de pertencimento a uma comunidade.

Talvez minha simpatia pelo bloco esteja no fato de que ele seja um meio caminho entre a solidão de "nossa" vida e a adesão a uma "vida do mundo", como dizia o mesmo José Gil. Voltando ao jornal da televisão, mesmo com todas as desgraças anunciadas, podemos dormir em paz a cada noite, depois de desligar o aparelho, pois não temos nada a ver com um tsunami no Japão ou com massacres no Oriente Médio. Isso são coisas que se passam com os outros distantes, em outro mundo do qual sou mero espectador, como o sou de um desfile de escolas de samba. Um mundo prisioneiro da televisão, que só volta a existir quando ligo de novo o aparelho.

Pode ser que o excesso de informação em nosso tempo, esse tornado de notícias que podem ir da degola de um prisioneiro pelo Estado Islâmico ao nascimento de um ursinho panda num zoológico da China, tenha terminado por nos deixar insensíveis à maioria delas, até mesmo pela necessidade de continuarmos vivendo em meio aos horrores.

O carnaval nos exime de culpas, somos obrigados a esquecer o que os jornais e a televisão nos contam. E essa é uma regra inserida nos deveres de cidadania do nosso país, temos que obedecê-la com gosto e prazer. Depois do carnaval, aceitaremos as dores privadas e públicas com mais resignação, pelo menos até o próximo carnaval.

Assim como também podemos tornar esse longo tempo de um ano entre um carnaval e outro matéria de nossa reflexão — por que estávamos tão alegres e divertidos, por que fomos tão felizes naqueles quatro dias? Temos que aprender a fazer alguma coisa para que o sentido do que nos ensina o carnaval não se perca depois do carnaval.

QUEM INVENTOU O AMOR

27 de setembro de 2015

Procuro, nas fotografias de jornais e revistas, alguma coisa que me alimente a esperança, da qual não pretendo abrir mão. Cada vez que me deparo com alguma dessas fotos, do Oriente Médio ao Complexo da Maré, meu coração bate ligeiro, me concentro em silêncio em busca de que sinal pode estar nela. Veja, a seguir, o que vejo.

Uma menina em lágrimas morde a mão de um soldado húngaro coberto por uma máscara contra gases. A menina colabora com suas prováveis mãe e irmãs, que gritam de terror e tentam puxar para trás o soldado sentado em cima do refugiado sem ar. O soldado sufoca com seu peso o fugitivo, para que ele e sua família não atravessem a fronteira de seu país.

Dois policiais militares torcem, às suas costas, os braços de um cidadão em jeans rasgadas que grita de dor e, talvez, de revolta. Diante de seu sofrimento, mãe e filha choram e dizem alguma coisa aos policiais, certamente desorientadas, sem saber o que fazer. As vestes dos três estão rotas e sujas, mas eles não se importam com isso. À exceção do lenço convencional na cabeça da mulher muçulmana, eles se vestem como qualquer outra pessoa do mundo que conhecemos.

Um enfermeiro militar turco recolhe, na franja do oceano com a praia, o corpo de uma criança de três anos, com o rosto virado para as ondas que o cobrem e descobrem conforme a maré. Aplicado, o enfermeiro leva às pressas o corpo inerte do menino para cuidados, como provavelmente identificação e enterro. Agora, todos nós temos um filho pequeno chamado Aylan Kurdi.

Num posto fora de qualquer fronteira, os migrantes esperam por nada em lugar nenhum. Eles não podem voltar e não se lhes permitem seguir em frente. As crianças dormem espalhadas pelo chão nu, com as cabeças sobre latas e trouxas, protegidas do frio por restos de roupas e uns trapos. Uma senhora desesperançada dá de comer uma fruta a seu provável neto miúdo, de uns cinco anos de idade. Alguns adultos conversam sussurrando, quase sempre de cabeça baixa.

De repente, num trecho dessa última foto, perto e longe de qualquer país, descobrimos o inesperado. Cobertos por um pano montado à guisa de cabana, um homem e uma mulher se beijam apaixonadamente. Abraçados, ele a traz para junto de seu corpo, com a pressão de seus braços nas costas dela. E ela puxa com força o rosto dele para perto do seu, trazendo-o pelo pescoço até o beijo na boca. O casal não parece ignorar o entorno; tanto que, por pudor, esconde-se sob a falsa cabana. Apenas não resiste àquilo que resistiu a todos os piores momentos que provavelmente viveram no caminho de sua terra ao desconhecido, fugindo da violência e impedidos de seguir em frente pela ignorância e pela insensibilidade.

Talvez esteja mesmo na hora de reinventar o amor, trazer a tragédia humana que vivemos para a redenção de querer bem ao outro. Ou aos outros.

Não estou me referindo ao tropo tão vulgarizado nos anos 1960 e 1970, em que o amor político e revolucionário era sinal de caráter. Se amássemos o povo, era esse o amor que importava, pronto. Por essa época, numa carta a Jean-Luc Godard, que vivia falando mal dele em nome do confronto entre os cinemas que praticavam, François Truffaut respondeu-lhe: "Você vive afirmando seu amor às massas porque é incapaz de amar alguém."

Amar os outros significa amar sem classificações, tanto faz de onde vem e para onde vai o ser amado. Significa que nunca é tarde para compreender que tudo o que fazemos na vida, mesmo que não saibamos disso, é feito para sermos amados pelos outros. Esse amor não é nenhuma novidade para os humanos, ele já estava inscrito no Antigo Testamento, aceito por todas as religiões monoteístas majoritárias: "Davi amava o jovem Jônatas como sua própria alma" (1 Livro de Samuel, 18).

O amor também pode ser solitário, de mão única. Mas é sempre uma proposta de solidariedade, de encontro entre pessoas mesmo distantes. É diferente da paixão, um desejo de devorar o outro e, mesmo depois disso, ainda não ficar satisfeito com sua destruição. A paixão é uma festa no inferno.

Hoje, jovens de todo o mundo estão experimentando, por perplexidade ou por curiosidade, o poliamor, uma forma de praticar o amor por mais de uma pessoa, o amor distribuído no cotidiano sem restrições. Quem sabe eles não estão dando uma resposta privada à crueldade pública a que estamos expostos hoje, em todos os continentes. Segundo Scott Fitzgerald, romancista americano do século XX, "existem todas as espécies de amor neste mundo, mas nunca o mesmo amor duas vezes".

Pode ser que sejamos todos uns tolos, que não adiante, procurar o sentido do amor, como sabemos que não adianta procurar o sentido da vida. Este não existe, mas essa procura é o único sentido que a vida pode ter.

A ETERNA ESPERANÇA

—

1º de janeiro de 2016

De vez em quando, dá vontade de mudar de assunto, desorientar nossos interlocutores com temas inesperados, nem sempre próprios às meditações de fim de ano. Dá vontade de dizer que o que passou, passou, e o que há de vir é inescrutável. Assim como não temos o poder de mudar o passado, tampouco o temos de tornar o futuro aquilo que sonhamos.

Anos difíceis são todos. Claro, alguns são mais difíceis porque trazemos na memória feridas abertas e mal fechadas, fracassos secretos que nos afligem mais do que aqueles que são do conhecimento de multidões. Talvez o fracasso não seja nada mais, nem menos, que o nosso próprio segredo, a nossa indisposição em revelar o que acabou por nos acontecer. Como se fôssemos responsáveis (ou, pelo menos, únicos responsáveis) por tudo o que nos acontece.

O país vai mal, todo mundo sabe disso, os que gostam e os que não gostam de nossos líderes. Ao longo dos anos, já vi o Brasil passar por muitas crises, mas nenhuma como esta. E havia sempre o consolo de saber por quem torcer, um dos lados em disputa havia de ter razão, de merecer nosso apoio. E ali depositávamos nossa confiança, mesmo que derrotados. Uma confiança que nos ajudava a viver, ainda que não nos ajudasse em mais nada.

Foi assim, por exemplo, na crise nacional mais grave a que assisti em minha vida, o golpe de Estado de 1964. Perdemos. De esperança de uma nova civilização mundial, nos tornamos, da noite para o dia, exemplo clássico de uma República das Bananas, força mixuruca a serviço do que havia de mais poderoso no mundo. Pagamos caro pela derrota. Não apenas os longos 21 anos de ditadura militar, de repressão do pensamento livre, prisões e mortes de militantes, mas também a negação do sonho, o veto radical à imaginação, o desprazer de viver.

Mas, apesar de tudo, havia sempre a secreta esperança de que o nosso lado ressurgisse impávido dos restos da luta, que nossa força fosse recuperada por milagre e um novo d. Sebastião viesse nos salvar daqueles tempos sombrios. Um d. Sebastião que, ao longo daquelas duas décadas, teve nomes diversos, consagrados e desconhecidos. Nós tínhamos por quem torcer.

No Brasil de hoje, é quase impossível dizer a mesma coisa. Com todo o respeito por aqueles que acreditam, devo confessar que perdi a fé dos anos da ditadura, não vejo mais por quem torcer, de quem esperar a redenção. É como se eu e o país tivéssemos perdido a confiança no que Hanna Arendt chamou de "a única elite política efetiva, a elite autosselecionada no território daqueles que se sentem felizes em se preocupar com a coisa pública". Talvez tenha me dado um excesso de desesperança, mas não vejo mais ninguém feliz em se preocupar com a coisa pública, no sentido quase sagrado da tradição sebastianista que herdamos de Portugal.

E, no entanto, aí está um novo ano que começa hoje, como um desafio à perseverança brasileira em sonhar. Os jornais da semana, os noticiários da televisão, os palpites publicados em redes sociais, tudo parece de repente conquistado pela volúpia do futuro, a volúpia em crer na transformação humana sempre para melhor, mesmo que o genocídio bélico na Síria se agrave, mesmo que Donald Trump vá tomar posse em janeiro, mesmo que os refugiados norte-africanos se afoguem nas águas azuis do Mediterrâneo, mesmo que o fascismo renasça poderoso na Europa cansada de resistir.

O antropólogo francês Claude Lévi-Strauss, que lecionou na Universidade de São Paulo, escreveu em seu livro *Tristes trópicos*, nos anos

1950, que, em nosso país, as coisas passavam da barbárie à decadência, sem conhecer a civilização. Como se o Brasil fosse uma paisagem de ruínas que não conheceu o apogeu. Um pouco como Benjamin Moser define a cidade de Brasília e seu significado político-cultural: um suntuoso Cemitério da Esperança. Sabemos enterrar com grandeza e pompa nossas esperanças, antes que elas ameacem se transformar em realidade.

Talvez, portanto, seja bem certo chamar o Brasil de "o país da esperança", como tantos pensadores de nossa fase pós-colonial, nacionais ou não, decidiram nos eleger. Somos o país da eterna esperança, a esperança que não se torna história para não perder seu charme único, o sentimento de que, se vencermos mais um ano, chegaremos lá, não sabemos bem onde, ou se é preciso chegar. E é isso o que nos dá prazer. A eterna esperança que nos faz dançar no carnaval, à espera dos dias melhores que nem precisam vir, pois ela nos alimentará para sempre como povo único e muito especial.

Pode ser que um dia nos cansemos disso tudo. Pode ser que a violência crescente vença a esperança de vez. Ou que aconteça um milagre público, não sei. Mas isso é uma outra história, para outros dias de ano-novo.

MEU CORAÇÃO SE DEIXOU LEVAR

5 de março de 2017

Na mosca. Na coluna de domingo passado, previ que o princípio do fim desse longo verão seria coroado com a vitória da Portela no carnaval. É claro que isso era mais um desejo do que uma profecia, mas não deu outra. Depois de 33 anos sem título, a Portela é campeã.

Quando eu era moleque, minha turma costumava torcer por uma combinação de times de futebol e escolas de samba. Quem era Flamengo, devia, em geral, torcer pela Mangueira. Quem era Fluminense, pelo Salgueiro. Vasco, o Império Serrano. E quem era Botafogo, torcia pela Portela. Para nós, os quatro grandes do futebol combinavam-se com os então quatro grandes do carnaval. Embora isso fosse uma grande tolice juvenil de nossa turma, pois sabemos que, entre outros muitos exemplos, Paulinho da Viola é um exaltado torcedor do Vasco, sendo um dos mais ilustres e fiéis portelenses.

Como o campeonato carioca se encerrava antes do Natal, no início do ano a gente tinha pouco assunto relativo a futebol e, pelo menos até fevereiro, se concentrava no carnaval e seus prévios destaques, as marchinhas e os sambas que iam sendo lançados pelo rádio, na voz de intérpretes que, entre uma e outra palhaçada de Oscarito e Grande Otelo, víamos ao vivo nas chanchadas que ocupavam nossas telas de dezembro a março.

De vez em quando, bisbilhotávamos os ensaios de algumas daquelas escolas, frequentando as quadras onde sambistas ensaiavam ao som de sambas de terreiro, aqueles que não eram cantados na avenida, mas que pertenciam à tradição gloriosa de cada uma delas e de seus maiores compositores. Foi nessas visitas à quadra de Madureira que me apaixonei pela Portela, como era apaixonado pelo Botafogo.

Na segunda metade dos anos 1920, uns moradores de Oswaldo Cruz e Madureira, sob a liderança de Paulo Benjamin de Oliveira, um negro carpinteiro de profissão, o futuro e mitológico presidente Paulo da Portela, fariam do chamado Conjunto Carnavalesco de Oswaldo Cruz um embrião do que seria logo uma vitoriosa escola de samba, formalmente fundada em 1926. Segundo o historiador Lira Neto, em *Uma história do samba*, Paulo da Portela anunciava que, em sua escola, "todo mundo tem que ter pés e pescoços ocupados, para fazer parte do grupo tem que usar gravata e sapato". Ele mesmo era um exemplo da elegância popular que contaminou sua escola.

Só em 1935 a agremiação ganhou definitivamente o nome de onde foi fundada, embaixo de uma árvore à margem da Estrada do Portela, sobrenome do português Miguel Gonçalves Portela, que era dono de um antigo engenho na região. Embora a Estação Primeira, a escola da Mangueira de Cartola e Carlos Cachaça, tenha sido a primeira campeã nos desfiles na Praça Onze, ao longo dos anos foi a Portela que acabou sendo a maior vencedora, com 22 primeiros lugares, inclusive esse de 2017.

Uma vitória impecável e indiscutível, em meio a tantos surpreendentes desastres na avenida. Esses graves acidentes com carros alegóricos, que produziram 35 feridos, apontam para uma crise, alguma novidade desastrosa no desfile da Sapucaí que precisa ser elucidada. Falta de dinheiro? Excesso de pretensão e voluntarismo? Projetos desmedidos? É preciso descobrir o que aconteceu, para não deixar que se repita o que pode se transformar em tragédia.

Foi como amante inebriado que conheci e comecei a amar a Portela. Em 7 de setembro de 1976, celebrei esse amor fazendo a estreia de *Xica da Silva* no velho Cine Madureira, ao lado do viaduto do bairro. Na mesma noite, organizamos a festa comemorativa da estreia na sua quadra, um pouco mais adiante. A Portela é um rio que ainda passa em minha vida. E meu coração se deixa levar.

Agora só falta o Botafogo ser campeão da Libertadores.

Outra festa na semana, cheia de acidentes, foi o Oscar. Mas podemos tomar o principal deles, a troca temporária do vencedor, como metáfora do que acontece com a cultura popular americana de hoje.

Moonlight, o vencedor, é um filme pungente que trata de um assunto contemporâneo, um tema duro para a consciência americana, como sobreviver no mundo de hoje sendo negro, gay e pobre. É claro que não foi essa a intenção de seus realizadores, que o produziram bem antes das últimas eleições, mas *Moonlight* é o filme mais próprio à contestação liberal do mal que Donald Trump anda fazendo aos Estados Unidos.

Se a votação do Oscar tivesse se dado antes das eleições, não tenho dúvida de que o vencedor teria sido mesmo *La La Land*, filme encantador dos anos 1980, quando o cinema americano deserdava de vez a moda da acidez inconformada da New Hollywood da década anterior (Hopper, Coppola, Scorsese, DePalma, Ashby, etc.), trocando-a pelo simulacro do bem-estar criado pelos filmes da festa alegre e romântica do pós-guerra dos anos 1940 e 50.

A boa notícia é, portanto, que a vitória de *Moonlight* sobre *La La Land* anuncia que Hollywood e suas estrelas *overrated* estão mesmo fazendo oposição à tragédia representada por Trump.

A AFIRMAÇÃO DOS GÊNEROS
—

4 de junho de 2017

Tamanho não é documento. O Grão-Ducado de Luxemburgo, pequeno país europeu situado entre Alemanha, Bélgica e França, onde ocupa um espaço menor que o da cidade de Brasília, com uma população que é quase a metade da de Nova Iguaçu, dá um exemplo de modernidade cultural e política ao resto do mundo. Luxemburgo (o país e não o velho treinador, claro) sempre teve uma certa importância estratégica no continente, devida, nos tempos atuais, à solidez de sua economia e à habilidade com que ela é conduzida. Mas, agora, sua importância vai mais longe.

Sendo parte da União Europeia, Luxemburgo é uma monarquia constitucional encabeçada pelo grão-duque, em que o povo elege, regular e democraticamente, Parlamento e primeiro-ministro. Atualmente, quem ocupa o posto de primeiro-ministro é Xavier Bettel, um político de 44 anos, homossexual fora do armário há muitos anos, que, em 2015, oficializou seu casamento com o jovem arquiteto Gauthier Destenay. Desde então, o casal se apresenta sempre junto, em fotos funcionais ou românticas, com o primeiro-ministro levando seu cônjuge a todas as viagens oficiais. Como, por exemplo, em recente visita formal ao Vaticano.

Bettel e Destenay estiveram, essa semana, na reunião dos líderes da Otan, em Bruxelas, e causou furor em todo o mundo a foto oficial das primeiras-damas, em que o marido do primeiro-ministro luxemburguês se encontra presente e à vontade. Em seu informe sobre o evento, a Casa Branca omitiu o nome de Destenay na legenda da fotografia, como se ele não estivesse ali, com um discreto sorriso feliz, por trás de Melania Trump.

Nessa reunião da Otan, parece que as melhores amigas de Destanay, as primeiras-damas que melhor se entenderam com ele, foram Brigitte Macron, a simpática esposa sexagenária do recém-eleito presidente francês, e Emine Erdogan, mulher do presidente quase ditador da Turquia, com seu permanente véu na cabeça. Gostaria muito de saber o que conversaram, mas isso a imprensa não informou.

Bettel não é o primeiro dirigente mundial que se declara gay. A pioneira no assunto foi a primeira-ministra da Islândia, Johanna Siguroardóttir, que, em 2010, casou-se publicamente com a dramaturga Jónina Leósdóttir. No cargo desde 2014, Bettel afirmou em Bruxelas que "as pessoas não votaram em mim por eu ser gay ou heterossexual. Isso não é assunto para eleição, para quem vai cuidar do país". Ele está certo. O assunto, porém, pode não servir para eleição, mas faz muito bem ao país, ajuda a libertá-lo de velhos conceitos e preconceitos.

Enquanto se dava esse encontro da Otan, em Taormina, na Sicília, rolava a reunião dos líderes do G7, o grupo de países mais ricos do mundo. Os líderes dos sete mais ricos passeavam pelo litoral ensolarado do sul da Itália, que ninguém é de ferro, pensando provavelmente em como controlar a ansiedade dos setenta mais pobres.

Numa foto oficial do evento, cercada por seis machos poderosos, entre os quais Donald Trump, com sua cara de mafioso escandinavo e aquela marquise loura em cima da testa, estava lá a solitária Angela Merkel, que, na ausência de Theresa May, representava um outro novo poder no planeta, o poder do gênero feminino. Até que, com o tempo, o mundo pode ficar bem mais divertido.

Os homens públicos brasileiros bem que podiam ouvir as palavras do papa Francisco, ditas em 5 de novembro de 2016, encontradas em um vídeo viral que circula pela internet. Aliás, não só os brasileiros, mas os homens públicos do mundo inteiro:

"A qualquer pessoa que tenha apego demais às coisas materiais, aos que gostam de dinheiro, de banquetes exuberantes, de mansões suntuosas, de trajes refinados, de automóveis de luxo, eu aconselharia que examinem o que está se passando em seu coração e que rezem para que Deus os livre dessas ataduras. Quem tem afeição por todas essas coisas, por favor, não se meta em política."

Diga-se de passagem, esse foi também o conselho que Pepe Mujica, ex-presidente do Uruguai, mito e líder popular no país, deu numa entrevista: "Você tem todo o direito de querer ganhar dinheiro na vida, mas então não se meta em política. Fazer política e ganhar dinheiro são ações humanas incompatíveis."

Naquela mesma fala de novembro passado, Francisco ainda diz que "frente à tentação da corrupção, não há melhor antídoto do que a austeridade moral. Praticar a austeridade é, antes de tudo, pregar com o próprio exemplo. Peço que não subestimem o valor do exemplo, porque ele tem mais força que mil palavras, que mil volantes, que mil *likes*, que mil *retweets*, que mil vídeos do YouTube. O exemplo de uma vida austera a serviço do próximo é a melhor forma de promover o bem comum".

Esse cara ainda vai salvar o mundo em que vivemos.

[ENCERRAMENTO] UM NOVO HUMANISMO
—

23 de abril de 2011

Segundo consagrado pela ciência, o Universo deve sua origem a uma grande explosão, o Big Bang. Nós e tudo o que nos cerca somos formados pelo material que se liberou e se expandiu dessa explosão inicial.

Como se sabe, qualquer material formado por uma explosão tende naturalmente a, no tempo, diminuir sua velocidade de expansão até se retrair. Mas, no caso de nosso Universo, os astrocientistas ainda não conseguiram explicar por que, ao contrário disso, sua expansão continua a se acelerar indefinidamente. Não conseguem entender que força estranha é essa, mais poderosa que a grande explosão inicial, capaz de produzir essa aceleração permanente, rompendo com a lógica de tudo que conhecemos.

Se o Universo se expande cada vez mais aceleradamente, é natural que tudo que se encontra em seu interior acompanhe esse mesmo ritmo, se expanda nessa mesma velocidade. Inclusive a mente humana e sua capacidade de entendimento do que está à sua volta. Como não conseguimos suportar a vertigem desse movimento constante, dessa ideia de que nada nunca se completa e se acaba, como não conseguimos suportar a ideia de crise constante, estamos sempre em busca da fantasia de um fim, de um triunfo final capaz de coroar a passagem do homem pelo Universo.

Durante muito tempo, Deus, ou os deuses, ocupou esse espaço triunfal. Era apenas deles e de seus desígnios que nós dependíamos, não adiantava se aporrinhar com outros projetos que não fossem os da estrita obediência à vontade divina e suas consequências. Mas, um dia, assim como Copérnico pôs o Sol no centro do Sistema Solar, o grande salto para tempos mais modernos colocou o homem no centro das ideias humanas, substituiu o conformismo diante da vontade divina pela curiosidade por nosso próprio destino, pelo direito de nos realizarmos nessa vida mesma, pela busca da felicidade.

A insegurança do homem tornou-o uma espécie de travesti de Deus, prevendo para si mesmo um destino triunfal, tema de todos os humanismos desde o paraíso cristão, do conhecimento científico total à sociedade sem classes, da harmonia absoluta com a natureza à singularidade de nossa origem. Da miséria humana ao triunfo final de nossa virtudes ou de nossos esforços, quando tudo então se apascentaria no triunfo.

Como a ciência não para de nos passar rasteiras, como a história é uma senhora bêbada a ziguezaguear por aí, como a natureza nos trai e decepciona constantemente com seus agressivos terremotos e tsunamis, como não somos muito diferentes de todos os acasos que formaram o Universo à nossa volta, nossa frustração nos constrange e nos desorienta. Afinal de contas, como dizia o personagem literário, descobrimos que "o céu é muito superestimado".

Talvez esteja chegando a hora de pensarmos um novo humanismo, dessa vez não triunfalista, sem aquele final apoteótico de sempre. Um humanismo construído de nossas fraquezas, capaz de transformá-las em matéria de nosso entendimento mútuo nesse Universo em constante, acelerada e infindável expansão. Nós somos os únicos, nesse tão movimentado Universo, que temos consciência de sermos indivíduos, que sabemos onde estamos e com quem estamos. E talvez seja isso o que chamamos de alma.

Não precisamos tornar trágica a nossa relação com o fracasso de nossas ilusões de divinização. Não precisamos sofrer porque não somos capazes de vencer o acaso, de impor ao mundo nossos projetos de absoluto. Precisamos de "um olhar menos nostálgico diante do presente", como escreveu o professor Denilson Lopes, num pequeno e admirável livro chamado *A delicadeza — estética, experiência e paisagens*. Devemos, como ele acrescenta, "caminhar diante do peso das coisas com a leveza na alma". Levar tudo a sério, mas com muita alegria. Ou como está em Nietzsche: "O que é bom é leve, tudo que é divino se move com pés delicados."

Antes de o mundo estar aí para ser estudado e transformado, como sempre quis a ciência ocidental, ele aí está também para nossa fruição, para ser admirado sem necessário proveito material. E não existe cânone algum que nos obrigue a dominá-lo, utilizá-lo, transformá-lo sempre num instrumento de nosso poder divino sobre o que existe.

Por exemplo, meu sentido que mais se excita diante do mar é o da visão. Me satisfaço com ela, embora admita dar, de vez em quando, um mergulho em suas águas. Mas velejar é algo tenso demais para mim, alguma coisa que nunca me atraiu. Se dependesse de mim, portanto, a América nunca teria sido "descoberta". Ainda bem que outros seres humanos não pensavam assim como eu sobre o mar.

UM RETRATO DO ARTISTA QUANDO ETERNO (OU QUEM É CACÁ)

Existem duas maneiras de dizer quem é Carlos Diegues, o autor das crônicas em suas mãos.

A primeira, mais afetiva, foi eternizada em solo estrangeiro, durante seu aniversário de setenta anos, no dia da exibição de *5x favela — Agora por nós mesmos* no Festival de Cannes, em 2010. Coube ao diretor artístico do evento, Thierry Frémaux, fazer as honras do convidado (e aniversariante), que assinava como produtor aquele longa-metragem de direção coletiva. E, segundo Frémaux: "Carlos Diegues é um dos inventores da imagem moderna do Brasil nas telas, tendo sido um dos mais respeitados intérpretes das mazelas sociais de seu país para o mundo, traduzindo em filmes a identidade de um povo formado por uma miscigenação de raças. Se existe uma ideia de cinema de periferia em países latino-americanos, ele é um dos fomentadores desse movimento, com uma carreira capaz de aliar sucessos de público e prestígio da crítica."

Agora vamos a uma apresentação mais formal, mas necessária:

Três vezes indicado à Palma de Ouro do Festival de Cannes, considerada por muitos a maior honraria do cinema autoral, à qual concorreu com *Bye bye Brasil* (1980), *Quilombo* (1984) e *Um trem para as estrelas* (1987), o realizador, produtor e escritor Carlos José Fontes Diegues nasceu em 19 de maio de 1940, em Vitória do Espírito Santo, mas, ainda recém-nascido, foi levado para a terra que encara como berço, Maceió, Alagoas. Segundo os astros, sob o signo de Touro, com ascendente em Gêmeos. Seus pais: o antropólogo Manuel Diégues Jr. e a dona de casa Zaira Fontes Diégues, que morreram, respectivamente, em 1993 e 1997. Chegou ao Rio de Janeiro com seis anos de idade, em 1946, "naturalizando-se futebolisticamente", de imediato, botafoguense. Orgulha-se de ter assistido ao primeiro grande título do Botafogo, em 1948. Formou-se em direito na PUC-Rio, em 1962, mesmo ano em que integrou o time de diretores de *Cinco vezes favela*, no qual dirigiu o segmento Escola de Samba, alegria de viver. Ali, entrou para a história do audiovisual ao ser um dos fundadores do Cinema Novo, movimento que consolidou a transição da produção cinematográfica brasileira para uma condição moderna, com base na revisão crítica da identidade social, política e cultural desta nação.

Como cineasta, filmou, a partir de 1958, nove curtas-metragens e 19 longas (17 ficções e dois documentários), tendo ainda dirigido programas de televisão, sendo *Un Séjour* (1970) e *Les Enfants de la Peur* (1975) para TVs francesas e *Nossa Amazônia* (1985) e a série *Vinte* (2014) para emissoras do Brasil. Produziu ou coproduziu filmes de colegas como Glauber Rocha (*Terra em transe*), Paulo Cezar Saraceni (*Capitu*), José Wilker (*Giovanni Improtta*) e o coletivo de diretores de periferia de *5x favela — Agora por nós mesmos* (2010). Fundou, no início dos anos 1980, a Luz Mágica, uma das produtoras de maior atividade do Brasil em diferentes setores audiovisuais. Exibidos em festivais como os de Cannes, Veneza, Berlim, Nova York, Toronto, Paris, San Sebastián, Cartagena, Huelva, Havana, Biarritz, Telluride, Tóquio e outros, seus filmes foram mundialmente premiados, além de lançados comercialmente em vários países de todos os continentes. No Brasil, seus filmes foram sempre bem recebidos pelo público, e um de seus maiores fenômenos de bilheteria, *Xica da Silva* (1976), visto por cerca de 3,1 milhões de pagantes, conquistou uma das maiores honrarias do país: o troféu Candango de melhor filme e de melhor diretor no Festival de Brasília, no auge da ditadura militar.

Em 2013, sua obra foi exibida em retrospectiva no Lincoln Center, em Nova York, na mostra Brazilian Saga — Carlos Diegues' Cinematic Adventures, organizada por Richard Peña, professor da Universidade de Columbia, para recontextualizar o caráter antropológico da filmografia do cineasta, que, desde 2010, atua como cronista no jornal *O Globo*. Como escritor, ele contabiliza outros nove livros publicados: *Chuvas de verão* (1977); *Os filmes que não filmei* (com Silvia Oroz, 1984); *Cinema brasileiro, ideias e imagens* (1988); *Palmares: mito e romance da utopia brasileira* (1991), escrito com Everardo Rocha; *Reflexões para o futuro* (1993); *O diário de Deus é Brasileiro* (2003); *Cinco mais cinco — Os melhores filmes brasileiros em bilheteria e crítica* (com Rodrigo Fonseca e Luiz Carlos Merten, 2007); *O que é ser diretor de cinema:*

Memórias profissionais de Cacá Diegues em depoimento a Maria Silvia Camargo (2004); e *Vida de cinema* (2014).

Diegues tem quatro filhos: Isabel (1970), Francisco (1972), Julia (1980) e Flora (1986). Os dois primeiros são frutos de seu casamento com a cantora Nara Leão (1942-1989) e as duas últimas de seu relacionamento com a produtora Renata de Almeida Magalhães, com quem é casado desde agosto de 1981. Tem três netos: José, Monah e Mateo.

FILMOGRAFIA DE CACÁ DIEGUES

1959 *Fuga* (curta-metragem), diretor
1960 *Brasília* (curta-metragem), diretor e produtor
1961 *Domingo* (curta-metragem), diretor
1962 "Escola de Samba Alegria de Viver" (episódio de *Cinco vezes favela*), diretor
1964 *Ganga Zumba* (longa-metragem), diretor
1965 *A oitava Bienal* (curta-metragem), diretor
  editor do curta-metragem *O circo*, de Arnaldo Jabor
1966 *A grande cidade* (longa-metragem), diretor
  coprodutor de *Terra em transe*, de Glauber Rocha
1967 *Oito universitários* (curta-metragem), diretor e produtor
  coprodutor de *Capitu*, de Paulo César Saraceni
1969 *Os herdeiros* (longa-metragem), diretor
1970 *Un Séjour* (média-metragem para a TV francesa), diretor
1971 *Receita de futebol* (curta-metragem), diretor
1972 *Quando o carnaval chegar* (longa-metragem), diretor e coprodutor
1973 *Joanna Francesa* (longa-metragem), diretor
1974 *Cinema Iris* (curta-metragem), diretor
1975 *Aníbal Machado* (curta-metragem), diretor
1976 *Xica da Silva* (longa-metragem), diretor
1978 *Chuvas de verão* (longa-metragem), diretor
  Les Enfants de la Peur (média-metragem para a TV francesa), diretor
  produtor do curta-metragem *Ponto de ervas*, de Celso Brandão
1979 coprodutor do longa-metragem *Prova de fogo*, de Marcos Altberg
1980 *Bye Bye Brasil* (longa-metragem), diretor
1983 produtor do curta-metragem *Filme sobre filme*, de Renata Magalhães
1984 *Quilombo* (longa-metragem), diretor e produtor
1985 *Nossa Amazônia* (série para a TV Bandeirantes), diretor
1986 *Batalha da alimentação* (curta-metragem), diretor
  Batalha do transporte (curta-metragem), diretor
1987 *Um trem para as estrelas* (longa-metragem), diretor e produtor
1988 coprodutor de *Dedé Mamata*, de Rodolfo Brandão
1989 *Dias melhores virão* (longa-metragem), diretor
1991 *Exército de um homem só* (videoclipe para a banda Engenheiros do Havaí), diretor

	produtor do média-metragem *Universidade Rural*, de Andrucha Waddington
1992	*Mídia, mentiras e democracia* (vídeo), diretor
1994	*Veja esta canção* (longa-metragem), diretor e coprodutor
1996	*Tieta do Agreste* (longa-metragem), diretor
1999	*Orfeu* (longa-metragem), diretor
	Réveillon 2000 (curta-metragem), diretor
2000	*Carnaval dos 500 anos* (curta-metragem), diretor
2002	*Deus é brasileiro* (longa-metragem), diretor e produtor
2003	produtor do curta-metragem *Marina,* de Isabel Diegues
2004	*Valores do Brasil/Conhecimento* (curta-metragem), diretor
2006	*O maior amor do mundo* (longa-metragem), diretor e produtor
	Nenhum motivo explica a guerra (documentário de longa metragem), diretor
	Quero só você (videoclipe para o grupo AfroReggae), diretor
2010	produtor do longa-metragem *5 X favela — Agora por nós mesmos*, de vários diretores
2011	coprodutor do longa-metragem *Bróder*, de Jeferson De
	Kamasutra (videoclipe para Erasmo Carlos), diretor
	Trânsito (curta-metragem), diretor e produtor
2012	produtor do longa-metragem *Giovanni Improtta*, de José Wilker
	produtor do documentário de longa metragem *5x Pacificação,* de Cadu Barcelos, Luciano Vidigal, Rodrigo Felha e Wagner Novais
2012	produtor da série para a televisão *Mais vezes favela,* de vários diretores
2013	*Vinte* (documentário de longa metragem), diretor
	Rio de fé, Um encontro com o papa Francisco (documentário de longa metragem), diretor e produtor
2014	produtor do documentário de longa metragem *Favela gay,* de Rodrigo Felha
	Material bruto (série para a televisão), diretor e produtor
2017	*O grande circo místico* (longa metragem), diretor

© Editora de Livros Cobogó, 2017
© Carlos Diegues, 2017

Organizador RODRIGO FONSECA
Editora-chefe ISABEL DIEGUES
Editora MARIAH SCHWARTZ
Produção editorial JULIA BARBOSA e NATALIE LIMA
Gerente de produção MELINA BIAL
Assistente de produção MARIA ISABEL IORIO
Revisão final EDUARDO CARNEIRO
Projeto gráfico e capa MARIANA BERND
Foto de capa JULIA BARBOSA e MARIA ISABEL IORIO

CIP-BRASIL. CATALOGAÇÃO NA PUBLICAÇÃO
SINDICATO NACIONAL DOS EDITORES DE LIVROS, RJ

D56t

Diegues, Cacá, 1940-
Todo domingo: com os artigos de Cacá Diegues / Cacá Diegues ; [organização Rodrigo Fonseca]. — 1. ed. — Rio de Janeiro: Cobogó, 2017.
352 p.; 21 cm.

ISBN 978-855591038-8

1. Crônica brasileira. I. Fonseca, Rodrigo. II. Título.
17-44786   CDD: 869.8
              CDU: 821.134.3(81)-8

Nesta edição, foi respeitado o Acordo Ortográfico da Língua Portuguesa de 1990, que entrou em vigor no Brasil em 2009.

Todos os direitos reservados à
Editora de Livros Cobogó Ltda.
Rua Jardim Botânico, 635/406
Rio de Janeiro — RJ — 22470-050
www.cobogo.com.br

1ª impressão

Este livro foi composto em Chronicle Text,
impresso pelo Grupo SmartPrinter,
sobre papel offset 75g/m2.